『まほろ駅前』シリーズを 手に 取って
いただき、どうも ありがとうござい
ます。
多田と行天と一緒に、郊外の町、
まほろ市での冒険と、そこに住む
人々との出会いを、お楽しみいた
だければ幸いです。

チワワです→ 三浦しをん

《마호로 역》 시리즈를 손에 들어주셔서 정말
감사드립니다.
다다와 교텐과 함께, 변두리 동네 마호로 시에
서 벌어지는 모험과 그곳에 사는 사람들과의
만남을 부디 즐겨주셨으면 좋겠습니다.

치와와입니다→ 미우라 시온

# 마호로 역 번지 없는 땅

# 마호로 역 번지 없는 땅

## 미우라 시온 장편소설

### 권남희 옮김

은행나무

| 일러두기 |

본문의 주는 모두 옮긴이의 것으로, 괄호를 줄여 작게 표기했습니다.

# 반짝거리는 돌

비가 조용히 내리고 있다.

다다 게이스케는 사무실 창문을 닦던 손을 멈추고, 콧노래로 흥얼거리던 '빗소리는 쇼팽의 선율'도 중단했다. 그리고 이마의 피지가 묻지 않도록 조심하면서 창 너머로 바깥 도로를 내려다보았다.

아무도 없는 젖은 길은 흐린 하늘이 반사되어 부연 은색으로 빛났다.

멍하니 지내는 동안 바깥세상에 계엄령이 내렸거나 미지의 병원체가 창궐해서 인류가 대부분 사멸한 건 아닌지 모르겠네. 다다는 아이 같은 몽상을 했다. 만약 그렇다면 이대로 일을 하지 않아도 될 텐데.

최근 사흘 정도, 다다 심부름집은 한가했다. 일을 게을리해서가 아니다. 사무실 전화기가 때아닌 겨울잠을 자고 있어서다. 비가 계속 오면 의뢰가 줄어든다. 날도 궂은데 낯선 사람을 집에 들여서 청소를 부탁하는 일은 별로 없다. 정원의 나무를 가지치기하려는 사람도 없다. 사람은 맑은 하늘을 봐야 비로소 주변을 깨끗하게 하고 싶은 기분이 든다.

벚꽃이 진 이후로 파란 하늘을 제대로 본 기억이 없다. 어영부영하다가 장마에 들어갈 것 같다. 다다는 애써 한숨을 콧노래로 바꾸었다. 동시에 팔도 다시 움직였다. 자잘한 거품이 이는 세제를 마른 천으로 닦아낼 때마다 창은 하늘색에 가까워졌다.

"배고파."

갑자기 소리가 나서 다다는 뒤를 돌아보았다. 교텐 하루히코가 소파에서 몸을 일으키고 있었다. 그러고 보니 있었군, 하고 다다는 생각했다. 훌륭하리만치 기척도 없이 있던 교텐은 일하는 다다를 못 본 체하고 우아한 낮잠을 즐기고 있었다.

바닥에 다리를 내린 교텐의 머리는 까치집을 짓고 있다.

"희한한 꿈을 꾸었어. 남쪽 출구 로터리에서 돌중이 염불을 하고 있는 거야. 나는 그걸 쭈그리고 앉아 보면서 돌중이 갖고 있는 탁발에 반짝거리는 돌을 계속 던졌지. '염불은 그만 됐어요' 하는 신호였지만, 돌중은 그만두지 않더라고."

무슨 개꿈이야, 라고 생각했지만 잠자코 창 쪽을 향했다. 교텐이 고개를 갸웃거리는 모습이 시야 끝에 들어왔다.

"지금이 연말이던가?"

"연말이 아니어도 창문은 닦아. 지저분하면 닦는 거야."

교텐은 "흐음" 하고 끄덕거릴 뿐, 움직일 기미가 없었다. 다다가 창문 닦는 데 열을 올리는 것은 약간의 얼룩도 용서하지 못하는 결벽성 때문이 아니라, 청소용품을 점검하기 위해서였다. 내일은 오랜만에 일을 나간다. 그래서 다다는 미리 준비하고 있었다. 교텐에게는 그런 수고를 하는 집주인 겸 고용주에게 협력하겠다는 발상이 없다.

"어이, 배고파."

"어디서 준 화과자 있을걸."

발소리가 방을 가로지르는 듯하더니 부엌 쪽에서 냄비며 주전자를 뒤집는 소리가 났다.

"다다, 이 화과자 곰팡이 슬었어."

알 게 뭐야. 곰팡이 정도는 그냥 처먹어. 내심 욕을 했지만, 이내 부엌이 조용해져서 불안했다. 창을 닦은 천을 한 손에 들고 응접 공간과 주거 공간의 칸막이 커튼을 걸었다.

교텐은 싱크대 앞에 서 있었다. 다다가 들여다보니 교텐은 들고 있는 화과자를 금방이라도 먹을 기세였다. 화과자 위쪽에는 말차 같은 녹색 곰팡이가 잔뜩 슬어 있다.

"잠깐, 잠깐, 잠깐!" 다다는 황급히 교텐의 팔을 잡고 말렸다.

"그건 안 되겠다. 뭐 먹고 싶으면 가서 사 와."

"에이, 귀찮아."

교텐은 화과자를 싱크대에 내려놓더니 이번에는 선반을 뒤졌다. 그 틈에 다다는 화과자를 쓰레기통에 버렸다. "아무것도 없네" 하고 교텐은 투덜거렸다. 별일이다. 교텐은 평소 적극적으로 식욕을 보이는 일이 거의 없다. 음식보다 술로 섭취하는 칼로리가 많을 정도다.

어째서지. 올해 날씨도 이상하지만 교텐의 위도 평소와 다르다. 비가 계속 내리면 식욕이 늘다니, 너는 지렁이냐.

수상쩍어하는 다다의 시선을 느끼지 못한 채, 교텐은 할 수 없다는 듯이 컵에 위스키를 따라서 소파로 돌아갔다. '빗소리는 쇼팽의 선율'을 능숙하게 허밍으로 부른다.

염불 같은 콧노래 들려줘서 미안하다, 그래. 다다가 시무룩해진 순간, 사무실 문이 기세 좋게 열렸다.

"하이, 심부름센터. 잘 있었어?"

귀에 익숙한 소리가 씩씩하게 울린다.

커튼을 걷고 응접 공간을 내다보자, 아니나 다를까, 루루와 하이시가 서 있었다. 하이시는 팔에 치와와를 안고 있다. 치와와는 진한 분홍색의 애견용 레인코트를 입었다. 루루도 같은 색 레인코트와 하이힐 차림이었다.

"이 비, 정말로 짜증나네요오. 장사가 안 돼요오."

루루는 "실례합니다"라는 말도 없이 바로 레인코트를 벗고 교텐 옆에 앉았다. 레인코트 아래로 반짝거리는 보라색 원피스가 나타났다. 다다는 색조가 이상해진 악몽을 꾸는 기분이 들었다. 하이시는 치와와를 바닥에 내려놓고 애견용 레인코트를 벗겨준 뒤 교텐 맞은편 소파에 앉았다.

치와와는 온몸을 푸르르 털어 털에 골고루 공기를 보낸 뒤, 다다의 발밑으로 와서 인사 대신 꼬리를 흔들었다. 다다는 몸을 구부려서 치와와의 머리를 쓰다듬어주었다.

"이건 선물."

하이시가 종이 상자를 탁자에 올렸다.

침입자에게 전혀 관심도 주지 않고 컵을 기울이고 있던 교텐이 처음으로 반응을 보였다.

"먹을 거?"

"역 앞에 새로 생긴 가게에 사람들이 매일 줄 서 있잖아요? 그 집 치즈케이크."

"일부러 줄을 섰어요?"

다다가 거들자 하이시는 약간 어깨를 으쓱했다.

"한가하니까. 하나 미용 기다리는 동안에요."

그러고 보니 치와와의 귓가에 분홍색의 작은 꽃 장식이 달려 있다. 개에게 옷. 개에게 미용. 음, 난 도저히 불가능한 사랑법이다.

다다가 털에 윤기가 나는 치와와를 새삼 바라보는 동안에 교텐은 치즈케이크 상자를 열었다.

"엄청 크네."

교텐은 기쁜 듯이 말하고 소파에서 일어나 폴짝폴짝 뛰듯이 부엌으로 왔다. 구부리고 있는 다다의 어깨에 교텐의 무릎이 격돌했다.

"아야!" 하고 소리를 질렀지만 들은 척도 하지 않았다. 식칼을 들고 또 폴짝거리듯이 소파로 돌아갔다.

다다는 빌어먹을, 하고 일어나서 접시와 포크를 준비했다. 포크가 몇 개 없어서 쓰고 난 뒤 씻어서 말려둔 나무젓가락도 꺼냈다.

인원수만큼의 접시는 필요 없었다.

교텐은 손으로 집어 먹으면서 치즈케이크를 묵묵히 배 속에 넣었다. 다다는 자기 몫을 반쯤 먹었을 때 속이 달아서 포크를 내려놓았다. 루루와 하이시는 이미 다 먹고 다정하게 교텐을 바라보고 있다. 기껏 줄을 서서 사 왔는데 두 사람 몫이 적었다. 다다는 마음이 불편했다.

"보통 제일 먼저 고르는 놈은 남들 생각해서 작은 걸 집지 않냐?"

교텐에게 말하자, "그래?" 하고 진심으로 의아해하는 대답이 돌아왔다.

"그거 알아요오." 루루가 강조한 가슴골을 흔들며 말했다. "큰북과 작은북이죠?"

"고리짝입니다(일본 전래동화인 《혀가 잘린 참새》이야기로, 참새들이 할아버지에게 은혜를 갚기 위해 큰 고리짝과 작은 고리짝을 가지고 와서 선택하게 하자 할아버지는 작은 고리짝을 선택하여 복을 받고, 할머니는 큰 고리짝을 선택하여 벌을 받았다는 내용)."

다다가 작은 소리로 정정했다.

"큰 쪽에는 잡동사니가 들어 있었어요."

"아, 그 얘기, 이상해."

교텐은 치즈케이크를 다 먹고 손가락을 핥았다. 하이시가 쿡 웃었다.

"어떻게 이상해요?"

"나라면 잡동사니를 일단 보자기에 옮긴 뒤에 사람을 시험하는 참새를 한 마리, 한 마리 다 죽여버릴 거야."

흐름이 이상해졌다.

"그리고?"

"그리고 큰 고리짝 가득히 죽은 참새를 들고 와서 잡동사니로 불을 피워 구워 먹을 거야."

오늘 저녁은 뭔가 포만감이 있는 것을 준비하는 편이 좋을 것 같다. 다다는 그렇게 판단했다. 교텐은 일단 만족했는지 소

13

파 등에 아무렇게나 몸을 기댔다. 루루가 배를 간질여도 하는 대로 내버려두었다. 에너지를 절약하는 방침을 취한 것 같다.

"애초에 왜 5등분으로 자른 거야. 그냥 4등분하면 간단했잖아."

종이 상자 안에는 작은 세모가 한 조각 남았다. 교텐은 눈만 굴려 바닥에 있는 치와와에게 시선을 보냈다. 개한테 케이크를 먹이면 안 돼, 교텐. 다다는 관자놀이를 문지르며 "먹을래요?" 하고 남은 케이크를 두 여자에게 권했다. 하이시는 고개를 젓고 루루는 다다의 접시를 보았다. 다다가 먹다 남은 치즈 케이크를 접시째 밀어주자 루루는 기꺼이 포크를 들었다.

조심스러운 노크 소리가 난 뒤 또 사무실 문이 열렸다. 교텐을 제외한 사람들은 반사적으로 자세를 바로 하고 일제히 문 쪽을 보았다.

이십대 중반으로 보이는 여자가 서 있었다. 어깨까지 오는 밤색 머리는 잘 손질되어 있다. 회색 카디건에 무릎까지 오는 검정 스커트 차림이지만, 수수하지는 않다. 여자끼리 격전을 벌이는 사이에 익혔을 법한 강력한 무기인 귀여움이 풍긴다. 은행원인가, 하고 다다는 추측했다.

여자는 다다, 하이시, 해파리처럼 늘어져서 천장을 올려다보고 있는 교텐, 루루의 화장과 원피스와 하이힐 순서로 시선을 옮긴 뒤, "저……" 하고 입을 열었다.

"심부름센터죠?"

"그렇습니다."

다다는 대답하고 소파에서 일어섰다. 그걸 신호로 루루와 하이시가 돌아가주길 바랐지만, 두 사람은 계속 눌러앉아 있었다. 다다는 탁자 위를 재빨리 정리하고 루루 옆으로 자리를 옮겼다. 하이시도 붙어서 이동하여 다다 옆에 앉았다. 튕겨 나간 교텐이 바닥에 책상다리를 하고 앉았다.

다다는 속이 터졌지만 내색하지 않고 "앉으시죠" 하고 소파의 빈자리를 가리켰다.

여자는 바닥에 앉은 교텐에게서 되도록 멀찍이 돌아가는 루트로, 그러나 교텐에게서 시선을 떼지 못한 채 소파까지 왔다. 갑자기 짖어대는 개 앞을 조심조심 통과하는 아이 같은 표정과 동작이었다. 진짜 개 쪽은 이따금 배를 떨며 방구석에서 조용히 웅크리고 있었다. 여자는 치와와의 존재를 아직 눈치채지 못했을 것이다.

"케이크 먹을래요오? 맛있어요오."

루루가 말했다. 여자가 "아뇨" 하고 고개를 젓는데도 아랑곳하지 않고 쓰지 않은 접시에 마지막 남은 치즈케이크 한 조각을 담아서 나무젓가락과 함께 내밀었다. 루루와 하이시의 시선에 져서 여자는 "잘 먹겠습니다" 하고 사용한 나무젓가락으로 케이크를 입에 넣었다.

골치 아픈 일이겠군, 하고 다다는 파악했다. 하이시의 무릎을 넘어서 부엌으로 갔다.

교텐의 기행과 루루와 하이시의 존재를 보고도 여자는 돌아가지 않았다. 첫째, 여자도 저 세 명에 지지 않을 만큼 사차원이다. 둘째, 이 사차원들을 무시하고라도 다다 심부름집에 의뢰해야만 하는 사정이 있다. 과연 어느 쪽일까. 어느 쪽이든 다다에게는 고맙지 않은 사태가 될 것 같다.

인원수대로 커피를 끓여 소파로 돌아왔다. 루루와 하이시의 시선을 계속 받고 있던 여자는 기다렸다는 듯이 나무젓가락을 내려놓았다. 그리고 무릎 위에서 두 주먹을 불끈 쥐더니 앞니 사이로 쥐어짜내듯이 낮게 말했다.

"전 더 이상 그 여자가 결혼반지를 끼고 있는 것을 보고 싶지 않아요!"

"……네?"

역시 골치 아픈 일이었던가. 다다는 속으로 한숨을 쉬었다. 교텐은 무릎을 감싸 안은 팔에 턱을 묻은 채 눈을 감고 있다. 잠이 들었는지 움직이지 않는다. 몸을 내민 것은 루루와 하이시다.

"뭐예요오, 결혼반지가 왜요오?"

"당신은 반지를 끼고 있지 않네요. 애인을 빼앗겼다는 거예요?"

"아뇨, 그렇지 않습니다."

루루와 하이시가 달라붙는 걸 보고 여자는 오히려 조금 냉정을 되찾은 것 같다.

"……다들 심부름센터 분들인가요?"

"아, 아뇨, 아뇨." 루루가 손을 저었다. "나하고 얘는요……."

역 뒤에서 유흥업소 일을 하고 있습니다아! 라고 하면 큰일이다. 다다는 얼른 "이웃 주민들입니다. 마침 놀러온 참이어서" 하고 루루의 말을 가로막았다.

"심부름센터 주인은 저고, 저쪽은 아르바이트하는 교텐입니다."

다다가 가리키는 대로 여자는 웅크리고 있는 교텐을 보고 바로 시선을 돌렸다. 눈이 마주치면 덤벼드는 맹수처럼 느껴진 것 같다.

"그래서, 어떤 의뢰이신가요?"

다다는 재촉했다.

"이걸 봐주세요."

여자는 통근용 검정 가방에서 작은 민트색 상자를 꺼냈다. 뚜껑을 여니 다이아몬드가 박힌 백금 반지가 반짝거렸다.

"와, 예쁘다!"

"티파니네."

루루와 하이시의 눈도 다이아몬드에 지지 않을 만큼 반짝거렸다.

"이거 당신 결혼반지죠. 왜 안 껴요오?"

"업무 중에는 빼도록 되어 있어요. 동료 중에는 저보다 연상이지만 결혼하지 않은 사람도 있으니까요."

여자는 조금 자랑스러운 듯이 반지를 집어 들고 왼손 약지에 껴 보였다.

"게다가 이 다이아, 0.45캐럿이에요."

"오." 다이아몬드 칭찬하는 법을 몰라서 다다는 모호하게 맞장구를 쳤다. "멋지네요."

"아뇨." 여자는 뭔가 결연한 어조로 고개를 저었다. "사요의 다이아가 훨씬 커요. 0.75캐럿이나 되는걸요!"

이야기의 요점을 모르겠다.

"일단 의뢰서에 필요 사항을 적어주시겠습니까. 이름과 연락처, 그리고 의뢰 내용을 부탁드립니다."

"이 손가락 두 개 너비의 칸에요? 다 못 써요."

"요약……"

"무리예요."

교텐의 배가 꼬르륵 소리를 냈다. 다다는 또 다시 관자놀이를 문질렀다.


여자의 설명을 간신히 이해했을 무렵에는 완전히 밤이 되었다.

이야기는 대략 이러했다.

여자는 미야모토 유카리, 25세. 마호로 신용금고에 다닌다. 작년에 역 앞 지점으로 이동해서 중학교 동창이었던 다케우치 사요와 동료로 재회했다.

"중학교 시절에 딱히 친했던 건 아니었지만."

점심을 먹고 휴일에 쇼핑을 가는 등 함께 다니는 일이 늘었다.

유카리는 동기인 남자와 입사 당시부터 사귀어서 결혼이 정해져 있었다. 사요도 미팅에서 만난 외국계 증권회사에 근무하는 남자와 1년 정도 교제하고 있었다.

유카리는 올해 초, 결혼반지를 사게 되었다. 남자는 대략의 예산을 말하고 "어떤 걸 갖고 싶은지 생각해둬"라고 했다. 유카리는 사요를 데리고 긴자에 사전조사를 나갔다.

"불길한 예감이 드네에" 하고 루루가 몸을 비틀고, "왜 사요를 데리고 간 거예요. 딱히 친한 것도 아니었다면서요?"라고 하이시가 무서운 표정으로 지적했다. 다다는 어느 부분에서 질문해야 할지 몰라서 잠자코 있었다.

"제일 친한 친구는 마침 그날 다른 볼일이 있었어요." 유카리는 한숨을 쉬었다. "그렇지만 결혼반지를 보러 가는 건 처음이라, 혼자 가는 게 불안해서 그만 사요한테."

유카리는 긴자의 티파니에서 괜찮아 보이는 반지를 발견했다. 백금 링에 네모난 다이아몬드가 박힌 심플한 디자인이다. 정면에서 보면 다이아몬드가 별로 튀어나오지 않아서 평소에 껴도 눈에 띄지 않을 것 같았다.

"아, 알아, 알아." 루루가 끄덕였다. "6발로 유명한 티파니 세팅은 예쁘지만 뾰족한 게 무기 같아서 무섭지이."

"이거 최근에 티파니가 발표한 새로운 세팅이죠. 센스 좋네요."

하이시는 유카리의 반지를 그렇게 평가했다. 다다는 여전히 모호하게 끄덕이고 있을 뿐이었다. 세팅? 유카리의 반지를 자세히 보니 매끄러운 곡선을 그리는 링이 다이아몬드를 지탱해 주고 있다. 그러나 다다는 '교각 중에 비슷한 모양이 있었던 것 같네' 하는 느낌 정도밖에 없었다.

"사요도 좋네, 이걸로 해, 그랬어요."

유카리는 무릎에 놓인 분홍 꽃무늬 손수건을 꼭 쥐었다.

0.45캐럿짜리 결혼반지를 받은 유카리는 그 반짝임도, 남자의 마음도 기뻤다. 가격은 50만 엔 정도였다.

"우욱."

교텐의 배 속 거지가 내는 소리와 비슷한 소리가 다다의 목에서 새어 나왔다.

"너, 헤어진 부인한테 얼마짜리 반지 사줬냐?"

교텐은 이럴 때만 졸음과 공복을 무시하고 되살아난다.

"너는?"

"난 아무것도 안 줬지. 위장결혼인걸."

"됐어요오, 다다 씨. 얼마짜리 반지든 난 기쁘니까아."

루루가 다정한 눈으로 말한다. 왜 내게 받는 걸 전제로 얘기하는 거지? 다다는 무릎 안쪽에 축축하게 땀이 고였다.

"저도 머리로는 가격이 문제가 아니라고 생각해요. 그렇지만 마음은……."

유카리는 손수건을 양손으로 비틀었다. 자, 자, 진정하세요, 하고 다다는 달랬다. 축축한 땀이 지금은 이마에도 얼룩을 만들었다.

"사요는 황금연휴에 남자 친구하고 뉴욕에 갔어요. 돌아온 사요는 티파니 본점에서 산 결혼반지를 끼고 있더라고요. 저랑 같은 디자인으로 0.75캐럿짜리 반지를!"

"우와, 최악!"

하이시가 얼굴을 찌푸렸다.

"용서할 수 없어어, 그건 용서할 수 없어어!"

루루도 소파에 앉은 채 발을 굴렀다. 다다는 어이가 없어서 고개를 갸웃거렸다.

"0.45나 0.75나……."

"달라요오!" "완전 달라요!" "차이가 커요!"

세 여자의 포효에 끝까지 말을 잇지 못했다. 참고로 사요의 0.75캐럿 반지는 120만 엔은 하는 것 같다.

"우우욱."

다다는 목구멍 깊이 신음했다.

"봐. 역시 처음부터 큰 쪽을 고르는 게 좋았어."

교텐은 가까이 다가온 치와와를 안아 들고 갓 목욕한 배의 냄새를 맡았다.

"그래서요? 참새를 어떻게 조리하면 당신은 만족할 거예요?"

다다는 루루에게 눈짓을 했다. 루루는 어쩐 일로 다다의 뜻을 정확히 파악하고 교텐의 무릎을 가볍게 차서 닥치게 했다. 조용해졌을 무렵에 다다는 다시 유카리에게 시선을 돌렸다.

"미야모토 씨의 분한 마음은 알 것 같기도 하고 모를 것 같기도 합니다. 그러나 저희는 심부름집입니다. 힘이 돼줄 수 있는 게 아무것도 없을 것 같습니다만."

"있어요. 다다 심부름집이 아니면 안 돼요." 유카리는 가방에서 꺼낸 봉투를 탁자에 올렸다. "내일 다케우치 사요한테서 청소 일이 들어와 있죠?"

다다는 위 언저리를 쓰다듬었다. 유카리의 이야기를 들으면서 설마, 하고 생각했던 것이 역시나다. 전화로 청소를 의뢰한 여자는 '다케우치'라고 했다.

"모레 사요의 집에 초대받았어요. 저를 포함해서 학교 때 친구에게 약혼자를 소개한다고요."

유카리의 손수건은 꽈배기처럼 꼬였다.

"그렇지만 사요는 청소를 엄청 싫어해서요. 한 번 간 적이 있는데 집이 완전 더러웠어요! 심부름센터 아저씨도 각오하는 게 좋을 거예요."

"익숙해서요." 다다는 유카리를 자극하지 않도록 온화하게 말했다. "청소는 어떻게 할 거냐고 다케우치 씨한테 물어서 저희한테 의뢰한 걸 알았군요."

"네. 기회라고 생각했어요." 유카리는 봉투를 점점 다다 쪽으로 밀었다. "사요는 허세가 있어서 지금까지 남자를 자기 집에 부른 적이 없대요. 그런데 심부름센터의 힘을 빌려서 청소를 하고 자기 집에 친구를 불러 약혼자를 소개한다. 그 손가락에는 나와 같은 디자인에 나보다 큰 다이아몬드 결혼반지. 용서가 돼요? 용서할 수 없잖아요, 그런 거!"

너무나 험악한 분위기에 치와와가 교텐의 무릎에서 떨어졌다. 루루와 하이시는 맞아, 맞아 하고 고개를 끄덕였다.

"저……" 하고 다다는 머뭇머뭇 말했다. "다케우치 씨가 당신을 좋아하는 건 아닌가요?"

뼈가 삐걱거리는 소리가 들릴 것처럼 유카리는 천천히 고개를 갸웃거렸다.

"무슨 뜻이에요, 그게?"

"아뇨, 군이 똑같은 반지를 산 이유가 달리 짚이는 게 없어서……."

"생각이 물러요!" 유카리가 소리를 지르는 바람에 다다는 뒤로 벌렁 넘어갔다. "이래서 아저씨들은 싫다니까. 세상을 너무로맨틱하게 보려고 해."

"아저씨……."

중얼거리는 다다를 바라보며 탁자에 턱을 올린 교텐이 히죽거렸다.

"똑같은 반지란 다이아몬드 캐럿과 등급도 같아야 비로소같은 반지라고 하는 거예요. 사요는 직장에서 보란 듯이 결혼반지를 끼고 다니며, 저나 결혼하지 못한 선배의 마음 따위는눈곱만큼도 배려하지 않는다니까요!"

여기서 유카리는 한숨을 쉬며 격분을 진정시키더니 약간 톤을 낮추었다.

"그래도 사요가 저를 좋아하는 거라고 한다면 아저씨의 '좋아한다'의 기준이 이상한 거예요."

지당하신 말씀.

"어쨌든 모레 사요의 약지에 결혼반지가 있는 걸 보고 싶지않아요."

그럼 초대를 거절하면 되지 않는가. 같이 있던 누구나 그렇게 생각했지만, 타오르는 여자의 투지 앞에 그런 말을 하는 우를 범하지 않았다.

"그러니까 내일 어떻게든 해주세요."

"어떻게든이라고 하셔도, 괴도가 아니어서 반지를 훔칠 수는……."

"내일모레, 사요가 반지만 끼지 않으면 그걸로 충분해요. 청소할 때 집 어디에다 숨겨주세요."

"어디에요?"

"화분이나 세면대 뒤나 숨길 데는 얼마든지 있잖아요."

봉투는 어느새 탁자 위를 이동하여 다다의 바로 앞까지 왔다.

"부탁합니다. 그럼."

유카리는 바로 일어서서 사무실을 나갔다. 다다는 봉투를 들고 쫓아가려고 했지만, 루루와 교텐이 방해해서 그러지 못했다.

비는 아직 내리고 있었다. 형광등 불빛이 실내에 있는 사람들의 얼굴을 새하얗게 비추었다. 봉투를 열어보니 10만 엔이 들어 있었다.

"어떡할 거야, 이거."

"의뢰를 받아들이면 되지이."

"억울한 일이잖아요. 저 아가씨를 도와줘요."

루루와 하이시가 말했다.

"이로리야의 김 도시락이 400개. 연어 도시락이라면 263개 사고 60엔 잔돈."

교텐이 배를 긁적이면서 중얼거렸다. 다다는 봉투를 작업복 주머니에 넣었다. 사흘 동안 수입이 0원이었다. 내키지 않지만 어쩔 수 없다.

"그건 그렇고" 하고 하이시가 팔짱을 꼈다. "요즘 아이들 착실하네. 신용금고에 다니고 스물다섯 살에 결혼이라니. 루루, 당신은 스물다섯 살 때 무슨 생각했어?"

"모올라아. 왜냐하면 나 지금 스물한 살이니까."

루루의 발언은 다들 무시했다.

"심부름센터 아저씨는…… 결혼했었나?"

"착실한 사람이니까."

다다는 엷게 미소 지었다. 교텐이 기지개를 켜며 빈 소파에 앉았다. 하이시는 "아, 예" 하고는 치와와를 데려와서 레인코트를 입혔다.

"이런 일을 하고 있어도 결혼이란 말을 들으면 너무 설레. 바보같이."

"바보 같지 않아. 꿈꾸는 거야 좋지이" 하고 루루는 웃었다.

루루와 하이시가 치와와를 데리고 돌아가니 사무실은 갑자기 조용해졌다.

다이아몬드 크기와, 약혼자 소개와, 직장에서의 지나친 배려와 고집의 대립. 유카리의 모든 얘기에 다다는 당황했다. 그런 것들이 사랑과는 별개의 차원에 있는 게 아니라, 사랑의 본질을 꿰뚫고 있다고 느껴졌기 때문이다.

금액이나 주위의 평가나 자존심 이외에 사랑을 잴 기준이 있을까. 순교자조차 저울에 자신의 목숨을 올려서 사랑의 무게를 알렸다.

최적의 저울을 찾아냈더라면 다다의 결혼 생활도 좀 더 나은 결말을 맞이했을지 모른다.

그러나 재봐야 허무했을 거라는 생각도 든다. 아무리 탄탄하게 계획을 세우고 실행에 옮겨도 한순간에 모든 것이 무너질 때가 있다. 계량기 바늘은 측정 불가능을 가리키고, 별이 소멸할 때처럼 막대한 에너지가 어두운 공간에 빨려 들어간다.

굵어진 빗방울이 유리창을 두드린다. 실내의 빛이 비쳐 은색 테두리가 생긴 물방울이 다다에게는 어떤 보석보다 아름다워 보였다.

"배고파."

교텐이 말했다.


저녁으로 돈가스 덮밥 곱빼기와 다누키 우동(튀김 부스러기와 파를 고명으로 올린 우동)을 배달시켜서 해치운 다음 날 아침, 냉동 피자를 두 판이나 먹는 것은 딱히 운동도 하지 않는 삼십대 남자로서는 이상한 식욕이지 않은가.

다다는 소형 트럭을 운전하면서 곁눈으로 조수석을 엿보았다.

"2차 성장기라도 온 거냐?"

"엥, 누구한테?"

교텐은 콧노래를 멈추고 차량 재떨이에 손을 뻗었다. 전혀 자각이 없는 것 같다. 뭐, 원래 모든 의미에서 이상한 놈이니. 다다는 신경 쓰지 않기로 했다.

재를 턴 담배를 물고 교텐은 다시 '빗소리는 쇼팽의 선율'을 낮게 흥얼거렸다. 와이퍼는 지휘봉처럼 앞 유리에서 춤추는 물방울을 느릿하게 닦았다.

다케우치 사요가 사는 아파트는 마호로 역 앞에서 차로 15분 정도 거리의 야트막한 언덕 주택가에 있었다.

비에 젖은 노출콘크리트 외관을 보고 "너무 멋 부린 묘석 같네" 하고 교텐이 말했다. 다다도 동감이었다. 출입구 손잡이는 노란 플라스틱, 엘리베이터 버튼은 빨간색 고무로 되어 있다.

세련된 아파트의 이런 감각을 난 영원히 이해하지 못할 거야. 다다는 교텐과 함께 막 내려온 무인 엘리베이터에 올라탔다.

"알겠지, 교텐. 약속한 대로 해."

"네, 네."

4층 모퉁이 집의 초인종을 누르자, 바로 사요가 모습을 나타냈다. 문틈으로 새어 나오는 실내 공기에서 쓰레기 냄새가 났다.

쿵쿵, 하고 냄새를 맡는 교텐의 옆구리를 팔꿈치로 쿡 찌르고, 다다는 상냥하게 말했다.

"의뢰 감사합니다. 다다 심부름집입니다."

"죄송해요, 비도 오는데."

사요는 웃는 얼굴로 다다와 교텐을 맞이했다. 말끔하게 화장을 하고 예쁘게 차려 입었지만 현관에 들어서는 순간 구두가 엉망으로 흩어져 있어서 발 디딜 데가 없었다. 주방과 그 안의 거실 겸 침실에는 쓰레기와 잡화와 옷이 뒤죽박죽으로 쌓여 있었다.

이거 장렬하네. 집주인과의 괴리감이 엄청나다. 다다는 속마음을 조금도 드러내지 않고 "실례합니다" 하고 신발을 벗었다. "벗기 싫네" 하고 투덜거리는 교텐을 한 대 쳤다.

"요즘 바빠서 청소를 좀 게을리했더니."

사요는 부끄러운 듯이 말하고, 하나로 묶은 머리를 풀었다. 왼손 약지에 유카리와 같은 디자인의 결혼반지가 있다. 오호라, 이게 0.75캐럿인가.

"확실히 크네" 하고 다다가 속삭이자, "그래? 콜롬비아인 쪽이 크지 않아?" 하고 교텐이 말했다. 다다는 한 박자 쉬었다가 교텐이 루루를 '콜롬비아인'이라고 부른다는 걸 떠올렸다. 게다가 또 한 박자 쉬었다가, 교텐이 비교하는 것의 정체를 깨달았다.

"누가 가슴 얘기 하냐. 다이아 말이야, 다이아."

"아, 그쪽." 교텐은 끄덕였다. "뭐, 크기 따위는 아무려면 어때."

큰 고리짝을 고른 네가 그런 소리 하지 마, 하고 다다는 생각했다.

청소를 좀 게을리한 정도라 하기 힘든 방을 각자 맡아서 정리했다.

사요는 그리 나쁜 사람은 아닌 것 같다.

갑자기 없어졌다 했더니 편의점에 가서 음료수를 사 왔다. 봉투 가득한 차와 캔 커피를 보이며 "좋아하시는 음료 마음껏 드세요"라고 했다. 점심때도 각종 배달 메뉴를 늘어놓고 "어떤 게 좋으세요?" 하고 물었다.

"차슈면하고 볶음밥하고 교자"라고 교텐이 말했다. 사양이라는 게 없다. "라면으로 부탁드립니다" 하고 다다는 메뉴 중에서 가장 싼 것을 골랐다. 사요는 그대로 시켜주었고, 쓰레기 벽에 둘러싸여 셋이서 휴식을 취했다.

겨우 거실 겸 침실의 바닥이 보이기 시작했다. 교텐은 방구석에서 충견처럼 옷을 계속 파내고 있다. 색색의 니트 소재 옷이나 티셔츠, 스웨터, 속옷이며 사용한 콘돔 같은 스타킹 등을 아랑곳하지 않고 잡동사니 더미에서 꺼냈다.

실제로 콘돔 같은 건 사요의 방에 없었다. 유카리가 말한 대로 남자를 집에 부른 적은 없는 것 같다. 이 참상을 보여주지 않고 결혼해서 나중에 화근이 되지 않을까. 사기죄라든가. 다다는 조금 걱정이 됐다.

빨래를 해도 말릴 시간이 없으므로 꺼낸 옷은 일단 벽장에 수납하기로 했다. 사요는 지금 깨끗해진 현관에서 옷을 상자에 담고 있다. 그걸 보고, 다다는 잡지를 묶던 손을 멈추고 교텐에게 붙었다.

"어이."

"뭐."

교텐은 말라비틀어진 화장 솜을 바라보다 자신 없는 듯이 의류가 아니라 쓰레기봉투 쪽을 골랐다.

"미야모토 씨 얘기하고 좀 다른 것 같지 않냐? 다케우치 씨는 센스도 있고 그렇게 못된 성격은 아닌 것 같은데."

"난 가끔 네가 진짜 바보가 아닌가 생각한다." 교텐이 담담하게 말했다. "센스가 있다는 건 뒤집어서 말하면 허울이 좋다는 거야. 이 방을 보면 알잖냐. 게다가 진짜 나쁜 사람은 좀처럼 없어. 누구라도 사랑받고 싶어 하니까 말이야."

지당한 말씀. 다다는 면장갑을 낀 손으로 콧등을 긁적거렸다.

"그렇게 생각한다면 어째서 아까 반지를 따로 두게 한 거야."

31

청소를 시작하려고 할 때 "저기, 아가씨" 하고 교텐이 말했다. "반지, 빼두는 편이 좋을 겁니다."

잘한다, 교텐, 하고 다다는 생각했다.

"그렇지만……." 사요는 망설였다. "빼도 이 방에 둘 데가 없어요. 쓰레기에 섞여서 버리면 큰일 나고."

"방법이 있죠."

교텐은 가지고 온 도구함에서 셀로판테이프를 꺼내더니 사요에게 미소를 지어 보였다. 뭐야, 그 웃는 얼굴, 하고 다다가 놀라는 사이에 교텐은 간격을 좁히며 사요의 왼손 끝을 가볍게 잡더니 "자, 빼봐요" 하고 낮게 속삭였다.

그렇게 뺀 결혼반지는 작은 비닐 봉투에 넣어서 거실 겸 침실의 형광등 갓에 셀로판테이프로 단단히 붙였다. 다다와 교텐의 언행을 위에서 빠짐없이 감시하듯이.

좋지 않은데, 교텐, 하고 다다는 생각했다.

"어쩔 거야. 저런 데서 반지를 사라지게 하는 건 세계 최고의 일루셔니스트도 못 해."

"반지는 청소가 다 끝난 뒤에 감추는 게 나아. 쓰레기와 함께 버렸을 가능성이 생기면 우리 책임이 되니까."

"하지만 반지를 또 끼잖아."

"이봐. 여자 옷을 벗길 때 첫 번째와 두 번째 어느 쪽이 간단해?" 교텐은 진짜 악당 같은 얼굴로 웃었다. "한 번 뺀 것은 더 간단해. 또 뺄 수 있어. 우리한테 경계심이 풀어지니 더 쉽지."

"심부름센터 아저씨, 한 박스 다 채웠어요."

현관에서 사요가 부르는 소리가 들렸다. 교텐은 옷 더미를 안고 거실 겸 침실을 나갔다.

정체 모를 균류가 번식하는 부엌을 닦을 때도, 낙엽이 흙으로 바뀌어가고 있는 베란다를 쓸 때도 교텐과 사요는 친하게 재잘거렸다.

"말도 안 돼, 연봉이? 그걸로 살 수 있어요?"

"예. 다다네 집에 빈대 붙어 살면서 담배나 사면 되니까요."

"교텐 씨 참 특이하네요"라고 말하는 사요의 어깨는 베란다에 쭈그리고 앉아서 말보로 멘솔을 피우는 교텐에게 아까보다 가까이 붙어 있다. 다다는 청소를 마친 환풍기 아래에서 그걸 바라보고 있었다.

반지를 찾지 못하면 사요는 울겠지. 내일 약혼자에게 뭐라고 변명할까.

다다는 싱크대에서 비벼 끈 럭키스트라이크를 음식물 쓰레기통에 버리고, "슬슬 쓰레기 나르자"하고 말했다.

"다케우치 씨는 걸레 청소를 시작해주세요."

다다와 교텐은 엘리베이터를 이용하여 쓰레기봉투와 잡지 다발을 재빨리 내려서 트럭 짐칸에 실었다. 나중에 재활용센터에서 한꺼번에 처분하면 된다.

"자, 그럼." 다다는 장갑을 털어서 뒷주머니에 찔러 넣었다. "숨길 만한 데 찾았냐?"

"아니. 너는?"

"현관 들어오면 바로 있는 선반에 액세서리 통 있지? 그 속은 어때?"

"나무는 숲속에, 전법이냐. 나라면 제일 먼저 찾아보겠다."

"그럼 주전자 속."

"그런 데 반지가 들어갈 이유가 없잖아. 찾았을 때 우리가 제일 먼저 의심받을걸."

"환장하겠네."

"청소를 하고 나면 의외로 사각지대가 없어지겠지."

"그렇지, 옷을 넣은 상자는?"

"그쯤이 타당할지도."

"좋아. 그럼 얘기한 대로 내가 시간을 벌도록 신호를 보낼게. 그사이에 네가 숨겨."

"예예."

불쾌한 냄새도 사라지고 집은 몰라볼 정도로 넓게 느껴졌다. 사요는 걸레 청소를 마치고 커피를 끓이는 참이었다. 반지는 원래대로 약지에 끼고 있었다.

"일단은 그걸 책임지고 빼게 해. 두 번째가 간단하다 했지."

"예예."

서로 속삭이고 다다와 교텐은 식탁에서 커피를 마셨다.

"정말 큰 도움이 됐어요. 감사합니다."

천진난만하게 기뻐하는 사요를 보고 있으니 양심의 가책을 느꼈다. 역시 그만두는 게 낫지 않을까. 다다가 그렇게 말하려고 한 타이밍을 노렸다는 듯이 교텐이 나섰다.

"그러고 보니 아직 화장실 청소를 안 했네요."

"그건 괜찮아요. 평소에 조금씩 하고 있어서."

"사양하지 않아도 돼요. 서비스 차원으로 해드리죠. 대신 화장실 좀 써도 될까요?"

교텐의 말에 사요는 끄덕였다. 추이를 지켜보는 다다에게 의자에서 일어난 교텐은 말했다.

"아, 담배가 없네. 다다, 담배 좀 사 와."

"내가 왜."

'너는 정말로 바보냐?' 하고 교텐이 눈으로 말했다.

"아, 그래, 나도 마침 떨어졌네. 그럼 다녀올게. 돌아오면 바로 철수하도록 하자."

지금 나 발 연기한 건가? 다다는 집을 나와서 계단을 내려가, 아파트 밖에서 천천히 백까지 세었다. 쓸데없이 담배를 살 돈은 없다. 근처에 담배 자판기가 보이지 않았다고 하면 된다. 그보다 교텐은 나를 쫓아내고 무슨 짓을 할 생각인 걸까. 계단을 올라가서 방문을 열었다.

상황은 급전해 있었다.

"아악, 어떡하지!"

"아야야야야, 그렇게 힘으로 누르면 안 된다고요."

무슨 일인가 하고 화장실을 들여다본 다다는 현기증을 느끼고 비틀거렸다.

무릎을 꿇은 교텐이 변좌를 들어 올린 변기에 왼쪽 팔을 찔러 넣고 있었다. 사요가 그 옆에 쭈그리고 앉아서 교텐의 팔을 변기에서 빼려고 필사적으로 당기고 있다.

"변기용 세제를 부어서 물을 미끄럽게 해주지 않을래요?"

"네."

"아, 잠깐만. 소매 젖어요."

다다는 '너야말로 바보 아니냐?' 하고 묻고 싶은 마음을 꿀꺽 삼켰다. 다급해진 사요가 소매를 걷어 올리는 김에 반지를 빼서 세면대에 두었기 때문이다. 교텐이 넌지시 눈짓을 했다. 다다는 주머니에 손을 넣고 휴대전화를 재빨리 조작했다.

"무슨 일이야?"

아무렇지 않은 얼굴로 말을 걸자, "다다 씨" 하고 사요는 안심했다는 듯이 말했다.

"교텐 씨 손이 변기에 끼었어요."

"뭔가 막히는 소리가 나서 손을 찔러 넣어봤더니 쑥 들어가잖아. 어디 걸린 것 같아."

말도 안 되는 설명에 다다는 미간이 찡그려지는 것을 온 힘을 다해 참았다. 하지만 사요는 교텐의 박진감 넘치는 연기를 진지하게 믿고 있다. 연기에 방해가 되지 않도록 발 연기 다다는 무대에서 물러났다.

현관 초인종이 울렸다.

"누가 온 것 같네요." 다다는 영혼까지 끌어올린 발 연기로 말했다. "이 녀석은 제가 어떻게든 하겠습니다."

"부탁할게요."

사요는 교텐을 돌아보면서 현관으로 향했다. "네" 하고 인터폰을 받고 나서 문을 여는 소리가 났다.

"실례합니다. 마침 댁에 계셨네요. 우리 베란다에 이게 떨어졌는데……."

방문자와 사요의 대화를 들으면서 다다는 교텐에게 "그래서?" 하고 물었다.

"얘기했던 것과 좀 다른 것 같은데. 반지를 어디에 숨길 생각이냐?"

교텐은 히죽 웃더니 비어 있는 오른쪽 팔을 뻗어 세면대에서 반지를 들고는 말릴 새도 없이 꿀꺽 삼켰다.

다다는 헉 소리가 나오는 것을 참았다. 대신에 "무슨 생각하는 거야, 너!" 하고 작은 소리로 야단치고 교텐의 목덜미를 잡았다.

"토해, 지금 당장 토해!"

"무리야, 아야, 아야, 무리라니까."

현관에서는 사요가 "제 것이 아닌데요" 하고 문을 닫는 기척이 났다.

"어이, 다다. 팔 걷어붙여. 빨리, 빨리."

시키는 대로 무를 뽑는 요령으로 교텐의 팔에 손을 댄 순간, 사요가 화장실에 얼굴을 내밀었다.

"어떻게 됐어요, 교텐 씨?"

"빠졌다!"

교텐이 왼쪽 팔을 변기에서 들어 올리고, 다다는 물을 얼굴에 뒤집어썼다.

"아, 다행이다."

사요가 안도의 숨을 내쉬었다.

"자, 이제 그만 갈까."

교텐은 손도 씻지 않고 도구함을 들고 현관으로 향했다.

"시끄럽게 해서 죄송합니다. 수고비는 입금해주시기로 하셨으니, 나중에 상세히 팩스 보내겠습니다."

다다는 말이 빨라지는 것을 어쩔 수 없었다. 심장이 시끄럽다. 교텐의 뒤를 따라 현관까지 가는 거리가 하염없이 멀게 느껴졌다.

앞으로 한 걸음 더 가면 교텐이 신발을 신을 참인데, "까악!"

하고 사요가 비명을 질렀다. 다다의 심장이 순간 움직임을 멈추었다.

"반지! 반지가 없어!"

말짱 도루묵인가. 다다는 멈춰 섰다. 교텐이 몸을 돌려서 실내로 돌아가는 길에 다다의 왼쪽 어깨에 툭 손을 올렸다.

"괜찮아. 절대로 발견되지 않을 곳에 숨겼으니까."


울음을 터뜨릴 것 같은 사요를 달래서 다다는 화장실의 곡선 배수관을 꺼냈다. 교텐은 다시 변기에 손을 넣었다. 물론 반지는 보이지 않았다.

"설마 벌써 물을 내린 건……."

사요는 달달 떨고 있다.

"세면대도 변기도 물을 내리지 않았어요."

박스 테이프를 붙인 막대기로 세면대 바닥을 세 번 쓸었다. 물론 대량의 먼지 덩어리밖에 쓸리지 않았다.

"침착하게 생각해보세요. 정말로 화장실에서 반지를 뺐습니까?"

"네."

"그렇군요. 나를 도와주러 왔을 때 반지를 끼지 않았던 것 같기도 한데. 아가씨, 주방에서 커피 잔 씻지 않았어요?"

그래서 주방도 대수색을 했다. 없다는 걸 알고 있으면서 혼신의 힘을 다해 찾는 척하는 것은 여간 피곤한 일이 아니었다.

벌써 밤이 되었다. 식탁에 앉은 세 사람 사이에 무거운 침묵이 떨어졌다.

"이런 말하기 죄송하지만" 하고 결심한 듯이 사요가 말을 꺼냈다.

"압니다."

다다는 끄덕였다. 완전히 초췌해진 사요를 보고 있으니 전부 털어놓고 싶은 기분도 들었다. 그러나 맡은 의뢰는 최선을 다해 완수하는 것이 다다 심부름집의 모토다.

"저희를 의심하는 건 당연합니다. 납득이 갈 때까지 조사해 주십시오. 교텐."

다다는 식탁에 놓인 도구함을 가리켰다. 교텐은 "응" 하고 갑자기 입고 있던 셔츠에 손을 댔다.

"왜 벗는 거야!"

"엉? 그렇지만 주머니라든가 수상하니 뒤져봐야지. 너도 벗어."

의자에서 일어선 교텐은 셔츠와 작업 바지를 홀러덩 벗어서 사요에게 던지고, 트렁크 팬티 차림이 되었다. 사요는 어안이 벙벙한 모습이었지만, 교텐의 시선에 재촉받아서 건네받은 옷을 뒤적거렸다. 할 수 없이 다다도 벗기로 했다.

"팬티도 벗을까요?"

주머니와 도구함을 다 확인한 사요에게 교텐이 부드럽게 물었다.

"하긴 그 반지를 끼울 수 있을 만큼 작지는 않습니다만."

다다는 오늘 세 번째로 팔꿈치로 교텐의 옆구리를 찔렀다.

"됐어요."

사요는 눈물을 닦았다. 닦아도, 닦아도 눈물은 식탁에 뚝뚝 떨어졌다.

"의심해서 죄송해요."

교텐은 당당하게 옷을 입었다. 다다의 양심은 미쳐 날뛰다가 목으로 튀어나올 것 같았다.

"찬찬히 찾아보면 꼭 나올 겁니다. 전화 주시면 언제라도 협력하겠습니다. 물론 비용은 무료입니다."

"애프터서비스도 철저한 다다 심부름집."

교텐이 말했다.


마호로 역 뒤에는 그날 밤도 권태와 어슴푸레한 흥분이 진흙처럼 가라앉아 있었다.

처마 아래에 앉아서 낙숫물을 보며 손님을 기다리던 루루는 다다와 교텐을 발견하고 활짝 웃었다.

"어머나, 심부름센터 아저씨들. 그래, 잘 됐어요오?"

"덕분에. 하이시는?"

"손님맞이 중."

루루의 등 뒤에 있는 집 안에서 사람이 엉키는 기척이 스며 나왔다.

"저 아이 엄청 화냈어요오. 낮부터 세 시간이나 기다렸는데 2분 만에 끝났다고오."

"미안합니다. 더 넣었어요."

다다는 아르바이트비가 든 봉투를 루루에게 맡겼다.

"그래서? 2분 동안 어디에 숨겼어요오?"

다다 뒤에서 비닐우산을 돌리고 있던 교텐이 "여기" 하고 가볍게 배를 눌러 보였다.

"아악, 정말로오?"

루루는 손뼉을 치며 웃었다. 눈두덩에 묻은 금색 실이 비늘처럼 반짝거렸다.

"어떡해요오. 그건 도둑놈이라고 하는 거 아닌가아."

"신중하게 보관하는 거지."

교텐은 진지한 얼굴로 말했다.

"그 금고는 열리는 거지?" 불안해진 다다가 물었다. "기왕 이렇게 됐으니 내일 아침에 미야모토 씨한테 반지를 건넬 필요가 있어."

"슬슬 나올 테니까 괜찮아. 나 요즘 똥이 쌓인 느낌이었거든. 그래선지 이상하게 배가 고프네."

42

"……변비면 배가 고프냐?"

"응. 안 고프냐? 아마 밀어내기를 하려고……."

"아, 됐어. 설명 안 해도 돼."

다다는 말을 가로막고 럭키스트라이크에 불을 붙였다. 루루도 비즈 백에서 가는 멘솔을 꺼내 교텐이 문 녹색 말보로와 불을 나누었다.

세 사람은 빗속에 피어오르는 하얀 흐름을 묵묵히 눈으로 좇았다.

"그런데에." 잠시 후, 루루가 불쑥 말했다. "사요라고 했나? 그 아이는 반지를 잃어버린 일, 남자 친구한테 내일 어떻게 변명할까아. 파혼이라도 하면 뭔가 뒷맛 찜찜할 것 같아요오."

"이제 와서." 교텐은 날카롭게 연기를 토했다. "잃어버렸다고 솔직하게 말하면 되잖아. 혹시 남자는 새 반지를 사준다고 할지도 모르지. 구두쇠인가 아닌가 시험해볼 좋은 기회네."

"사람을 시험하는 참새는 목 졸라 죽이는 거 아니었나?"

"때와 상황에 따라서지."

교텐은 꽁초를 물웅덩이에 버리고 먼저 걸어갔다.

"120만 엔 때문에 파혼할 정도면 애초에 결혼 따위 관두는 편이 낫지."

다다는 불어 터진 꽁초를 집어서 휴대용 재떨이에 넣었다. 그건 그러네, 하고 생각했다.

다음 날 아침, 교텐은 날아갈 듯 개운한 표정으로 화장실에서 나왔다.

"아, 몸이 가벼워."

왼손 새끼손가락 첫 마디에 결혼반지가 걸려 있다. 어떻게 그것을 찾아냈는지 다다는 생각하지 않기로 했다.

아침으로 달걀프라이를 만들었지만, 교텐은 본 척도 하지 않았다. 소파에 널브러져서 컵에 따른 위스키를 홀짝거렸다. 미야모토 유카리가 왔을 때도 그 자세 그대로 반지를 튕겨서 날렸다.

반짝거리는 돌은 공중에 호를 그리며 유카리의 손바닥에 착지했다.

"불러서 미안합니다. 어쩌다 보니 숨기는 걸 깜박하고 가지고 와버렸어요."

다다는 태연한 척 설명했다.

"고마워요."

유카리는 0.75캐럿의 다이아몬드를 손가락 끝으로 어루만지며 미소 지었다.

"다다 심부름집에 의뢰하길 잘했어요."

"다케우치 씨네 집에서 돌아올 때, 반지를 두고 오는 것 잊지 마세요. 현관 선반에 액세서리 통이 있습니다."

"네."

"그리고 맨손으로 만지지 않는 편이……."

"왜요?"

"지문이 생기니까" 하고 교텐이 옆에서 끼어들었다. "알아요? 다이아에 묻은 지문은 천으로 닦아도 잘 닦이지 않는대요. 피지를 분해하려면 타액이 제일 좋아요. 만에 하나 범행이 발각됐을 때를 위해서요."

유카리는 교텐과 반지를 번갈아 보다가 잠시 망설인 끝에 손수건에 싸서 스커트 주머니에 넣었다.

"곤란한 일이 있으면 또 오세요."

사무실을 나가는 여자의 등에 대고 다다는 말했다. 교텐이 소파에서 벌떡 일어나 창에 얼굴을 갖다 붙이고 바깥을 내다보았다.

"핥나?" 하고 묻자, 교텐이 어깨를 흔들며 웃었다. 다다도 따라서 웃었다. 조금 불쌍하다는 생각도 들었지만, 오늘 하루 유카리는 잃어버린 자존심을 마음껏 되찾을 수 있을 테니, 뭐 괜찮겠지.

다다는 소파에 앉아서 담배에 손을 뻗었다. 창문을 닦아두길 잘했다.

"오랜만에 보는 파란 하늘이네."

교텐이 열어놓은 창으로 맑은 5월의 바람이 흘러 들어왔다. 빛나는 것은 전부 금이라고 믿고 그녀는 천국으로 가는 계단을 샀지.

다다는 교텐이 흥얼거리는 노래가 천장 근처에서 담배 연기와 천천히 하나가 되는 것을 한동안 바라보았다.

## 호시 료이치의 우아한 일상

호시는 이날도 오전 6시에 눈을 떴다.

겨우 세 시간 전에 잠이 들어서 사실은 더 자고 싶었다. 하지만 무리다. 참기 어려운 압박감과 답답함에 잠이 다 깨버렸다.

"왜 너는 얌전하게 자질 못하는 거야."

호시는 투덜거리면서 가슴에 놓인 니이무라 기요미의 허벅지를 치웠다. 기요미는 행복해 보이는 얼굴로 무언가를 중얼거리며, 베개를 안고 더블베드에 누워 있다. 단순히 '누워 있다'는 의미가 아니다. '직사각형의 침대 표면에서 세로 방향으로 눕는 것이 취침 시 바른 자세라고 한다면, 가로 방향으로 잘못 누워 있다'라는 의미다.

기요미는 하룻밤 사이에 침대에서 정확하게 한 바퀴 도는 특기가 있다. 호시의 가슴에 기요미의 허벅지가 걸쳐지는 것이 정확히 오전 6시다. 그 정확함은 어떤 시곗바늘 못잖다.

호시는 침대에서 내려와서 고개를 돌렸다. 자기 전보다 어깨가 뻐근했다. 잔 것 같지가 않다.

커튼을 살짝 열고 침실 창으로 바깥을 내다보았다. 날씨가 좋다. JR 하치오지선(線)의 선로가 햇살을 튕기며 은색으로 빛났다. 마호로 역에 미끄러져 들어온 전철에서 내린 사람들이 모래처럼 홈으로 흘러 들어온다. 밀려드는 열기를 차단하기 위해 도로를 오가는 차는 전부 창을 닫고 있다.

여름의 생명력을 그대로 안고 마호로 시는 일찌감치 하루의 활동을 시작했다.

호시는 커튼을 원래대로 닫고 침대를 돌아보았다. 기요미는 팬티 한 장 차림으로 자고 있다. 천의 면적이 극히 좁아서 거의 전라라고 해도 좋을 모습이다. 기요미에게는 야생동물 같은 면이 있어서 완전 알몸으로 호시의 침대에 파고들고 싶어 한다.

"호시네 집 시트, 빳빳해서 기분 좋단 말이야."

호시에게는 알몸으로 자는 습관이 없다. 알몸으로 자는 여자 옆에서 자기만 옷을 입은 채 아무것도 하지 않고 멍청하게 자고 싶지도 않다. 그렇다고 기요미의 알몸에 일일이 반응하여 깨워서 섹스를 하는 짓도 하고 싶지 않다.

"빳빳한 건 나의 고도의 다림질 기술의 결과야. 어쨌든 알몸으로 침낭에 들어가든가, 옷을 입고 나하고 같은 침대에서 자든가 선택해."

몇 번이나 제안했더니 간신히 양보한 기요미는 팬티만은 입고 자게 되었다. 양보의 폭이 팬티 천 조각만큼 좁다고 호시는 생각했다.

그대로 드러난 기요미의 매끄러운 등을 내려다보았다. 만지고 싶었지만, 섹스는 주 2회로 정하고 있다. 호시의 경험과 신조로 보면 그게 가장 건강에 좋기 때문이다.

감기에 걸리지 않도록 타월 이불로 기요미의 몸을 감싸주고 에어컨 온도를 2도 올렸다.


호시는 18층짜리 새 아파트의 15층에 혼자 살고 있다.

아파트는 JR 마호로 역에서 도보 5분 거리에 있어서 생활하기에도 일하기에도 편리하다. 하지만 이 집을 구입하려고 마음먹은 가장 큰 이유는 '마호로 자연의 숲 공원'이 가까워서였다.

호시는 매일 아침 40분 정도 조깅을 한다. 지형 기복이 다양한 넓은 공원은 그 루트를 짜기에 최적이었다.

자연의 숲 공원은 작은 골짜기를 형성하는 두 개의 언덕으로 이루어져, 30년쯤 전에 마호로 시가 보호구역으로 지정했다고 한다. 덕분에 택지개발의 파도에 떠내려가는 일 없이, 역에서 도보 15분 거리에 울창한 숲과 골짜기를 흐르는 시냇물이 남았다. 지금은 꽃놀이나 단풍을 즐기는 계절뿐만 아니라 주말마다 가까운 휴식 공간으로 마호로 시민에게 사랑받고 있다.

물론 호시는 공원에서 오로지 조깅 코스로서의 가치를 찾아낸 것뿐이라 삼림욕에도 자연보호에도 흥미가 없다. 오히려 '자연의 숲이라는 이름은 좀 그렇지 않나?' 하고 생각할 정도다. 공원의 나무는 정기적으로 손질을 하니 조금도 자연 상태가 아니다. 백번 양보하여 자연 상태라고 해도 거기에 또 '숲'을 붙이는 건 어떤가. '말의 말고기' 같은 것 아닌가.

호시는 매일 공원 입구에 선 나무 표지판을 곁눈으로 보며 생각하던 것을 이날 아침에도 속으로 중얼거렸다. 명백히 설명 과잉이다. 중언부언 설명 듣는 걸 참지 못하는 성격이어서 '자연의 숲'이라는 명칭을 볼 때마다 거슬렸다.

작은 새들의 지저귐에도, 시냇물의 찰랑거림에도 귀 기울이지 않고 말없이 비포장도로를 달렸다. 운동화가 우거진 여름풀을 찰 때마다 모기가 장딴지에 달려들었다가 이내 떨어졌다. 쓸데없이 단련된 호시의 근육은 도저히 물어뜯지 못한다고 판단했을 것이다. 그러나 호시는 약간 불만이었다. 담배도 피우지 않고 술도 거의 마시지 않는 내 피는 여느 젊은 여자 피보다 맛있을 터다. 왜 물지 않는 거야.

아직 건강관리가 부족한 건가.

호시는 더 열심히 달렸다. 이른 아침 공원에서 보는 것은 개와 산책하는 노인뿐이다. 기계처럼 정확한 페이스로 10킬로미터나 달리고 중간에 언덕에서 섀도복싱까지 한 호시는 상당히 이채로웠다. 지나가던 개들이 짖었지만, 늘 있는 일이어서 개의치 않는다.

분출되는 땀이 기분 좋았다. 기온이 올라가고 나무 그늘에서 매미가 울기 시작했다.

정해진 운동량을 다 마치고 호시는 공원 주차장을 가로질러 도로로 나가려고 했다. 검정 세드릭(닛산자동차의 준대형차)이 구석에 서 있었다. 불길한 예감을 느낀 순간, 아니나 다를까 누군가 말을 걸어왔다.

"아침마다 늘 열심이네."

돌아보니 마호로 경찰서의 하야사카가 서 있었다. 공중화장실에서 나오는 참인 것 같다. 낡은 슈트 주머니에 손수건을 넣고 대신 담배를 꺼내 물었다.

상쾌한 아침 공기를 다 망쳤네. 호시는 미간을 찡그리며 흐르는 연기를 잠자코 견뎠다.

"어젯밤, 이 화장실 뒤에서 학원에서 돌아오던 남고생이 공갈을 당했다고 한다. 건전한 청소년이 안심하고 밤길도 걸을 수 없다니, 마호로도 참으로 서글픈 동네가 됐다고 생각하지 않냐. 응, 호시?"

"언제부터 생활안전과로 이동했어요?"

"아직 형사과야, 유감스럽게도." 하야사카는 간격을 좁혔다. "범인은 양아치 같은 젊은 남자였다고 피해자가 말하던데. 너희 그룹 아냐?"

"아저씨 바보예요?" 호시는 호흡을 일시 중단하고 지척에서 뿜어낸 연기를 참았다. "코 묻은 용돈 갈취할 만큼 개털 아니에요."

"그것도 그렇네." 하야사카는 입술 끝에 담배를 문 채 피식 웃었다. "마호로 노인과 중소기업 상대로 대출도 시작했는데 그렇지? 꽤 악랄하다는 평이더군. 드디어 뒷골목 생활 직진하기로 한 거냐?"

지역발전에 공헌할 뿐이야. 호시는 속으로 대답했다. 시끄러운 개를 쫓기 위해서는 먹이가 필요한 것 같다.

"건전한 청소년이 무슨 볼일이 있어서 밤의 공원을 어슬렁거렸는지 조사해보는 게 어때요?"

호시가 미소를 짓자 "그러네" 하고 하야사카는 말했다. 건성으로 대답하는 척하는 이면에 세차게 꼬리를 좌우로 흔드는 모습이 보인다.

"어디까지나 소문이지만."

호시는 여기에서 말을 끊고 잠시 조바심 내는 하야사카를 관찰하며 즐겼다.

"최근에 덴진야마 고등학교의 일부 학생이 이 근처에 진을 치고 있는 것 같던데요."

"사냥감은 뭔데?"

"그러니까 '건전한 청소년'이죠."

"건전한 청소년은 어떤 냄새에 이끌려서 밤의 공원에 오는지 묻고 있다."

"몰라요. 그걸 조사하는 게 아저씨들 일이잖아요."

됐어요? 하고 묻자, 하야사카는 "가" 하고 턱을 까닥거렸다.

물론 사실은 호시도 알고 있다. 마호로를 장악한 오카야마파가 조악한 약을 파는 곳으로 자연의 숲 공원을 선택한 것을. 약에 물든 '건전한 청소년'이 약장사를 찾아서 밤의 공원에 출몰한다는 것을. 덴진야마 고등학교 일진이 약을 찾아서 어슬렁거리다 공원 한구석에서 날름 먹어 치운다는 것을.

호시는 넌덜머리가 났다. 낡아빠진 이론대로 밤의 공원에서 약을 파는 야쿠자. 그 약을 어슬렁어슬렁 사러 오는 잔챙이. 야쿠자들 일터 옆에서 공갈치는 양아치는 이놈이고 저놈이고 머리가 너무 나쁘다.

조깅을 마치고 아파트에 도착했을 때에는 벌써 7시가 지나고 있었다. 평소보다 15분이나 늦었다. 규칙적인 생활을 하려고 애쓰는 호시여서 트레이닝을 방해받은 것은 화나는 일이었지만, 장사하기 좋은 기회를 잡았다.

샤워를 마친 호시는 차가운 생수를 마셨다. 마시면서 다른 한 손으로는 넓디넓은 거실에 놓인 관엽식물 화분에도 물을 주었다. 핑크 코끼리 모양을 한 물뿌리개는 기요미가 사 온 것이다. 모노톤으로 통일한 인테리어에는 어울리지 않지만, 버리기도 미안해서 쓰고 있다.

식물에 물을 주는 동안 생각을 정리하여 호시는 휴대전화를 들었다.

"쓰쓰이냐. 아직 엎어져 자고 있냐, 너는. 뭐 됐고. 약 매입을 오늘부터 3할 늘려. 아, 괜찮아, 팔 수 있어. 오카야마파는 한동안 움직이지 못할 테니까. 뭐? 3할이면 30퍼센트지! 모르면 이토한테 계산해달라고 해. 매입량 틀리면 가메오가와강에 떠내려 보낼 거야, 멍청아. 아니. 약이 아니라 너를 말이야, 등신아. 하하. 그래, 그래, 부탁한다. 이만."

하여간에 이 녀석들도 다들 멍청이만 모였어. 호시는 동료들의 얼굴을 떠올리며 한숨을 쉬었다. 3할이 3퍼센트인 줄 알고, 으름장을 제대로 알아듣는 이해력도 부족하고, 단순하며 거칠다. 그래도 버려야겠다는 마음은 들지 않는다.

모자란 자식일수록 귀엽다는 건 진실이다.

"살림에 찌들 나이는 아니지만."

휴대전화를 청바지 뒷주머니에 넣고 주방에서 아침 식사를 준비했다.

계란말이를 하고 전갱이를 구웠다. 된장국에는…… 버섯이 있었던가. 그리고 두부를 넣는 게 좋을까. 어젯밤에 예약해둔 전기밥솥이 마침 밥이 다 됐다고 알렸다. 좋았어, 현미밥도 지어졌고 다음은 시금치무침을 하고, 색이 좀 칙칙하니 토마토라도 썰자.

식탁에 완벽한 아침을 차리고 나서 호시는 침실로 향했다.

호시에게 '모자란 자식'의 대표 격인 아이가 아직 일어날 기미도 없이 쌔근쌔근 자고 있다.

"기요미, 일어나. 8시야."

침대 위에서 한 바퀴 다 돌았는지, 기요미는 자기 베개는 여전히 껴안은 채 호시의 베갯머리에 제대로 머리를 올리고 있다. 타월 이불은 바닥에 떨어지고 팬티 한 장 차림인 몸이 그대로 드러났다.

"기요미."

"으응."

"여름방학 특강 간다며."

"으으응."

어깨를 흔들자 기요미는 긍정인지 부정인지 모를 소리를 냈다. 커튼 틈으로 들어오는 아침 햇살이 기요미의 예쁜 가슴을 비추었다. 호시는 색소가 옅은 기요미의 유두를 바라보았다. 꽤 핥고 빨고 했는데 별로 커지지 않았네. 그곳을 가볍게 이로 물었을 때 기요미의 몸이 나타내던 반응이 되살아났다.

주 2회가 베스트지만, 사실은 그 이상이 베스트가 아닐까 확인해볼 필요는 있다.

호시는 침대에 올라가서 기요미를 덮쳤다. 손바닥으로 가슴을 감싸고 기요미의 뾰족한 턱 끝을 물었다.

"뭐야, 호시." 기요미의 팔이 호시의 목을 둘렀다. "일어나려는 참인데."

"일어나."

"일어날 수가 없잖아."

"왜."

기요미의 다리를 벌리고 그 사이에 들이민 허리를 꽉 눌렀다. 기요미는 보복하듯이 두르고 있던 팔로 어깨를 끌어당겨 호시의 오른쪽 귓불을 씹었다. 기요미의 혀가 호시의 귀에 나란히 있는 피어싱을 하나둘 더듬었다.

"다쳐."

"그럼 풀어줘."

"나중에."

"바보."

그러면서 순조롭게 하고 있는데, 막 벗으려고 손을 댄 청바지 뒷주머니에서 휴대전화가 울었다. 움직임을 멈춘 기요미가 눈으로 재촉하자 할 수 없이 꺼내서 통화 버튼을 눌렀다.

"호십니다!"

"심부름집의 다다입니다."

"가메오가와강 이끼 양분이 되고 싶냐? 허구한 날 타이밍 최악이야, 당신은!"

"아침 일찍 미안합니다. 거기 기요미 있습니까?"

다다 심부름집에는 전에 한 번, 기요미의 경호를 부탁한 적이 있다. 하지만 그 후에도 기요미와 연락을 취하고 있었을 줄은 몰랐다. 기요미는 대체 무슨 생각을 하는 건지. 재수 없는 심부름센터하고 친해지기라도 하면 이쪽마저 재수가 옴 붙을 것 같다. 징글징글하다.

몸을 일으킨 호시는 "전화" 하고 기요미에게 휴대전화를 넘겼다.

"아, 심부름센터 아저씨. 네, 잘 있어요. 진짜요? 거짓말! 어, 정말이네. 폰이 방전돼서요, 미안해요."

침대에 앉아서 수다를 떠는 기요미를 두고 호시는 침실을 나갔다. 역시 주 2회만 하라는 극기의 신의 계시인가. 젠장.

버섯과 두부를 넣은 된장국은 식어 있었다. 다시 데워서 그릇에 담아 식탁에 올렸다. 옷을 입은 기요미가 겨우 나타나서 "와, 맛있겠다. 잘 먹겠습니다" 하고 젓가락을 들었다. 세수 정도는 해, 라고 생각했지만, 된장국을 한 모금 먹은 기요미의 눈이 만족스러운 듯이 가늘어져서 호시도 그냥 맞은편에 앉았다.

"무슨 볼일이야?"

"아, 맞다. 있잖아. 고양이 보러 갈 거야."

"고양이?"

일어난 지 두 시간도 안 됐는데 두 번째 불길한 예감이 찾아오다니. 미간에 주름을 짓는 호시를 무시하고 기요미는 기쁜 듯이 젓가락을 흔들었다.

"응. 심부름센터 아저씨한테 부탁해두었거든. 그랬더니 입양할 사람 찾는 새끼 고양이가 있대. 그런데 낮에 다른 사람이 보러 올지 모르니까 빨리 오래."

"혹시나 해서 묻는데."

호시는 전갱이 구이를 파헤치는 기요미의 위험한 손놀림을 보며 말했다.

"누가, 어디서 키울 생각인 거야?"

"응? 내가 여기서지."

"이봐, 기요미." 결국 호시는 젓가락을 내려놓고 의자에 몸을 기댔다. "여긴 우리 집이야."

"같이 살잖아."

"네 마음대로 들어온 거지. 그리고 고양이를 보러 가면 여름방학 특강은 어쩔 거야? 너 수험생이야."

기요미는 들리지 않는 척하고 생선 기름이 묻은 손가락을 핥았다. 호시는 추격을 늦추지 않았다.

"전부터 말했지만, 가끔은 집에 좀 가."

"싫어."

"이 집에서 고양이는 키울 수 없어."

"왜?"

"털 빠져."

"내가 청소기 돌릴 거야."

"병도 잘 걸려."

"아르바이트해서 병원비 댈 거야."

"사료는? 화장실 교육은? 목욕은? 너는 절대 고양이 뒷바라지 못 해. 나도 한가하지 않아. 그래도 키우고 싶다면 너희 집에서 키워."

"여기가 우리 집인걸!"

기요미가 의자를 차면서 일어섰다.

"호시랑 같이 있는 곳이 내 집이란 걸 알면서! 왜 그렇게 심술궂은 말을 하는 거야, 호시 바보!"

눈에 눈물이 가득 고인 채, 기요미는 침실로 들어가버렸다. 호시는 한숨을 쉬고, 식탁을 정리했다. 주방에서 햄과 오이 샌드위치를 만들어서 도시락을 쌌다.

침실 문을 두드리며 "기요미" 하고 불렀다.

"도시락 쌌어. 학원 갖고 가."

"시끄러워!"

베개인지 뭔지가 문에 부딪치는 기척이 났다.

"나쁜 짓만 골라서 하면서 상식적인 사람인 척하고! 네가 엄마야!"

"너희 엄마는 딸하고 섹스하냐."

다시 문 안쪽에 부드러운 충격이 일었다.

"그런 의미가 아니잖아!"

왠지 잔혹한 기분이 들어서 호시는 입술을 일그러뜨렸다.

"그럼 네 밥을 해주고 걱정하고 돌봐주는 게 엄마 같았다는 거야? 그거 몰랐네. 그런 걸 해주지 않아서 네가 엄마를 싫어하는 줄 알았는데!"

순식간에 흐느껴 우는 소리가 들려왔다. 세상의 종말을 목격한 것처럼 비통한 목소리다. 끓어오르는 괴로운 생각을 꾹 삼키고 호시는 집을 나왔다.

아파트 현관의 자동문이 열리자마자 여름 공기에 짜부라질 것 같았다.

그런 식으로 말할 생각이 아니었다. 엄마에 비교해서 그만 머리에 피가 솟구쳤다.

기요미는 미성년자다. 고등학교 마지막 여름을 남자 집에서 보내는 건 옳지 않다고 말하고 싶었다. 게다가 마호로 뒷골목 세계에 찌든 남자의 집이다. 환경으로는 최악이다.

아니, 그렇지 않다. 사실은 이렇게 말하고 싶었다. 기분 나쁜 사람과 같이 있지 마. 너희 엄마가 너를 사랑한 적이 한 번이라 도 있냐. 나처럼 너의 행복을 온몸 온 마음을 다해 빈 적이 한 번이라도 있었냐고.

기요미에게 되도록 거리를 두려는 마음과 기요미를 소중히 하고 싶은 마음이 호시의 마음속에서 뒤엉켜 있다. 자제와 자율을 중시하는 호시이지만 양쪽의 균형을 지키기 어려워서 종종 조절에 실패한다.

'스콜피온'이라고 쓴 네온관은 오전 중의 빛 속에서 보면 초라함이 두드러진다.

마호로 대로변에 있는 오래된 게임센터는 오늘도 꼬맹이들의 코 묻은 돈을 긁어모으려고 만반의 준비를 하고 있었다.

양아치나 다름없네, 나도.

호시는 어깨를 으쓱하고 뒤쪽에 있는 녹슨 바깥 계단으로 게임센터 2층으로 올라갔다. 사무실로 쓰고 있는 실내에는 세 명의 남자가 무언가 먹고 있다가 호시를 보자 벌떡 일어나 부동자세를 취했다.

"안녕하십니까!"

"어. 쓰쓰이, 연락했냐?"

"옙! 바로 돌리겠다고 했습니다."

우락부락한 얼굴에 어울리지 않게 슈트를 입은 쓰쓰이는 더

위 탓만은 아닌 땀을 흘리고 있다.

"응"하고 호시가 끄덕이자 그제야 긴장을 풀었다.

"이토, 장부."

"옙."

안경을 낀 마른 체격의 이토는 아무것도 모르는 사람이 보면 약해빠진 대학생으로 보일 것이다. 호시는 받아 든 장부를 확인하고 정확하게 기록된 숫자에 만족했다.

전화와 컴퓨터가 놓인 책상에 앉아 호시는 일을 시작했다. 주가를 체크하고, 전화를 몇 통 걸고, 메일로 온 마호로 주변 뒷골목 사회의 최신 정보를 머리에 입력하고, 또 전화를 몇 통 걸었다. 그동안 이토는 전자계산기를 한 손에 들고 서류 더미를 해결하고, 쓰쓰이는 소파에서 휴지를 접고 있었다.

작업이 대충 끝난 호시는 컴퓨터에서 얼굴을 들고 눈두덩을 문질렀다.

"쓰쓰이. 너 뭐 하는 거야, 그거."

"꽃을 만들고 있습니다."

"왜?"

"'커피의 전당 아폴론'의 지배인에게 부탁받았습니다. 가게 안을 장식할 꽃을 만들어주면 커피 한 잔을 준다고 합니다."

"몇 개 만드는데."

"백 개입니다."

쓰쓰이는 묶은 얇은 종이를 굵은 손가락으로 신중하게 펼쳤다. 검은 물 같은 400엔짜리 커피 한 잔 때문에 유치원생처럼 종이접기에 열심인 남자.

호시는 부하의 가치관을 이해하기 어려웠지만, "뭐, 됐다" 하고 시선을 방구석으로 옮겼다.

"가나이, 넌 왜 막대기처럼 서 있는 거야? 정신 산만하게."

호시가 들어왔을 때부터 가나이는 줄곧 부동자세였다. 말을 걸자 그제야 무슨 말을 하고 싶은 듯 입가가 움직였지만, 결국은 말없이 우락부락한 근육만 실룩거렸다.

"뭐, 됐다." 가나이와 의사소통을 하는 것도 포기하고 호시는 세 사람을 향해 말했다. "약 시장에 움직임이 있는 것 같으니 너희들도 밑에 애들한테 그렇게 전해."

"어떤 움직임입니까."

이토가 전자계산기를 내려놓고 몸을 내밀었다.

"초저녁에 자연의 숲 공원의 거래를 못 하게 될 거야. 그동안에 우리는 재미를 보는 거지."

"우와. 어떻게 짭새들의 기미를 알아차렸습니까, 호시 씨."

"뭐, 좀" 하고 호시는 웃었다. "좋은 기회니까 이참에 덴진야마 고등학교 잔챙이들도 죽여버리고 싶어. 깐죽거려서 여간 성가신 게 아냐."

"그럼 제가 놈들의 아지트를 찾아내겠습니다."

종이꽃을 사방에 늘어놓은 채 쓰쓰이가 힘차게 소파에서 일어났다.

"좋아, 맡기지. 알겠냐, 너희들. 부디 오카야마파가 우리 움직임을 눈치채지 못하도록 해."

"알겠습니다."

쓰쓰이와 이토는 끄덕였다. 그때까지 말이 없던 가나이가 주뼛주뼛 손을 들었다.

"호시 씨."

"뭐야."

"저는 호시 씨의 보디가드입니다."

"그렇지."

가나이는 또 입을 다물었다. 뭐야. 호시가 짜증 내려하는 것을 간파했는지 이토가 나서서 통역했다.

"가나이는 호시 씨가 오늘 아침 혼자 출근하신 것이 충격이랍니다."

"엉? 혼자 오면 어때. 어차피 아파트에서 여기까지 걸어서 5분밖에 걸리지 않는데."

"저는 호시 씨의 보디가드입니다."

가나이는 또 말했다. 이토가 통역한다.

"그래도 평소에는 출근할 때 불러주었으면서, 라는 말을 하고 싶은가 봅니다."

아, 귀찮아. 오늘 아침에는 기요미와 싸워서 너를 부를 여유가 없었어.

호시는 그렇게 말하고 싶었지만, 충실한 부하의 마음을 생각해서 참았다.

"알았다, 알았어, 가나이. 다음부터 꼭 너를 부를게. 그럼 됐지?"

가나이는 그제야 기쁜 것 같았다. 다시 아무 말도 하지 않는 단단한 막대기가 되어 문 쪽으로 물러났다.

뭔가 템포가 어긋나네. 두통을 참을 수 없어서 호시는 컴퓨터 뒤에 숨어 양손으로 두피를 문질렀다.

으, 머리가 길었네.

"이발소 간다."

그렇게 말하고 사무실을 나왔다. 호시는 머리칼이 3센티미터 이상 되는 것을 좋아하지 않는다.

물론 가나이가 뒤를 따랐다.

'바버 이시이' 주인은 익숙해져서 가나이가 등 뒤에 찰싹 붙어 있어도 개의치 않았다.

"그럼 평소처럼 전체적으로 5밀리미터 자르겠습니다" 하고 경쾌하게 가위를 흔들었다.

호시는 부족한 수면을 여기서 보충하려고 시도했다. 하지만 쉽지 않았다. 눈을 감으면 기요미의 얼굴이 어른거린다. 아직 방에서 울고 있을까, 설마 자포자기하여 남자를 유혹하거나 하진 않을까, 나쁜 생각이 뇌리를 스친다.

"호시 씨, 고민이 있나 봅니다."

이시이의 말에 눈을 떴다. 거울 속에서 흰옷을 입은 이시이와 시선이 마주쳤다. 가나이가 '그렇습니까?' 하는 표정으로 호시를 엿보고 있다.

"고민이 없는 사람이 어디 있어요."

"뭐, 그렇긴 하지만요."

이시이는 흰 털이 섞인 턱수염을 잠깐 쓰다듬었다.

"아하, 연애 고민이구나!"

호시는 안면 근육을 움직이지 않았다고 생각했지만, 이시이는 "하하, 맞혔다. 맞혔어" 하고 의기양양하게 가슴을 폈다.

"피부가요, 뭐랄까, 힘이 없어요. 이렇게 축 처져 있잖습니까. 그런 손님은 대부분 연애 문제로 고민하는 거죠, 음."

"시끄럽네. 언제부터 점집 차렸어, 여기."

"네네, 닥치고 깎아드리겠습니다요."

호시를 꼼짝 못 하게 한 것이 기쁜지 이시이는 콧노래를 불렀다. 가위가 한층 경쾌하게 움직인다.

이 동네에는 어른답지 못한 바보들만 서식하는 건가.

호시는 속으로 욕을 하고, 면도는 거절한 채 이발소를 나왔다. 축 늘어져 있으니 집에 돌아가서 기요미의 상태를 보고 오는 게 낫다고 판단해서다. 이시이는 정중하게 인사하며 호시를 배웅했다.

해가 바로 머리 위에서 내리쬐는 시간이 되었다.

큰길을 가는 사람들은 되도록 그늘과 가게에서 새어 나오는 에어컨 냉기를 찾아 목적지까지 가느라 고심한다. 하지만 호시는 거리 한복판을 곧장 걸었다. 더위에 져서 휘청거리는 것을 자신에게 허락하지 않는다. 언제라도 가고 싶은 곳에 최단 거리로 도착하는 것을 제일로 생각한다.

조금만 더 가면 집인데 휴대전화가 울렸다.

"료이치? 엄마야."

일진이 나쁜 날인가. 호시는 하늘을 올려다보며 목소리만큼은 온화하게 대답했다.

"응. 무슨 일?"

"그렇게 말하지 마. 딱히 볼일이 있는 건 아니고 너 어떻게 지내나 해서."

"미안. 잘 지내." 호시는 한 손을 흔들어서 가나이를 멀리 쫓았다. "엄마는?"

"엄마 말이야, 지금 어디 있는 줄 아니?"

"엄마, 미안한데 나 점심시간이어서. 밥 먹어야 돼."

"어머, 마침 잘됐네. 마호로에 쇼핑 왔거든. 피곤해서 아폴론에서 쉬는 참이야. 너도 와. 같이 점심 먹자."

마호로 시민이 마호로 역 앞에 오는 것을 '마호로에 간다'라고 표현하는 건 어째서일까. 자기가 사는 곳도 마호로 시내인데 이상하지 않은가. 예를 들어, 나카노 구민도 나카노 역에 가는 것을 '나카노에 간다'라고 할까? 하지 않을 것 같은데. 더 구체적으로 '마루이 백화점에서 쇼핑한다'고 하거나 '선로드 상점가를 거닐고 있다'고 하지……. 그런가, 마호로 역 앞에는 구체적인 이름을 말할 만한 건물도 가게도 없어서 '마호로'라고만 말하는 건가.

호시는 절망감을 얼버무리기 위해 별 상관 없는 생각을 했다. 아폴론을 향해 뒤로 돌아, 무거운 발걸음으로 지금 온 길을 되돌아갔다.

가나이는 아무것도 묻지 않고 따라왔다.


아폴론은 서양 갑옷과 투구, 색이 바랜 태피스트리, 사슴 머리 박제 등이 비좁게 널려 있어서 그러잖아도 장식 과다로 혼란한 커피숍이다. 거기에다 쓰쓰이가 납품한 듯한 종이꽃까지 장식되어 있어서 호시는 머리뿐만 아니라 위까지 아파왔다.

위통의 원인은 엄마와 대치해야 하는 것도 있다.

호시의 어머니는 하코큐 백화점 종이 가방을 옆에 두고 초콜릿 파르페를 먹고 있었다. 호시 앞에는 어머니가 쓸데없이 신경을 써서 주문한 달걀샌드위치 접시가 있다.

호시는 관엽식물 틈으로 떨어진 자리에 앉은 가나이를 보았다. 가게에 들어오기 전에 천 엔짜리를 쥐여주고, "이걸로 밥 먹어. 이쪽은 신경 쓰지 마" 하고 명령했다. 가나이는 시키는 대로 창가 테이블에 앉아서 무심히 하이라이스를 먹고 있었다.

"료이치, 어디 보는 거야?"

의아해하는 엄마의 목소리에 호시는 얼른 자세를 바로 했다.

"아냐, 아무것도."

"생활은 제대로 하는 거니? 집에 갈 때마다 없던데 일이 너무 바쁜 거 아냐? 엄마가 걱정이 돼서."

"괜찮으니까 오지 않아도 돼."

어차피 거기에는 살지 않는다. 팔리지 않은 물건을 보관하기 위해 얻은 집이다.

"너도 참. 기껏 좋은 대학에 들어가서는 때려치우고 수입 가구 회사에 취직하다니. 아빠 아직 화나 있어."

"성실하게 일하고 있으니 아빠도 언젠가 알아주겠지."

"글쎄다. 출세도 못 한 주제에 자존심만 센 사람이잖아. 요전에 말이야, 아빠 슈트 주머니에서 뭐가 나왔는지 아니?"

"뭔데."

"성냥이야, 성냥! 여자들 있는 가게의!"

호시는 벌써 이 대화를 견디기 어려워졌다. 정신을 단련할 좋은 기회라고 자신을 다독거렸지만, 도저히 힘들어서 견딜 수가 없다.

"믿어지니? 그런 건 아침드라마에나 나오는 얘긴 줄 알았어. 보통은 들키지 않도록 제대로 숨기거나 버리지 않니?"

"그렇지."

"발견했으니 엄마도 묻지 않겠니. 이게 뭐냐고. 그랬더니 네 아빠가 완전히 시치미 떼고 '업무상 가는 거야. 참견하지 마' 이러는 거야. 뭘 잘했다고. 화가 나겠니, 안 나겠니?"

"그러게, 엄마."

"료이치, 사귀는 사람 없니?"

무슨 계시를 받았는지 엄마의 이야기는 종횡무진 날아다녔다.

"안타깝게도."

"그럼 세쓰코 이모한테 물어볼까?"

"아니, 됐어."

호시는 컵을 들고 수돗물로 만든 얼음이 든 수돗물을 마셨다.

"이제 스무 살인데 선이고 소개고 결혼이고 그런 건 빨라."

"아참, 료이치. 너 왜 성인식에 안 갔니? 엄마 사진 찍고 싶었는데."

갈 리가 없잖아! 호시는 포효하면서 그 주변에 놓인 것들을 마구 걷어차고 싶었지만, 얼음을 씹으면서 필사적으로 체온을 내렸다.

"아, 화장실 비었네. 잠깐 다녀올게."

"응."

엄마가 화장실로 사라지는 것을 본 뒤에 호시는 샌드위치 접시를 들고 자리에서 일어섰다. 가나이의 테이블로 가서 하이라이스를 먹은 빈 접시에 샌드위치를 옮겼다.

"이것도 먹어도 돼."

"잘 먹겠습니다."

화장실에서 돌아온 엄마는 "맛있었니?" 하고 미소 지었다.

"응, 고마워. 엄마, 나 점심시간 다 끝나 가."

"어머나, 벌써?"

"미안, 그럼 또 봐요."

"엄마도 나갈게. 앗, 료이치. 계산은 엄마가 할게, 됐어, 됐어."

계산대 앞에서 또 한바탕 옥신각신하고 겨우 해방됐을 때에는 지칠 대로 지쳤다. 엄마와 얼굴을 마주할 때마다 소비하는 에너지에 비하면 매일 아침 10킬로미터의 조깅 같은 건 우아한 선박 여행이다.

가나이도 아폴론에서 나왔고, 자, 이제야말로 아파트로 가자.

호시는 간신히 정신을 차리고 큰길을 걷기 시작했다. 또 휴대전화가 울렸다. 화면에는 '이지마'라고 떴다. 오카야마파의 간부다.

오늘은 큰길에서 아파트까지가 영원에 가까운 거리처럼 느껴진다.

"안녕하십니까."

"어이, 호시. 대출 쪽도 순조롭다며."

"덕분에요."

"우리 매장을 짭새한테 흘린 놈이 있어."

이지마는 느닷없이 치고 들어왔다. 호시는 동요하지 않고, "대담하네요" 하고 대답했다.

"누구라고 생각하나?"

"글쎄요."

이지마는 시험하듯이 침묵을 던졌지만, 야쿠자의 무언을 두려워해서는 안 된다. 쓸데없는 말을 하지 않고 기다리기만 하면 된다.

잠시 후 이지마가 말했다.

"양아치 흉내 내고 다니는 덴진야마 고등학교 멍청이들이야. 알고 있냐?"

이겼다, 하고 호시는 미소 지었다.

이지마는 호시를 한없이 흑(黑)에 가깝다고 생각하지만, 증거도 약점도 없이 경솔한 소리는 할 수 없다. 하지만 자기네 파의 체면이 망가진 뒤처리는 할 필요가 있다. 거기에 최적인 희생양으로 덴진야마 고등학교 꼬맹이들을 선택했다는 말이 된다.

"면식은 없네요."

"찾아낼 수 있냐."

"해보죠. 우리도 놈들 때문에 민폐를 입고 있으니. 찾기만 하면 됩니까?"

야쿠자는 고등학생한테는 손을 대기 어렵다. 알기 때문에 호시는 넌지시 떠보았다.

"두 번 다시 멍청한 짓 하지 않도록 잘 타일러라."

"알겠습니다. 밤까지 시간을 주십시오."

사태는 생각대로 되고 있다.

통화를 마친 호시는 도무지 대처하기 곤란한 엄마도, 어쩌고 있는지 신경 쓰였던 기요미도 까맣게 잊었다.

오카야마파에 생색도 낼 수 있고 거슬리는 꼬맹이들도 제거할 수 있다. 일거양득이다.

쓰쓰이는 아지트를 찾아낼까. 아직이라면 분발하게 해줘야지.

스콜피온까지 돌아온 호시는 바깥 계단 쪽으로 돌아가려다가 문득 발을 멈추었다. 가게 밖에 놓인 인형 뽑기 옆에서 낯익은 남자가 낯익은 도시락 통을 안고 손을 흔들고 있었기 때문이다.

심부름집 파트너다. 이름은…… 아마 교텐이라고 했던가.

호시가 다가가자 교텐은 헤헤 웃었다.

"너 지금 엄청나게 나쁜 표정 지으면서 걷고 있었어. 사람이라도 죽이러 가나?"

그렇게 될지도. 호시는 소리 내지 않고 대답했다.

"이런 데서 뭐 하는 거야."

"나? 나는 일과인 동전 줍기." 교텐은 천연덕스럽게 게임기와 지면 틈을 가리켰다. "제법 떨어져 있거든."

이렇게까지 극기와도 발전과도 무관한 인간을 도저히 상대할 여유가 없다. 얼른 본론으로 들어가기로 했다.

"그 도시락, 어떻게 된 거야?"

"기요미한테 얻었어. 식욕이 없대."

"흐음."

"거짓말이야." 교텐은 도시락에서 샌드위치를 한 조각 집어들었다. "길고양이를 주워준 사례로 밥을 달라고 빼앗았어. 힘이 없어 보이는 건 사실이었지만."

"뭐든지 줍는 아저씨군."

놀림받은 것이 분해서 호시는 교텐을 노려보았다. 교텐은 겁먹는 기색도 없다.

"너 요리 잘하더라. 오이의 소금 간이 절묘해" 하고 선 채로 샌드위치를 우물우물 먹었다.

또 휴대전화가 울렸다.

"호시 씨, 지금 어디십니까?" 쓰쓰이였다. "놈들 있는 곳을 알아냈습니다. 덴진야마 고등학교 근처입니다."

"잘했다." 뒤에 대기하고 있던 가나이에게 지시했다. "차 대."

"그 부적, 아직 잘 달고 다니네." 교텐이 말했다. "어지간히 소중한가 보네."

호시는 들고 있던 휴대전화를 보았다. 스트랩 대신 달려 있는 하얀 헝겊 주머니에 든 부적.

교텐이 넌지시 하고 싶어 하는 말을 모르는 척하고 주차장으로 향했다.


가나이가 운전하는 밴은 마호로 시 중부의 한적한 풍경 속을 달렸다.

차 안은 조용했다. 힘이 약한 이토는 사무실에 두고 왔다. 부하 중에 두뇌파라고 할 수 있는 몇 안 되는 인재를 폭력 사태에 쓸 수는 없다.

호시는 뒷좌석을 독점하고 창밖을 바라보았다. 해는 기울기 시작했지만, 하늘은 아직 파랗다.

일찍 일어나면 건강에는 좋지만, 여름에는 시간이 남아도는군. 호시는 멍하니 생각했다. 어릴 때의 매일도 이 느낌과 비슷했다. 간신히 해가 지는 하늘을 올려다볼 무렵에는 놀다 지친 폐가 조금 뜨겁고 아팠다.

덴진야마 고등학교 건물이 보였다.

"서문 쪽으로 돌아."

창문에도 교정에도 사람 그림자는 없다. 여름방학인 학교에 매미 소리만 쏟아져 내렸다.

서문 앞에는 빈터가 펼쳐져 있었다. 전에는 밭이었을 빈터에 지금은 폐자재나 타이어가 쌓여 있다.

그 한 모퉁이에 작은 공장이었을 것 같은 폐가가 있었다. 목조 2층 건물이지만, 구멍투성이인 판자벽에 함석지붕을 올린 것이다. 밖에서 보기만 해도 2층 부분은 거의 무너져 있는 걸 알 수 있었다.

밴의 타이어에 빈터에 흩어진 나뭇조각과 녹슨 못이 소리를 내며 튕겨져 나갔다. 폐가 정면, 쓰쓰이가 타는 세단 옆에 차를 세웠다.

호시는 가나이를 따라서 폐가에 발을 들이밀었다.

어두컴컴할 줄 알았더니, 벽과 천장 여기저기에 빛이 새어 들어왔다. 바닥은 없고 돌멩이가 섞인 지면에 푸릇하게 풀이 나 있다.

백 년은 쓰지 않은 난로처럼 벽 쪽에 회색의 기계가 있었다. 나머지는 공구와, 잔챙이들이 갖고 왔을 법한 술병과 야한 책이 난잡하게 널려 있다.

"어서 오십시오!"

쓰쓰이와 세 명의 부하가 부동자세로 씩씩하게 인사를 했다. 칭찬받고 싶을 때의 초등학생처럼 턱을 조금 치켜들고 있다.

그 발밑에는 찾던 잔챙이 여덟 명이 재갈을 물고 손이 뒤로 묶인 채 뒹굴고 있었다. 울상이 된 놈, 반항하는 빛이 역력한 놈, 속으로 항의하는 놈, 제각각이다. 모두 어리고 별로 똑똑해 보이지 않는 것이 공통점이었다.

"조용히 해!"

쓰쓰이가 소리 지르며 잔챙이들의 배를 차례대로 가볍게 찼다. 조용히 있던 사람에게도 평등하게 대했다.

"상처는?" 하고 호시가 묻자, "없습니다" 하고 쓰쓰이는 차던 발길을 멈추고 또 부동자세가 되어 대답했다.

"내지도 않았겠지."

"아, 조금."

"어디."

호시는 몸을 구부려서 잔챙이를 검사했다. 몇 명이 코피를 흘리거나 눈가에 멍이 들었다.

"이런 건 상처 축에 들어가지 않아." 호시는 쓰쓰이의 어깨를 가볍게 치고 쓰쓰이의 부하에게도 고개를 끄덕였다. "과연. 싸움은 너희한테 맡기는 게 제일이네."

쓰쓰이는 자랑스럽게 콧구멍을 벌름거렸다.

"호시 씨, 앞으로 이 녀석들 어떻게 할까요?"

"그러게."

호시는 오랜 세월 방치된 듯한 도구함의 뚜껑을 열어서 내용물을 확인했다. 하얗게 녹이 슨 큼직한 송곳을 발견하고 손에 들었다.

"오카야마파는 좀 어루만져주면 좋겠다고 했어. 그런데 그 정도로 이 녀석들이 얌전해질 것 같냐?"

"글쎄 말입니다."

쓰쓰이의 목소리에 진지함이 깃들었다. 호시의 진의와 의향을 신중하게 파악하려고 눈은 필사적으로 표정을 쫓고 있다.

"가나이. 너는 어떻게 생각하냐?"

"호시 씨가 하고 싶은 대로 하길 바랍니다."

"그럼 솔직히 말하지." 호시는 웃었다. "나는 이 멍청이들이 얌전해지든 말든 상관없어. 다만 어루만져주는 것만으로는 말이야, 시시하지 않냐?"

송곳 손잡이를 거꾸로 들고 호시는 잔챙이들 앞에 쭈그렸다.

"리더 격은 어느 놈이야?"

쓰쓰이가 가리킨 것은 클리블랜드 캐벌리어스 티셔츠를 입은 체격이 좋은 남자였다.

"기사(騎士, 클리블랜드 캐벌리어스의 캐벌리어(cavalier)는 프랑스어로 기사라는 뜻)? 네가?"

호시는 남자의 얼굴을 들여다보았다.

"뭐, 좋아. 벽을 향해 세워. 아, 재갈은 빼줘. 어차피 주위에 집도 없고 소리 지르는 게 편할 테니까."

체격으로는 지지 않을 쓰쓰이와 가나이가 남자를 끌고 갔다. 각각 남자의 어깨를 등 뒤에서 붙잡아 벽에 밀어붙였다.

재갈을 빼자 남자는 악다구니를 썼다.

"호시! 너, 진짜로 기억해두겠어!"

"제대로 보고 있냐?"

호시는 남은 잔챙이들을 돌아보았다. 그리고 몸을 비틀어 고함치는 남자의 머리칼을 왼손으로 잡았다. 세게 잡아당겨서 얼굴을 젖혔다.

"자, 캡이 되게 해줄게."

드러난 귀에 속삭인 뒤 호시는 단숨에 남자의 오른쪽 뺨에 녹슨 송곳을 찔렀다.

포효라고도 비명이라고도 할 수 없는 소리가 퍼졌다. 반사적으로 튕기는 몸을 쓰쓰이와 가나이가 눌렀다. 남자의 입에서 피가 분출하는 걸 보고 호시는 자기한테 튀지 않도록 조금 거리를 두었다.

남자의 목소리는 길게 꼬리를 끌었다. 겨우 낮은 오열로 바뀌었을 즈음, 호시는 다시 남자의 등에 다가가 찌른 채 쥐고 있던 송곳을 천천히 돌렸다.

"관통한 걸 알겠지? 모르겠냐? 그럼 턱주가리를 찔러주지, 자."

피와 눈물과 콧물로 더러워진 남자의 얼굴을 호시는 옆에서 관찰했다. 흐느껴 우는 목소리는 남자도 여자도 다름없구나 하고 생각했다.

"진정됐냐?" 호시는 다정하게 물었다. "캡, 캡. 그렇게 울지 마. 캡에 뽑히게 해준다고 했잖아. 안심해."

"이데바아애아애."

"뭐?"

"이데, 바애아애."

"이토의 통역이 필요하네, 이거."

"이제 방해하지 않겠다고 하는 걸까요."

쓰쓰이가 누르고 있던 힘을 풀지 않고 말했다. 가나이도 끄덕였다.

"캡. 너희들이 얌전해지든 말든 상관없다고 했지. 같은 말 두 번 하게 하지 마."

호시는 남자의 이마를 벽에 찍었다가 다시 되돌렸다.

"지금부터 선택지를 말한다. 어느 게 좋은지 잘 생각하고 대답해라."

남자가 희미하게 끄덕이는 것을 손바닥으로 느끼고 호시는 움켜쥔 머리칼째 두피를 쓰다듬어주었다.

"1번, 이대로 송곳이 너의 입술 끝까지 이동한다. 2번, 이대로 송곳이 너의 눈꼬리까지 이동한다."

남자는 또 비명을 질렀다. 격렬하게 몸을 비틀며 어떻게든 도망치려고 했다.

"어이, 난동 부리지 말고 빨리 대답해. 1번의 경우, 얼굴 반쪽만이지만 입이 커져서 먹을 때 편리할 거야. 2번의 경우."

거기까지 말했을 때 휴대전화가 울렸다. 피 냄새로 가득한 폐가에 어울리지 않는 금속성 소리다.

호시는 상관하지 않고 계속했다. 이번에야말로 절대로 전화를 받지 않기로 했다.

"2번의 경우." 삐리리리 "꽤 관록" 삐리리리 "이 붙을 흉터" 삐리 "가 생길 거라" 리리삐 "고 생각하지만." 리리리 "힘이 남아" 삐리 "서 눈알을 뺄" 리리 "지도, 시끄러워!"

끝내 인내의 한계를 넘어 호시는 설명을 중단했다.

"캡! 목의 각도는 그대로 하고 있어라. 내가 든 송곳이 찌르고 있다는 것을 잊지 마라."

남자에게 주의를 준 뒤, 왼손을 뗐다. 주머니에서 계속 우는 휴대전화를 꺼내 발신인 이름을 보았다.

심부름센터.

"시임부름세엔터어어!"

통화 버튼을 누르는 것과 동시에 호시는 함석지붕이 떨어져도 이상하지 않을 음량으로 소리쳤다.

"여기 일 끝나면 당장 당신 눈알도 송곳으로 쑤셔줄 테니까 조금만 기다려!"

"미안, 호시." 기요미의 목소리가 들렸다. "음, 뭐 하고 있던 참이야?"

"어, 기요미냐." 예상 밖의 일에 호시는 목소리를 낮추었다. "아니, 별일 아냐."

송곳 손잡이를 잡는 것도 잊고 벽에서 떠났다. 대신 가나이가 남자의 뺨에 어중간하게 매달린 송곳을 잡고 있었다.

"왜 심부름센터 폰으로 거는 거야?"

"내 폰, 충전기에 꽂아놓고 잊어버리고 안 갖고 왔어. 지금 잠깐 괜찮아?"

"어."

"저기, 귀여운 줄무늬 길고양이야."

"기요미. 키우지 않는다고 말했지."

"응. 그래서 오늘 집에 돌아가봤어. 엄마한테 '고양이 키워도 돼?' 하고 물었더니 마음대로 해, 그랬어. 엄마는 고양이가 어떤 무늬인지도 몰라. 내가 어떤 옷을 입었는지도. 한 번도 내 쪽을 보지 않았으니까."

기요미의 목소리가 끊겼다. 호시는 전파를 통해 희미하게 전해지는 작은 울음소리를 묵묵히 듣고 있었다.

"호시. 같이 있고 싶어."

호시는 빈 오른손을 펼쳤다. 손가락을 구부려서 손바닥을 문지르자 말라붙은 피가 떨어져 나갔다.

이봐, 나는 지금 사람의 뺨을 세로로 찢을까 가로로 찢을까 갈등하던 참이야. 협박이 아니라 정말로 할 생각이라고. 그래서 어느 쪽이 더 잔혹할지 열심히 생각하는 참이었단 말이야.

폐가는 어느새 새빨갛게 물들었다.

판자벽 틈으로 서서히 지는 저녁놀.

"나도야."

호시는 말했다. 그러나 그건 어쩌면 소리가 되어 나오지 않았을지도 모른다.

"호시?"

"이제 곧 돌아갈 테니까 기다려."

"어디에서?"

"아파트." 방에서, 라고 하려다가 그만두었다. "집에서지."

"웅! 근데 고양이가."

"오늘 밤만 고양이 재워줄게. 내일 심부름센터에 도로 돌려 줘."

"잉, 싫어!"

"나 아직 일하던 중이야. 나중에 봐."

"나하고 얘기도 아직 안 끝났잖아. 호시, 맨날 너무 자기 멋대로 아냐? 응?"

누가 말이야. 호시는 웃고 통화를 끊었다. 그 참에 전원도 껐다. 진작 이렇게 해두면 좋았을걸.

"기다리게 했네."

벽 쪽의 남자에게로 돌아갔을 때, 해가 먼 산 너머로 지고 폐가는 어슴푸레한 어둠에 감싸였다.

호시는 송곳 손잡이를 잡았다. 하얗게 빛나는 것이 시야 끝에 비친다. 왼손에 들고 있던 휴대전화. 거기에 매달린 마호로 천신(天神)의 부적. 기요미와 새해 첫 참배를 하러 가서 커플로 샀다. 한심하다고 생각하면서도 지금껏 달고 있다.

호시는 남자의 뺨에서 송곳을 뺐다.


하룻밤만이라고는 하지만, 사료도 화장실 모래도 필요할 것이다. 고형 사료와 고양이용 우유, 어느 쪽이 필요하지. 털 무늬보다 고양이가 얼마나 큰지가 더 중요한 정보인데 기요미는 그런 말은 하나도 하지 않았다. 그 녀석은 정말로 고양이를 키울 생각일까?

이것저것 망설이며 고양이 용품을 사 모은 탓에 호시가 귀가한 것은 9시가 넘어서였다.

"어서 와!"

기요미는 식탁에서 영어 독해 문제를 풀고 있는 참이었다.

"짐 엄청나네!" 봉투 안을 들여다본 기요미는 기쁜 듯이 웃었다. "이게 하룻밤 동안 쓸 양이야?"

"응. 고양이는?"

"여기."

기요미 옆의 의자에서 새끼 고양이가 몸을 동그랗게 말고 자고 있었다.

"이름은 시마. 생후 3개월 추정."

"센스 없네."

"부르기 쉬운 게 좋잖아."

호시는 기요미가 만든 카레라이스를 먹고 텔레비전을 보다가 영어 공부를 도와주기도 하면서 시간을 보냈다.

오후 11시가 지났을 즈음, 거실에서 일과인 밤 운동을 시작했다.

팔굽혀펴기와 윗몸일으키기 100번씩. 팔굽혀펴기를 58회까지 세었을 때, 기요미는 하품을 하며 "잘 자" 하고 고양이를 안고 침실로 사라졌다.

"어이, 그 녀석 침대에 올리지 마."

"왜?"

"너는 회전하는 흉기잖아."

호시는 중얼거렸다.

샤워를 하고 전기밥솥에 아침 식사로 현미밥을 예약해놓

았다.

고양이를 위해 사 온 바구니에 낡은 타월 이불을 접어서 깔았다. 바구니를 들고 침실로 가자, 고양이는 간신히 압사를 피할 위치에 있었다.

"위기일발."

호시는 고양이를 들어서 바닥에 놓인 바구니로 옮겼다. 그리고 또 팬티만 입고 큰대자로 누워 있는 기요미를 안아 올려서 침대 한쪽으로 눕히고, 간신히 자기 자리를 확보했다.

"으응, 시마는?"

"무사해."

침대에 머리를 눕힌 호시는 옆의 온기를 슬며시 끌어안았다.

"호시, 오늘 좀 피곤한 것 같네."

"그래?"

"일이 힘들었어?"

호시는 하루를 돌이켜보았다.

"아니, 딱히. 아, 그렇지만 엄마를 만났어."

"그거다." 기요미는 호시의 목에 이마를 대고 키득키득 웃었다. "왜 그렇게 엄마랑 안 맞아?"

"5분만 얘기해보면 알 거야."

"나쁜 사람일 리 없다고 생각하는데. 호시가 착한 것은 엄마가 소중히 키워주었기 때문이야."

성장환경과 다정함의 인과관계는 그렇게 단순한 게 아니다. 그 전에 내가 착한가?

급속히 잠의 세계에 빨려 들어가는 기요미를 느끼면서 호시는 어두운 천장을 올려다보았다.

그렇지, 일기를 안 썼네.

기요미가 깨지 않도록 살며시 팔을 풀고 독서등을 켰다. 베갯머리의 협탁에는 10년 일기장이 놓여 있다. 천장을 보고 누운 채 일기장을 들고 오늘 날짜의 페이지를 펼쳤다.

일기는 올해로 10년째다. 호시는 이미 다 쓴 아홉 개의 같은 달 같은 날짜의 기록을 훑어 보았다. 그리고 제일 아래, 올해의 날짜 칸에 벌써 몇 번이나 쓴 말을 또 썼다.

'평소와 다름없음.'

잠깐 생각하다 드물게 몇 자 더 적었다.

'시마가 오다.'

일기장을 협탁에 돌려놓고 독서등을 껐다.

기요미는 잔다. 고양이도 잔다.

호시는 눈을 감았다.

마호로 역을 출발한 마지막 전철 소리가 밤의 저 너머로 멀어져갔다.

# 추억의 은막

'마호로바 키네마'의 기쿠코라고 하면 동네에서 모르는 사람 없는 유명한 아가씨다.

"하라 세쓰코(1930~1960년대에 활동한 일본의 대배우)는 대지도 못할 정도로 미인이야."

목수인 고조가 말했다.

"뭐예요, 고조 아저씨. 빈말하지 마세요."

표를 주면서 가볍게 핀잔을 하자, "빈말 아니야" 하고 고조는 수줍게 웃으면서 품에서 지갑을 꺼내 표를 샀다.

고조는 작년에 개봉한 〈우리 청춘 후회 없다〉가 마음에 들어서 벌써 세 번째 보러 왔다. 고조뿐만 아니다. 동네 사람들 모두 없는 돈을 짜내서 힘든 생활의 빈틈을 찾아 연일 '마호로바 키네마'로 몰려왔다.

다이쇼(1912~1926년까지의 일본 연호) 시대에 기쿠코의 조부가 세운 영화관은 지금 봐도 모던한 서양식 2층 건물이다. 석조 빌딩 외벽은 매끄러운 원 모양으로, 허리 높이까지 파란 타일이 박혀 있다. 입구에는 선명한 색으로 '대작, 명작 총출동!'이라 적힌 깃발이 바람에 펄럭인다. 양쪽으로 열리는 유리문은 나무틀로, 여닫을 때마다 경첩이 삐걱거린다. 현관으로 들어가면 작은 로비가 있고 빨간색 카펫이 깔려 있다.

기쿠코는 상영 전에는 로비에 서서 표를 받기도 하고 매점에서 소다수를 팔기도 한다. 상영 중에는 로비나 화장실 청소, 매상 집계, 다음 회 상영작을 검토한다. 마호로바 키네마를 운영하는 사람은 기쿠코와 극장 주인 겸 영상기사인 기쿠코의 아버지 둘뿐이어서 할 일은 산더미처럼 많다.

그래도 잠시 빈 시간에는 2층 영사실에서 몰래 스크린을 본다. 〈우리 청춘 후회 없다〉도 조금씩이긴 했지만 일하는 중간중간에 다섯 번은 보았다.

은막의 하라 세쓰코는 아름다웠다. 고조 아저씨가 빠져 있는 것도 이해가 된다. 진흙투성이가 되어도 빛나는 주인공의 표정. 거기에는 뉴스도 애국심 고취 영화도 아닌, 애타게 기다렸던 진짜 영화의 빛이 가득했다.

매표대 모서리에서 소다수 뚜껑을 따 고조에게 넌지시 건넸다.

"어, 고맙네. 기쿠코가 잉그리드 버그먼으로 보였어."

"맨날 말도 안 되는 소리만 하셔."

기쿠코는 웃으며 고조의 어깨를 객석 쪽으로 밀었다. 그러나 고조는 생각에 잠긴 모습으로 그 자리에 멈추었다.

"기쿠코. 건재점 아들 소식은?"

고조는 기쿠코가 어릴 때부터 친딸처럼 귀여워해주었다. 농담을 하면서도 언제나 기쿠코를 신경 써준다.

기쿠코는 말없이 고개를 저었다. 고조는 한숨을 쉬더니 이내 기운을 내어 "곧 돌아올 거야" 하고 위로했다.

상영 시작을 알리는 버저가 울리고 로비에는 기쿠코만 남았다.

나는 하라 세쓰코는 될 수 없다. '마호로의 고마치(오노노 고마치라는 헤이안 시대 절세미인의 이름에서 따옴)'니 하고 불리지만, 물론 얼굴만의 문제가 아니다. 〈우리 청춘 후회 없다〉의 주인공들과 달리 새로운 생활을 개척할 용기가 없다. 그저 기다리고 있을 뿐. 그를 정말로 좋아하는지 어쩌는지 이제 와서는 확실하지도 않으면서, 생활이 바뀔 날을 묵묵히 기다리고 있다.

기쿠코는 지폐를 간추려서 묶어놓고 로비 구석에 있는 큰 시계를 보았다.

앗, 슬슬 저녁 장을 보러 나가야 한다.

유리문을 열자 여름날 초저녁의 바람이 팔을 스쳤다.

"무슨 얘기가 시작된 거야?"

교텐이 고개를 갸웃거렸다.

"어쩐지 무슨 회로가 연결된 것 같은데."

다다가 중얼거렸다.

소네다 할머니를 휠체어에 태우고 마호로 시민병원 안뜰을 산책하는 중이었다. 여름 바람이 부는 초저녁이 되려면 아직 먼, 나른해지는 한여름 낮이다. 교텐은 양산 대신 검은 우산을 할머니에게 받쳐주고 있다. 휠체어를 미는 다다는 할머니를 위해 보리차가 든 페트병을 들고 있다.

"이 더위가 뇌에 안 좋았던 게 아닐까."

교텐이 아무렇지도 않게 실례되는 말을 했다. 다다도 내심 그럴지도 모른다고 생각해서 휠체어를 느티나무 그늘로 이동했다. 뒤를 따르는 우산 그림자가 힘을 잃은 풀 위에 흔들린다.

페트병에 빨대를 꽂아서 건네자 할머니는 미지근해진 차를 단숨에 반쯤 마셨다. 그때만큼은 잠자코 있었지만, 빨대에서 입을 떼는 순간 또 젊은 시절 얘기를 시작했다.

"아, 잠깐. 잠깐만."

교텐이 우산을 접고 할머니 앞에 쭈그리고 앉았다.

"마호로바 키네마는 들은 적이 없는데, 어디 있었어요?"

"하코큐 마호로 역 바로 근처" 하고 소네다 할머니는 말했다. "2층 창으로 마호로 역의 뾰족지붕이 보였어. 건널목 건너편에 소네다 건재점이 있는 쪽이야."

"뾰족지붕?"

현재 하코큐 마호로 역은 흔히 있는 거대한 상자형 역사다. 교텐이 의문 가득한 눈으로 다다에게 도움을 청했다. 다다는 업무상 마호로 시에 사는 노인들의 이야기를 들을 기회가 많다. 대충 추측할 수 있었다.

"아마 1960년대 중반까지는 역사가 산 모양이었을 거야. 지금 소네다 공무소(工務所)도 전후 한동안은 건재점이었다고 들었어."

"그렇다면 마호로바 키네마는 제2건널목 근처에 있던 영화관이구나. 할머니, 맞아요?"

교텐이 묻자, 할머니는 고개를 끄덕거렸다.

소네다 할머니가 영화관 딸이었던 건 몰랐다. 만사에 흥미가 없는 교텐은 알아차리지 못한 것 같지만, 다다는 지금 들은 얘기에서 마호로바 키네마의 소재지를 완벽하게 파악했다. '뉴마호로 로망'이라는 성인영화 전문 영화관이 있던 장소다. 다다는 고등학생 때 곧잘 다녔다. 하지만 건물은 모던함과는 거리가 먼 썰렁한 회색 빌딩이었다. 양쪽으로 열리는 문도 파란 타일도 없었다.

뉴마호로 로망은 10년쯤 전에 폐관됐고 그 자리에는 아파트가 생겼다. 할머니 얘기로는 마호로바 키네마는 노인도 청년도 안심하고 즐길 수 있는 영화관이었던 것 같다. 무엇이 어떻게 되어 마호로바 키네마가 뉴마호로 로망으로 바뀌었는지는 모른다. 영화산업이 쇠퇴할 무렵에 주인도 바뀌었을 것이다.

"그래도 할머니, 하라 세쓰코는 너무 뺑뛰기했네."

교텐은 버릇없는 말을 하고 킬킬 웃었다. 할머니는 동의할 수 없다는 듯 입을 삐죽거렸다. 주름투성이의 찹쌀떡 같은 뺨이 조금 볼록해졌다.

"거짓말이 아냐. 젊을 때 마호로 남자들한테 얼마나 인기가 많았는데."

"오호, 오오." 교텐은 히죽히죽 웃으며 쭈그려 앉은 자세로 할머니를 올려다보았다. "어떤 남자들요? 고조 아저씨라는 사람?"

"웃기지 말어. 고조 아저씨는 육십대 후반이었어."

할머니는 그때 처음으로 깨달았다는 듯이 교텐의 얼굴을 빤히 바라보았다.

"오호, 그러고 보니 자네하고 좀 닮은 것 같네."

"고조 아저씨가요?"

"아니. 내가 연애하던 사람이. 젊고 그늘지고, 멋진 남자였지."

"멋진 남자래."

다다가 교텐을 놀렸다.

"하라 세쓰코의 눈에 들었다니 영광이네."

교텐은 책 읽듯이 말했다.

"자네 이름은?"

할머니가 바로 앞에서 녹을 듯한 시선을 보내서 교텐도 약간 당황한 기색이다.

"교텐."

"내 연애 얘기, 듣고 싶냐?"

"별로."

"사양하지 않아도 돼. 내가 교텐하고 처음 만난 건 말이야……."

"왜 하필 접니까."

"벌써 반세기 전의 일인걸. 그 사람 이름은 잊어버려서 그냥 교텐이라고 하마."

할머니는 혼자 다 정했다. 쑥스러운 것 같았다. 다다는 정말로 잊은 게 아니라 소중하게 가슴에 담아두고 싶은 이름이리라 생각했다.


패전 후 2년이 지나, 아직 완전하진 않지만 사람도 마을도 활기를 되찾고 있었다.

요코하마 중앙교통의 보닛 버스가 경적을 울리면서 마호로 대로의 인파 속을 서행운전했다. 기쿠코는 건어물상 처마로 들어가서 길을 비키며 지나가는 버스를 지켜보았다. 뭐가 즐거운지 아이들이 버스 뒤를 따라다니고 있다. 강아지처럼 서로 뒤엉켜서 웃는 얼굴로 달려간다.

길 양쪽으로 잠시 물러났던 사람들은 버스가 지나가자 다시 큰길로 쏟아져 나왔다. 복원병 같은 젊은 남자를 볼 때마다 기쿠코는 뒤를 돌아보며 확인했다. 한숨을 쉬고 다시 가던 길로 돌아섰다. 물방울무늬 민소매 원피스를 입은 젊은 여자가 기모노 차림의 어머니와 함께 채소 가게 좌판을 열심히 들여다보고 있다.

불편한 마음에 발밑으로 시선을 떨어뜨렸다. 늘어선 가게들이 물을 뿌려도 비포장도로에서 피어오른 먼지는 끄떡도 하지 않는다. 게타(일본식 나막신)에 달린 비백 무늬 끈이 부옇게 더러워졌다. 수수한 반팔 블라우스와 직접 만든 평범한 감색 스커트. 이런 차림으로는 그 사람이 돌아와도 실망만 하겠지.

시장 쪽에서 흥청거리는 기운이 전해진다. 기쿠코는 얼른 비굴해지는 마음을 지웠다. 지금은 저녁 장을 보는 것이 우선이다. 술을 조금이라도 구해 가면 아버지를 기쁘게 해줄 수 있을 텐데, 과연 오늘은 가격이 얼마나 할지. 술은 슬슬 통제를 벗어나 자율 판매가 된다는 소문이지만 아직 나오는 양이 적다.

마호로는 간신히 전쟁의 재난을 피했다. 도쿄를 다 불태운 미군 폭격기도 농가가 태반인 작은 마을까지는 주의가 미치지 않았을 것이다.

다만 전쟁이 끝나는 해 봄에 마호로 역 앞에서 화재가 났다. 쇼센(민영화 이전에 부르던 국영 철도 이름) 마호로 역 근처를 중심으로 거리에 줄줄이 있던 가게 6할이 소실된 큰 화재였다. 대낮에 난 불이어서 사망자가 나오지 않은 것은 불행 중 다행이었지만, 전쟁으로 심신이 피폐해진 마을 주민에게 마지막 일격을 가했다.

설령 폭격을 받지 않았더라도 전쟁은 삶에 그림자를 드리운다. 하코큐 마호로 역에서, 쇼센 마호로 역에서 기쿠코는 출정하는 마호로 남자들을 몇 번이고 배웅했다.

그들은 군인이 아니었다. 낯익은 이웃집 아저씨이고, 친구 오빠이고, 태어났을 때부터 한 마을에서 같이 산 사람들이었다. 그런데 어느 날 갑자기 만세 소리와 함께 군복 차림으로 전철에 태워졌다.

정혼자인 소네다 건재점의 아들이 출정할 때, 기쿠코는 제발 이제 그만 좀 하라고 생각했다. 큰 소리로 말할 수는 없었지만, 빨리 끝났으면 좋겠다고 생각했다. 이런 바보 같은 짓은.

마호로바 키네마에서는 전쟁 중에도 관헌의 눈을 피해 외국영화나 오래된 일본 영화를 상영했다. 전쟁의 혼란 탓에 배급원에게 돌려주지 못한 필름. 마호로바 키네마와 마찬가지로 지하 상영을 계속하던 요코하마의 영화관에서 빌린 필름. 등화관제로 캄캄한 밤, 비밀 은막이 하얀빛을 띠었다. 마을 주민들이 영화관 뒷문으로 몰래 들어와서 자리에 앉았다.

〈대학은 나왔지만〉〈고우치야마 소슌〉〈원앙새 노래대항전〉〈푸른 천사〉〈스카페이스〉〈시티 라이트〉. 평화로운 날들이, 가슴 뛰는 활극이, 기쁨과 비정이 거기에는 그려졌다.

기쿠코가 특히 좋아한 것은 〈어느 날 밤에 생긴 일〉이란 영화였다. 외국영화를 편히 볼 수 있던 시절의 마지막 고품질 상영 작품이었다. 심야의 비밀 상영회에서 기쿠코는 빨려 들 듯이 스크린을 보았다. 시원하게 싸우는 남녀. 근사한 연애. 낡은 호텔. 미국. 개봉했을 때에도 가슴 두근거리면서 정혼자와 본 작품인데, 그때는 모든 것이 멀게 느껴졌다.

전쟁이 끝나도 돌아오지 않는 사람은 많았다. 정혼자도 돌아오지 않았다. 생사도 모른다. 기다릴 수밖에 없다.

화재로 불탄 상점가는 한동안 손을 대지 못한 상태였다. 마을에 남은 노인과 여자들만으로는 소화(消火) 활동조차 제대로 할 수 없다. 기력도 체력도 자금력도 없어서 가건물을 세워 장사를 다시 시작한 가게만 이따금 있을 뿐이었다.

상황이 달라진 것은 재작년 8월 15일 이후부터였다. 돌아온 남자들과 마호로 외부에서 흘러들어 온 인력으로 순식간에 가건물이 증축되어 처마를 나란히 하며 시장을 형성했다. 강 건너 가나가와현(縣)에 있던 육군 비행장이 진주군에 접수된 것도 컸다. 쇼센 마호로 역 노선 반대편에는 금세 유흥업소가 생겼다. 환락가를 장악하려는 조폭들, 매춘부를 거느린 미군이 마호로 대로에도 나타났다. 경찰이 단속하고 단속해도 시장의 암거래 물자는 날개 돋친 듯이 팔렸다.

암거래로 사지 않으면 먹고 살 수가 없으니 어쩔 수 없다.

기쿠코는 장바구니에 넣어 온 빈 됫병에 쌀을 반쯤 받았다. 정체가 수상한 흰살생선 토막도 샀다. 오늘 밤은 무와 생선으로 조림을 하면 된다. 보자, 어딘가의 가게 구석에서 밀주를 싸게 팔고 있지 않을까.

"기쿠코, 헌 옷 좋은 거 들어왔어."

"여기 와서 잡지 보고 가."

곳곳에서 부르는 소리에 웃는 얼굴로 대답을 대신하고 기쿠코는 가건물 사이의 좁은 길 안쪽으로, 안쪽으로 들어갔다.

마호로를 본거지로 활동하는 오카야마파의 지휘로 시장에는 얼마 전 아케이드가 생겼다. 아케이드라고 해도 통로 위에 함석지붕을 덮은 정도다. 비가 오는 날 장보기는 편해졌지만, 오늘처럼 맑은 날이면 바람이 통하지 않아서 무덥다.

통로 한복판에 멈춰 서서 이마에 송골송골 맺힌 땀을 닦았다. 그때 등 뒤에서 다가온 발소리의 주인공이 지나가는 기쿠코의 팔을 세게 잡았다.

기쿠코는 조그맣게 비명을 지르며 비틀거렸다. 날치기꾼인가 싶어 비어 있던 손으로 얼른 장바구니를 눌렀다.

"실례, 좀 숨겨줘요."

남자의 낮은 목소리가 났다. 이끄는 대로 기쿠코는 시장 옆길, 좁은 골목 입구에 가림막처럼 서 있었다. 남자는 기쿠코의 등 뒤, 골목 그늘에 쭈그리고 앉은 것 같다.

"어디로 간 거야!"

고함 소리와 함께 깡패로 보이는 남자 세 명이 통로를 달려왔다. 성질을 내며 철물점의 양동이를 걷어찼다. 물건을 사는 사람도 주인도 몸을 움츠리고 남자들의 움직임을 엿보았다.

깡패는 기쿠코에게도 사정없는 시선을 퍼부으며 무섭게 말했다.

"어이, 아가씨. 젊은 남자 이리로 왔지?"

기쿠코는 오른팔을 들고 시장 반대쪽 출입구를 가리키며, "저리 달려갔어요" 하고 떨리는 목소리로 대답했다.

세 명의 남자가 통로 끝으로 사라지고 시장은 겨우 평온을 되찾았다.

"저…… 간 것 같은데요."

기쿠코는 그제야 소동의 원인인 남자의 모습을 주뼛주뼛 돌아보았다.

가건물 벽에 기대어 쭈그려 앉은 남자는 어느새 태연하게 담배를 피우고 있었다. 연기를 토하고 일어서더니 "미안해요, 아가씨" 하고 웃었다. 나이는 기쿠코보다 약간 위일까. 흰 오픈

칼라 셔츠에 검정 바지 차림으로 성실해 보이지 않는 것도 아니지만, 홀쭉한 뺨 언저리에 힘든 삶의 냄새가 떠돈다. 다만 촉촉한 듯이 새까만 눈에는 지성의 빛이 또렷했다.

"사과하는 의미로 커피라도 살게요."

"됐어요." 경계하며 몸을 돌리던 기쿠코는 남자의 팔에서 피가 나는 걸 발견했다. "다치셨어요?"

"아얏?"

남자는 그제야 알았는지 팔에 흐르는 빨간 선을 핥았다.

"그 녀석들, 작은 칼을 휘둘렀군."

별로 다가가고 싶지 않아서 처치를 해주겠다는 말은 하지 않았다. 대신 장바구니에 있던 손수건을 건넸다.

"이거 쓰세요."

"괜찮습니다, 핥았으니까. 그보다 커피라도 마시지 않겠어요?"

"됐어요."

기쿠코는 한 번 더 말하고 남자에게 손수건을 떠맡겼다.

"그럼 이만."

"당신 이름은?"

남자가 등 뒤에서 물었지만, 무시하고 빠른 걸음으로 오던 길을 되돌아갔다.

"나는 교텐. 또 만나요."

웃기시네. 깡패한테 쫓기는 남자를 또 만나겠냐고요. 기쿠코는 그렇게 생각했지만, 손수건에 '마호로바 키네마'라고 찍혀 있다.

아버지는 술이 없는 저녁을 먹다가 "무슨 일 있었냐?" 하고 예리하게 물었다.

"왜요?"

"어딘지 들뜬 것 같아서."

"들뜨지 않았어요."

"그럼 됐다만."

아버지는 차를 마시고 나서 "으쌰" 하고 일어섰다. 릴 한 개가 다 돌기 전에 영사실로 돌아가야 한다. 식사 중에는 영사실 출입구에 암막만 치고 문은 항상 열어놓는다. 만에 하나 영사기가 발화하거나 필름이 끊기거나 하면 바로 달려가기 위해서다. 엄마가 살아 있을 때부터 기쿠코의 집에서는 느긋하게 밥을 먹은 적이 없었다.

"기쿠코, 너도 이제 스물여덟이야. 새 혼담을 생각해도 벌받지 않아. 소네다 씨도 그래도 좋다 그랬어."

"그런 말 하지 마요, 아버지."

"게이스케가 이렇게 돌아오지 않을 줄 알았으면 출정하기 전에 혼례를 올렸으면 좋았을걸."

"게이스케 씨는 돌아와요."

기쿠코는 굳이 미소를 지으며 씩씩하게 단언했다.

얼른 아버지를 영사실로 보내고 기쿠코는 설거지를 마친 뒤 2층 자기 방으로 갔다. 책상 서랍에는 소꿉친구였던 정혼자 게이스케의 사진이 있다. 속속들이 다 아는 남자는 여느 때처럼 밝게 웃고 있다.

빨리 돌아와. 그러지 않으면 나, 게이스케 씨 웃는 얼굴 말고는 다 잊어버릴 것 같아.

저녁 무렵에 시장에서 만난 교텐이라는 사람의 얼굴이 떠올랐다. 기쿠코의 팔을 잡던 강인한 손. 빨간 피. 옅은 미소를 띠고 기쿠코를 보던 어두운 밤의 색깔을 닮은 눈.

설마 영화관에 찾아오는 건 아니겠지. 기쿠코는 두근거리는 마음으로 며칠을 보냈다.


"아, 잠깐. 잠깐만요."

이번에는 다다가 말했다.

"깡패한테 쫓기는 야쿠자 같은 남자를 교텐이라고 부르는 건 좋다 쳐요."

"좋지 않아. 왜 내가 야쿠자야?" 하고 교텐이 투덜거렸다.

"근데 왜 정혼자 이름이 게이스케인가요? 정혼자와 결혼했으니 지금 소네다 씨는 소네다 씨이지 않습니까?"

"웅" 하고 할머니는 끄덕였다.

"그렇다면 얘기에 나오는 정혼자는 소네다 공무소의 선대 사장님이죠?"

"응."

"그분 성함은 아마 도쿠이치 씨였을 텐데요! 게이스케가 아니잖아요!"

"아무려면 어때." 할머니는 이가 없는 입으로 오물오물 말했다. "우리 남편 도쿠이치는 자네하고 닮았어."

어디가요. 다다는 3년쯤 전에 죽은 도쿠이치 노인을 떠올렸다. 정정하긴 했지만, 대머리에 고집스러웠는데.

다다의 생각을 꿰뚫어 본 듯이 "착하고 요령이 없는 게 말이야"라고 덧붙여서 교텐이 "큭큭큭" 하고 웃었다.

"너는 심부름센터의 다다 게이스케지?"

드물게 회로가 연결된 할머니는 오늘은 다다를 심부름집 다다로 인식하고 있는 것 같았다.

"그렇습니다만" 하고 다다는 말했다.

할머니가 다다를 자기 아들로 착각하거나 아들 대리로 문병 온 심부름집 사람이라고 정확하게 파악하는 것이 최근에는 반반 비율이다. 전에는 완전히 다다를 아들로 믿었지만, 교텐이 입원했을 때 '심부름집 다다'로 할머니를 만난 이후 할머니의 의식에 뭔가 변화가 생긴 것 같다.

다다로서는 할머니가 심부름집 다다로 알아주는 것이 기쁜 일이었다. 할머니의 아들인 척하고 문병하는 것은 아무리 일이지만 속이는 기분이 들어서 찜찜하다.

"그럼 얘기 속에서는 소네다 건재점 아들을 게이스케라고 해도 되지. 불만 있냐?"

불만은 있었지만 할머니의 기세에 눌려 그냥 넘어갔다.

"마호로에도 암시장이 있었군요."

교텐은 할머니 얘기에 빠져 들었는지 흥미롭다는 듯이 질문했다.

"있었지. 꽤 컸어. 구획정리로 대부분 빌딩이 돼서 지금의 나카도오리 상점가 근처에 흔적만 조금 남아 있는 정도지만."

할머니가 가르쳐주자, "아하" 하고 끄덕거린다.

마호로 역 앞 풍경은 최근 20년 사이에 드라마틱하게 바뀌었다. '쇼센 반대편'에서는 지금은 루루나 하이시가 자잘하게 영업을 하고 있다. 미군에게 인기 있는 환락가로 꽃피웠을 무렵의 일은 다다도 거래처 노인의 옛날이야기 속에서 흘려들었을 뿐이다.

"그래서요? 야쿠자 교텐은 마호로바 키네마에 왔어요?"

교텐이 관심을 갖자, "왔지" 하고 할머니는 말하고 느티나무 가지를 올려다보았다. 여름 햇살만큼은 반세기 전과 다름없이 쏟아지고 있었다.

"저기, 아가씨."

교텐이 마호로바 키네마에 불쑥 나타난 것은 시장에서 만난 지 일주일쯤 지나서였다. 이제 교텐은 오지 않을 거라고 포기하고 있을 때여서, 기쿠코는 깜짝 놀라 매점에서 먼지떨이로 먼지를 떨던 손을 멈추었다.

"지난번에는 고마웠습니다."

교텐은 바지 주머니에서 잘 접은 손수건을 꺼냈다. 피 얼룩 하나 없이 깨끗하게 빨아서 다림질했다.

분명히 여자와 같이 살 거야. 그렇게 생각하니 기쿠코의 가슴이 왠지 아려왔다.

"일부러 이렇게."

손수건을 받아 들고 얘기는 여기까지라는 듯이 매표대로 이동했다. 교텐은 돌아갈 기미도 없이 벽에 붙은 포스터를 보고 있다. 상영이 시작되어서 로비에는 다른 사람의 모습은 없다. 울렁이는 기분으로 기쿠코는 유리문 너머 바깥 거리를 내다보고 있었다.

매표대에 그림자가 드리워져서 얼굴을 들자 교텐이 바로 앞에 서 있었다. 발소리도 기적도 없이.

"아가씨."

교텐의 여유 있는 태도도 표정도 마음에 들지 않아서, 기쿠코는 무심결에 "아가씨라고 부르지 마세요. 다나카입니다" 하고 말했다.

"다나카, 다음은요?"

"……기쿠코."

"기쿠코, 나한테 감사할 기회를 주지 않겠어요?"

허물없이 기쿠코라고 불러서 화날 법도 한데 교텐의 천진한 웃음에 이끌려 기쿠코도 웃고 말았다.

"감사라니, 커피겠죠?"

"네. 큰길에 카페 아폴론이란 곳이 생겼어요. 가봤어요?"

"가보지 않았지만, 안 갈 거예요. 남자하고 카페 같은 데 갔다가 동네 사람이 보면 곤란하니까요."

"기쿠코는 몇 살?"

"스물여덟요."

"우와, 아직 스물두셋인 줄 알았네. 이런 말 하는 거 좋아하지 않지만, 참 어려 보이네요."

뻔히 보인다. 익숙한 수법이다. 하지만 교텐의 부드럽게 가늘어진 눈은 너무나 진지해 보였다. 그러면서 장난이에요, 하는 신호도 천진난만하다. 기쿠코는 또 웃었다. 기쿠코의 분위기가 풀어지니 교텐도 기쁜 것 같았다.

"카페에 가는 정도는 괜찮잖아요. 유부녀인가요?"

"정혼자가 있어요."

"어디에?"

갑자기 현실을 떠올리고 기쿠코는 고개를 숙였다.

"전쟁에 나가서……."

교텐은 사정을 파악했는지 더 묻지 않았다. 로비의 시계추에 맞춰서 매표대에 놓인 교텐의 손이 톡톡 하고 리듬을 맞추었다. 불거진 데 없이 가늘고 예쁜 손가락이었다.

"지금 뭐 하고 있어요?"

"일요."

"그게 아니라 영화."

"아아."

기쿠코는 마호로바 키네마 상영 예정표를 보여주었다.

"〈어느 날 밤에 생긴 일〉. 일주일 동안 초저녁과 밤에 이게 상영돼요."

"예리코의 벽."

"뭐야, 벌써 보셨네요."

"전쟁에 가기 전에."

교텐도 전쟁터에서 돌아온 남자인가. 기쿠코는 생각했다. 이 연령대라면 어지간한 사정이 있지 않는 한 징병됐을 것이다. 교텐에게서 풍기는 어렴풋한 그늘과 지금 어디서 어떻게 지내는지 모르는 게이스케에 대한 걱정이 포개져서 기쿠코의 호흡이 조금 흐트러졌다.

기쿠코의 마음을 아는지 어쩌는지 교텐은 어조를 바꾸지 않고 "좋은 영화죠" 하고 말했다.

"나는 좋아해요. 기쿠코는?"

"무척 좋아하죠" 하고 기쿠코는 대답했다. 영화 얘기가 아닌 것 같은 느낌이 들어서 가슴이 심하게 뛰었다.

"또 올게요."

교텐은 매표대에서 손을 떼고 돌아보지도 않고 유리문을 열고 거리로 나갔다.


다음에 교텐이 나타난 것은 이틀 뒤 밤의 상영회 때였다.

로비에는 사람들 눈이 있어서 서로 모르는 척하고 표를 팔았다. 교텐은 인사와 함께 기쿠코의 손에 쪽지를 건넸다. '내일 오후 3시, 역 앞 광장에서'라고 쓰여 있었다. 기쿠코는 종이를 치마 주머니에 찔러 넣었다. 땀에 젖은 손바닥을 치마에 비벼서 닦았다.

기쿠코는 종영을 기다리지 않고 자기 방으로 돌아가버려서 교텐이 어떤 얼굴로 돌아갔는지 모른다. 기쿠코는 게이스케의 사진을 바라보다 뒤집은 채 서랍에 넣었다.

이미 배신자라도 된 것처럼 괴로운 여름밤이었다.

갈등을 하면서도 다음 날, 역 앞 광장으로 갔다. 마침 오후 상영이 막 시작돼서 한 시간 정도 자유의 몸이었다. 영사실에 있는 아버지에게는 "일찌감치 장 보고 올게요" 하고 말했다. 작고 어두운 방에서 땀에 범벅이 되어 영사기를 지켜보던 아버지는 "잘 다녀와라" 하고 별로 수상해하는 기색 없이 말했다.

교텐은 먼저 와서 광장 벤치에 앉아 버스가 오가는 걸 보고 있었다. 이런 데는 너무 눈에 띈다. 기쿠코는 그렇게 생각했지만, 햇살이 강한 한여름 오후에 역에 드나드는 사람은 의외로 적었다.

기쿠코는 한 사람 정도의 간격을 두고 교텐과 같은 벤치 끝에 앉았다. 교텐은 손가락에 끼고 갖고 놀던 병을 벤치 가장자리를 이용하여 재주 좋게 땄다.

"자."

내민 병에는 검은 액체가 들어 있다.

"뭐예요, 이게?"

"코카콜라. 역 뒷골목에 오는 미국 사람한테 얻었어요. 아직 시원하니까 마셔봐요."

받아 든 병은 정말로 시원했다. 보기에는 커피 같지만 정체를 알 수 없다. 설마 독은 아니겠지 하고 기쿠코는 큰마음 먹고 액체를 들이켰다. 병째로 마시는 건 처음이었다.

"뭐예요, 이거!" 코카콜라가 목을 통과한 순간, 기쿠코는 심하게 컥컥거렸다. "약 맛이 나요!"

심한 탄산 탓에 혀가 찌릿찌릿했다. 약초차를 달게 해서 소다수로 바짝 졸인 것 같다.

"그렇죠." 컥컥거리는 기쿠코를 보고 교텐은 당연하다는 듯이 끄덕였다. "그 사람들은 이걸 그렇게 좋아하는데, 난 도무지 이해가 안 가더라고요."

기쿠코는 한 번 더 조심스럽게 내용물을 맛보았다.

"투덜거리면서 잘 마시네요."

교텐은 재미있다는 듯이 탄산으로 눈물까지 글썽거리는 기쿠코를 보았다.

"뭔가 뒷맛이 끌리는 게 있네요."

"무리하지 않아도 돼요."

교텐은 팔을 뻗어서 기쿠코의 손에서 병을 받았다. 반쯤 남은 콜라는 교텐이 마셨다. 병 주둥이에 교텐의 입술이 닿았다. 기쿠코는 시선을 돌렸다. 마호로 역 세모 지붕 위에 하얀 여름 구름이 떠 있었다.

"〈어느 날 밤에 생긴 일〉은 어땠어요?" 하고 기쿠코가 물었다.

"옛날에 본 것과 별로 다르지 않았어요."

교텐의 말에 기쿠코는 화를 냈다.

"그야 당연하죠. 같은 영화니까요."

"예리코의 벽은 반드시 무너지고 여자는 안정된 생활보다 사랑하는 남자를 고른다."

심장이 뛰는 기분이 들었다. 기쿠코는 교텐을 보았다. 교텐도 기쿠코를 보고 있었다. 두 사람은 서로 마주 보았다.

"영화 이야기예요" 하고 기쿠코가 말했다.

"네, 영화 이야기요" 하고 교텐이 말했다.

"당신은 마호로 사람이 아닌 것 같군요." 치마 주름을 펴면서 기쿠코는 화제를 바꾸었다. "여기서 어떤 일 하세요?"

"남한테 말하기 곤란한 일."

마침 역에서 화려한 셔츠를 입은 남자가 나왔다. 요전의 깡패 중 한 명이다. 깡패는 교텐을 발견하자 "앗" 하고 입을 움직였다.

"그럼 또."

교텐은 그렇게 말하고 코카콜라 빈 병을 들고 광장을 가로질러 깡패 쪽으로 걸어갔다. 기쿠코가 보는 앞에서 교텐은 방어할 틈도 없이 빈 병으로 깡패의 정수리를 내리쳤다. 병이 깨지고 깡패의 이마도 깨졌다. 피를 흘리며 쓰러진 남자를 무시하고 교텐은 얼른 혼잡한 대로 속으로 사라졌다.

기쿠코는 아연했지만, 경찰이 달려와서 깡패를 일으켜 세우는 걸 보고 벤치에서 일어났다.

마호로바 키네마에 돌아오는 동안 이를 악물고 웃음을 참느라 애먹었다.


"정말로 까칠하고 빈정대기 좋아하고 힘이 세고, 클라크 게이블(영화 〈바람과 함께 사라지다〉에서 레트 버틀러 역의 배우)처럼 멋진 남자였어."

소네다 할머니는 후우 하고 숨을 내쉬었다.

"너, 클라크 게이블 닮았단 소리 들어본 적 있냐?"

다다가 교텐에게 물었다.

"있을 리 없지. 내 턱은 갈라지지 않았어" 하고 교텐은 뿌루퉁하게 말했다. 클라크 게이블의 턱이 갈라졌던가? 다다는 생각했다. 갈라졌다고 해도 희미하게 갈라진 정도였던 것 같지만.

교텐은 자기 턱을 확인하듯이 쓰다듬었다.

"할머니, 이제 해도 저무는데 예리코의 벽은 언제 무너져요?"

"나는 언제라도 좋아."

할머니는 교텐에게 슬쩍 추파를 보냈다.

"괜찮은 거냐, 이 할매. 치매는 치매인데 성적 치매야, 이건."

다다는 중얼거리는 교텐의 옆구리를 쿡 찔렀다. 소네다 할머니는 중요한 고객이다. 엄밀하게 말하면 대리 문병을 의뢰하는 사람은 할머니의 아들이지만, 어쨌든 실례를 해서는 안 된다.

"소네다 씨." 얘기를 빨리 진행하기 위해 다다도 할머니 앞에 쭈그리고 앉아서 물었다. "교텐이 클라크 게이블이면 소네다 씨의 정혼자인 도쿠이치 씨는요?"

"게이스케 씨야. 이 이야기에서 이름은."

할머니는 정정했다. 다다는 헛기침을 하고, "그 게이스케 씨는 어떤 느낌의 사람이었습니까?" 하고 고쳐 말했다.

"뻔하지. 그 사람이 클라크 게이블이라면 게이스케 씨는 레슬리 하워드(영화 〈바람과 함께 사라지다〉에서 애슐리 윌크스 역의 배우)지."

"소심하고 겁쟁이인 애슐리네."

교텐은 노래하듯이 말했다.

"당시에는 아직 개봉되지 않았지만 말이지."

할머니는 입을 오므리고 "홍홍" 하고 웃었다. 그제야 다다는 두 사람이 클라크 게이블의 대표작 〈바람과 함께 사라지다〉 얘기를 하고 있다는 걸 알았다.

"애슐리는 좋은 사람이잖아" 하고 다다가 중얼거렸다. "어째서 여자들이 레트 버틀러 쪽을 좋아하는지 나는 전부터 수수께끼였어."

"그래서 네가 여자들한테 인기가 없는 거야."

"네가 그런 말 할 주제냐."

"나는 게이블 교텐이야. 턱은 갈라지지 않았지만."

기분이 상했는지 한쪽 눈썹을 올리는 교텐을 소네다 할머니는 즐거운 듯이 보고 있었다.


기쿠코는 교텐과 자주 만나게 되었다. 그렇지만 빈 시간은 적고 남들 눈은 많다. 둘만 있을 용기는 아직 없었다. 교텐도 어디까지나 영화관의 성실한 매표 아가씨를 대하는 태도로 기쿠코를 대했다.

두 사람 사이에 솟은 예리코의 벽은 여기에는 없는 남자가 만든 그림자였다. 넘기에는 너무나 길고 검디검게 뻗은 그림자였다.

시장에서 재빨리 장보기를 마치면 기쿠코는 카페 아폴론으로 간다. 새 가게는 언제나 재즈 레코드를 틀어놓는다. 바닥에는 물이 고인 웅덩이가 있고 살아 있는 커다란 잉어가 헤엄치고 있다.

지금까지 본 적 없는 인테리어에 가게는 마호로 주민들로 붐볐다. 하지만 교텐은 대체로 번잡함과 무관한 구석 테이블에 앉는다. 이따금 헤엄치는 잉어에게 비스킷 조각을 던져주어서 아폴론 점장에게 혼났다.

"먹이는 주지 말라고 그렇게 말했는데 당신도 참 모를 사람이군."

점장은 교텐을 나무라고 기쿠코의 커피를 테이블에 내려놓았다. 기쿠코가 마호로바 키네마의 딸이란 걸 이미 알고 있을 테지만, 점장은 모르는 척해주었다.

딱히 무슨 얘기를 하는 것도 아니었지만, 기쿠코와 교텐은 되도록 시간을 들여서 천천히 쌉쌀한 대용 커피를 마셨다. 계산은 언제나 교텐이 했다.

실제로 교텐이 무슨 흑심을 품고 다가온 게 아닐까, 기쿠코는 의심했다. 가끔은 머리색이 특이한 여자를 만나고 싶다거나, 잘나가는 영화관 딸이라면 돈도 많을 테니 꼬셔볼까 생각하거나.

하지만 몇 번 만나는 사이에 그렇지 않다는 걸 알았다. 대용 커피 값이야 뻔했다. 교텐은 그저 여자와 카페에 가면 남자가 돈을 내는 거라는 관습에 따라서 커피 값을 내는 것뿐이었다. 마음을 끌려고 선물을 하고 은근히 대가를 바라는 일도 없었다. 좋은 의미든 나쁜 의미든 기쿠코에게 아무것도 기대하지 않았다.

교텐은 기쿠코를 만나고 싶어서 만났다.

그 사실을 깨달았을 때 기쿠코는 의심을 버리지 못한 자신이 부끄러웠다. 동시에 치밀어 오르는 기쁨과 긍지와 함께 교텐이 사랑스러워졌다.

이제 기다리는 건 그만두고 싶었다. 누구를 사랑하는지 알게 된 지금 기다리는 건 의미가 없다. 설령 게이스케가 돌아온다고 해도 어쩔 수 없다.

정혼자가 있는 몸으로 잘도 그런 잔혹하고 교만한 생각을 하다니. 이성은 그렇게 속삭였지만, 마음도 시선도 이미 교텐밖에 따를 수 없었다.

그러나 이 사람은 어떻게 생각하고 있을까? 내게 기대하는 모습을 보이지 않는 것은 포기해서일까, 귀찮은 사태—이를 테면 결혼—와 저울질하며 이도 저도 아닌 태도를 취하는 걸까. 과연 어느 쪽일까.

교텐의 일은 역 뒤에 서식하는 야쿠자와 관련된 일이란 걸 어렴풋이 눈치채고 있었다. 교텐 주위에 술집 여자의 그림자가 여럿 얼씬거리는 것도.

기쿠코는 교텐의 속마음을 신중하게 지켜보기로 했다. 사랑하기 때문에 겁쟁이가 되었다. 만약 모든 것은 기쿠코의 착각이고, 교텐이 기쿠코의 마음을 아무렇지 않게 무시한다면 몹시 견디기 어려울 것 같았다.

이런 기분이 드는 것은 처음이었다. 정혼자인 게이스케에게 조차 지금까지 겁쟁이가 되긴커녕 열심히 바라본 적도 없다.

게이스케가 소꿉친구이고 이제 와서 속마음을 궁금해하지 않아도 될 상대이기 때문이기도 하다. 하지만 무엇보다 오랜 세월 알고 지냈고 정혼자도 된 게이스케에게는 어떻게 대해야 할지가 정해져 있다. 밝고 즐겁게, 아내가 되어서는 조신하게. 거기에는 무언가를 생각할 여지도 필요도 없다.

기쿠코는 교텐을 만나고 잔꾀와 밀당을 알았다. 요컨대 사랑을 안 것이다.

그러나 태어나서 처음으로 해보는 잔꾀와 밀당이다. 경험이 없으니 어려워서 잘될 리 없었다.

바람이 시원해졌을 무렵, 기쿠코는 그걸 알게 되었다. 게이스케가 돌아왔다. 게이스케는 시베리아에 억류되어 있었다고 했을 뿐, 많은 얘기는 하지 않았다.

그날, 기쿠코는 여느 때처럼 카페 아폴론에서 교텐을 만난 뒤 마호로바 키네마로 돌아왔다. 아직 상영 중일 텐데 로비에는 사람들이 웅성웅성 서 있었다. 아버지의 모습까지 있었다. 다들 뺨에 눈물이 흐르고 있다. 그렇지만 웃고 있다.

이상한 분위기를 느끼며 문을 들어서자마자 기쿠코는 얼어붙었다.

로비 한복판에 게이스케가 있었다. 게이스케의 부모인 소네다 건재점 주인 부부가 눈가를 누르며 같이 서 있다.

기쿠코는 꿈 같다고 생각했다.

전쟁이 끝난 후 2년 동안 게이스케가 무엇을 보고 어떤 일을 겪었는지 이야기하지 않아도 알았다. 게이스케는 바싹 말랐다. 그러나 착하고 정직해 보이는 눈빛은 여전해서 주위 사람들에게 인사와 칭찬을 듣고 있었다.

기쿠코를 발견한 고조가 "기쿠코!" 하고 손짓했다. 게이스케의 눈이 얼른 움직이더니 기쿠코를 보고 한층 다정하게 웃었다.

"기쿠코."

그리운 목소리로 불리는 순간, 기쿠코는 얻어맞은 듯이 몸을 돌려서 문을 열고 밖으로 뛰쳐나갔다. 너무 잔인한 짓을 한다는 건 알고 있었지만, 기쿠코는 단숨에 큰길을 향해 달렸다.

교텐은 이미 카페 아폴론을 나간 뒤였다. 기쿠코는 숨도 쉬지 않고 큰길로 나와, 이번에는 시장을 향해 달렸다. 거리의 가게에서나 길 가는 사람들이 "게이스케 돌아왔다며?" "기쿠코, 좋겠네" 하고 말을 걸었지만, 귀를 막고 계속 달렸다.

시장 중간쯤에서 교텐을 따라잡았다.

"무슨 일이야?"

교텐은 기쿠코의 필사적인 표정에 놀랐지만, 기쿠코는 숨 쉬는 것도 힘들어서 한동안은 설명도 하지 못했다.

간신히 호흡을 가다듬은 뒤, 기쿠코는 거의 알아듣지 못할 소리로 외쳤다.

"데려가줘. 당신 집으로 데려가줘!"

잔꾀도 밀당도 전혀 없는, 영혼에서 우러난 부탁이었다. 교텐의 양팔에 손톱이 박히도록 세게 매달렸다.

"정혼자가 돌아왔어."

교텐은 꽤 긴 시간 말이 없었다. 그러다 기쿠코의 손을 잡고 여전히 말없이 시장을 빠져나가 쇼센 마호로 역 선로를 넘었다.

역 반대편은 기쿠코에게 미지의 장소였다. 바로 가까이에 있지만, 아주 먼 세계였다. 처음 보는 풍경은 사람의 피부가 뿜어내는 열기로 축축하고, 시끄럽고, 야한 색 조명이 비추어도 여전히 응고된 어둠에 흔들리는 신기루처럼 느껴졌다.

여자의 어깨를 감싼 미군이 친근하게 말을 걸어왔지만, 교텐은 두세 마디 건네고 끝냈다.

교텐의 집은 역 뒤 나가야(단층으로 길게 늘어선 공동주택)의 한 방이었다. 나가야 처마 밑에 서 있던 여자는 기쿠코를 적의와 호기심에 가득한 눈으로 뚫어지게 보았다.

"교텐, 그 애 아마추어 아냐? 어쩌려고?"

교텐은 가볍게 손을 저어 여자를 쫓고, 방에 들어가서 문을 닫았다. 기쿠코는 방 안을 둘러볼 여유도 없이 교텐의 가슴에 얼굴을 묻었다. 교텐의 팔이 살며시 등을 감쌌다.

다음 날 아침, 교텐은 마호로바 키네마 앞까지 기쿠코를 데려다주었다. 기쿠코의 보조에 맞추어 교텐은 사람이 없는 큰 길을 천천히 걸었다.


"우와. 의외의 전개네요."

다다가 "하지 마" 하고 제지하는 것도 듣지 않고 교텐은 몸을 내밀었다.

"떠돌이 교텐하고 잤구나."

"잤지."

소네다 할머니가 끄덕였다.

"좀 혼났겠네요."

"혼나고말고. 로비에 버티고 서 있던 아버지한테 뺨을 세게 맞고 쓰러졌는걸. 그렇지만 후회는 하지 않았어. 교텐을 좋아했으니까."

"게이스케한테는 뭐라고 했어요?"

"있는 그대로."

"나쁜 여자였구나." 교텐은 할머니를 놀렸다. "게이스케는 화냈어요? 슬퍼했어요?"

"그게 그 사람의 신기한 점이었는데 말이야." 할머니는 "거참"이라고 하듯이 고개를 저었다. "그랬구나, 하고는 잠시 생각하는 거야. 그리고 한 가지 제안을 하는데……."

멋대로 등장인물이 되어 다니는 몹시 불편한 기분이면서도 할머니가 얘기하는 게이스케의 제안에 귀를 기울였다.


"하지만 기쿠코는 나와 약혼을 취소하지 않는 게 좋을 거야."

게이스케의 말에 기쿠코는 놀라서 얼굴을 들었다.

게이스케는 기쿠코의 아버지와 함께 마호로바 키네마 로비에서 밤을 새웠다. 얼굴을 보자마자 뛰쳐나가서 돌아오지 않는 정혼자. 돌아오자마자 무슨 재난인가. 게이스케의 부모는 당연히 기쿠코의 상식 밖의 행동에 화를 냈지만, 그들을 달래서 집에 돌아가게 한 것도 역시 게이스케였다.

게이스케는 아버지에게 맞은 기쿠코를 부축해서 로비 소파까지 데리고 갔다. 퉁퉁 부은 얼굴에 젖은 수건을 대주고 기쿠코의 이야기를 묵묵히 들었다. 그동안 아버지는 곰처럼 로비를 돌아다녔다. 딸이 한 짓을 어떻게 생각해야 할지 모르는 것이다.

"우리 부모님한테는 기쿠코가 어젯밤에 바로 돌아왔다고 하면 돼. 아무 문제 없어."

"그렇지만…… 왜?"

입안의 찢어진 점막 때문에 괴로워하면서 기쿠코는 조심스럽게 물었다. 너를 사랑하지 않아서 결혼할 수 없다는 말은 점막이 찢어지지 않아도 말할 수 없었다.

"기쿠코는 오해할지도 모르지만, 나는 소꿉친구라서 정혼한 게 아냐. 기쿠코를 좋아하기 때문에 결혼 약속을 한 거야."

원망을 듣는 것 같아서 기쿠코는 고개를 숙였다. 게이스케는 기쿠코의 손에서 손수건을 받아 들고 바닥에 놓인 대야에 다시 적셔서 꼭 짜서 뺨에 대주었다.

"나는 기쿠코 말고는 결혼할 마음이 없어. 부모님한테 다른 사람과 결혼하라고 닦달받기도 싫어. 전쟁터와 마호로의 차이가 너무 커서 나도 아직 당황스러워……."

눈을 내리뜬 게이스케는 멀리 포성을 듣는 것처럼 보였다.

"기쿠코의 그 남자는 기쿠코와 결혼할 마음이 있는 것 같아?"

기쿠코는 잠시 생각하다 힘없이 고개를 저었다.

"그럼 한동안 이대로 지내자. 그 남자가 결혼하자고 하면 기쿠코는 야반도주라도 하면 돼."

게이스케의 관용과 차분함에 기쿠코는 오히려 무서워졌다.

"게이스케는 어쩌고?" 기쿠코가 작은 소리로 묻자, "나도 결혼하고 싶은 사람이 생기면 하지, 뭐"라고 게이스케는 망설임 없는 모습으로 대답했다.

기쿠코의 아버지는 기쿠코와 게이스케의 약속을 도저히 허용할 수 없다고 생각했지만, 잠자코 있는 것 같았다. 게이스케와 파혼하면 기쿠코는 흠이 있는 사람으로 말이 퍼진다. 이미 스물여덟 살이 된 딸이 그러다 실수라도 하면 제대로 된 혼담도 들어오지 않을 것이다. 그렇다면 딸이 떠돌이와 헤어지기를 기다렸다가 게이스케한테 시집보내는 게 낫다. 그렇게 마음먹었을 것이다.

게이스케가 기쿠코에게 결혼 약속을 지속하자고 했다는 걸 알고 "특이한 사람이네" 하고 교텐은 말했다.

"기쿠코를 정말로 좋아하는가 보네."

"그럴까? 자존심 때문에 그러는지도 모르지."

"난 그렇게 생각하지 않아." 교텐은 나가야의 천장을 향해 담배 연기를 토했다. "만약 자존심이라면 기쿠코에게 야반도주해도 좋다고 말하지 않겠지."

"나하고 야반도주해."

기쿠코는 교텐의 배에 올라타 달콤한 목소리로 말해보았다.

교텐은 웃기만 할 뿐 대답하지 않았다.


"할머니한테 아주 좋은 조건이었네요."

교텐은 납득이 가지 않는 것 같았다.

"좋은 거냐." 소네다 할머니는 반론했다. "남자란 건 혼자 있으면 얌전하지만, 둘 이상 모이는 순간 한패가 돼서 나쁜 짓을 꾸민다니까. 나한테 좋을 일은 없어."

다다는 '그런가?' 하고 생각하면서 할머니에게 남은 보리차를 마시게 했다.

"여자는 어떤데요?"

"여자는 혼자 나쁜 짓을 생각하지." 보리차로 젖은 입술을 핥으며 할머니는 빙긋이 웃었다. "둘 이상이 되면 서로 견제하면서 얌전한 척하지. 뒤에서는 서로 이를 갈면서."

다다는 '그런가?' 하고 또 생각하고, 교텐은 그럴듯하다는 듯이 "과연" 하고 턱을 쓰다듬었다.

"뭐가 과연이야."

다다의 의문에는 할머니가 대답해주었다.

"남자 둘과 여자 하나의 삼각관계는 남자 하나와 여자 둘의 삼각관계에 비해 알 만하잖아. 전자가 결론을 빨리 내리기 쉽지. 어느 남자를 고르는 게 득인지 여자는 바로 판단해서 결정하고, 남자 둘은 서로 눈짓하다 적당한 시점에서 한쪽이 발을 빼지. 내 여자를 그 녀석에게 양보했다고 생각하면, 발을 빼도 남자의 자존심은 상처 입지 않으니까."

교텐은 끄덕거렸다. 정말로 알아들었나, 이 인간, 하고 다다는 생각했다.

"그런데 후자는 어때. 질질 끄는 일이 많지. 남자는 혼자 정하지 못하고 여자는 절대 결탁하지 않기 때문이야. 남자를 완전히 자기 것으로 할 때까지, 상대 여자가 항복하고 물러날 때까지, 조용히 치열하게 싸우지."

"과연." 교텐은 그럴듯하다는 듯이 또 끄덕였다. "그럼 할머니 경우, 사태는 평화로우면서도 신속하게 해결됐겠네요."

"뭐, 그렇게 말할 수 있지 않을까."

휠체어에 몸을 깊숙하게 묻고 포기의 한숨인지 원망의 한숨인지 모를 공기를 흘리는 소녀다 할머니였다.

기쿠코는 두 남자 사이에 친분이 생겼다는 사실을 한동안 알아차리지 못했다.

게이스케에게는 정혼자로 대하고 있었고, 주위도 그렇게 생각했을 터지만 실상은 소꿉친구 그대로였다. 교텐과는 사람들의 눈을 피해서 밀회를 즐겼다. '박쥐 생활'이라고 기쿠코의 아버지는 말했다. "그런 박쥐 생활 좀 관두지 않겠냐" 하고. 몰래 그려진 삼각형을 아는 사람은 당사자 세 사람 이외에는 아버지뿐이었다.

기쿠코는 어느 남자 앞에서나 다른 한 남자의 이야기는 하지 않았다. 게이스케에게도 교텐에게도 상처를 주고 싶지 않았으니까. 그런 배려가 전혀 의미 없었다는 걸 깨달은 것은 벌써 겨울이 됐을 무렵이었다.

마호로 시장은 부흥의 파도를 타고 재건축과 확충의 시기를 맞이했다. 아케이드는 헐리고, 판잣집처럼 급조한 작은 가게는 하나하나 개축되었다. 날이 밝을 때마다 마법처럼 새로워진 가게가 보였다. 가을부터 겨울에 걸쳐서 내내 그런 상태였다.

신장개업하는 가게가 잇따르고 시장은 활기를 띠었다. 목재의 수요가 높아져서 소네다 건재점도 몹시 바쁜 것 같았다. 대량의 목재를 실은 트럭은 소네다 건재점 앞에 서 있을 틈도 없이 그대로 시장 공사현장으로 달려갈 정도였다. 땀을 흘리며 진두지휘하는 게이스케의 모습을 기쿠코도 종종 보았다.

동시에 시장 권리를 둘러싼 야쿠자들의 움직임도 심상치 않아졌다. 마호로에서는 전쟁 전부터 오카야마파가 장악하고 있었지만, 돈이 움직이는 낌새를 알아차리고 요코하마를 근거지로 하는 다카하시파도 끼어들었다. 두 파는 종종 시장에서 충돌을 일으켰다.

점포 개장이 전부 끝나면 새로운 아케이드를 한꺼번에 짓는다. 가장 큰 이 공사를 수주한 것은 어느 파의 입김이 들어간 건설회사일까. 마호로 주민은 호기심과 흥분을 감추지 못하고 오카야마파와 다카하시파의 싸움을 지켜보았다.

그런 어느 날, 시장에 장을 보러 간 기쿠코는 교텐과 게이스케가 친밀하게 서서 얘기를 나누는 모습을 목격했다. 개축 중인 생선 가게 앞에서 두 사람은 팔짱을 끼고 서 있었다. 교텐은 짙은 갈색의 평소 차림 위에 오카야마파의 검은색 유니폼을 걸치고, 게이스케는 암시장에 흘러들어 온 미군 점퍼에 카키색 작업 바지, 각반을 두르고 작업화를 신고 있었다.

반할 것 같은 멋진 두 남자다. 기쿠코는 생각했다. 나의 배려는 뭐였을까, 한심하네. 남자들은 여자는 차치하고 어떤 사정이 있던 이내 친해진다니까.

"저기."

기쿠코가 말을 걸자 교텐과 게이스케는 돌아보며 미안한 기색 하나 없이 웃어 보였다.

"기쿠코, 장 보러 왔어?"라고 교텐이 말하고, "봐, 저 다리. 훌륭하지? 우리가 만들었어" 하고 게이스케가 말했다.

어쩐지 게이스케는 교텐에게 싼값으로 양질의 목재를 제공하는 듯하고, 그 목재로 교텐은 야쿠자 세계에서 힘을 키우고 있는 모습이었다.

일을 사이에 두고, 기쿠코를 사이에 두고, 교텐과 게이스케가 기묘한 우정을 쌓아가는 것 같았다.

기쿠코와 교텐과 게이스케는 함께 시간을 보내는 일이 많아졌다. 셋이서 카페 아폴론에 가고, 커피를 마시면서 화기애애하게 얘기를 나누었다. 교텐은 잉어에게 비스킷을 주다가 또 점장에게 야단맞았다. 시장 공사현장에 출입하는 교텐과 게이스케에게 기쿠코가 도시락을 갖다주는 일도 있었다. 반찬으로 싸 간 생선구이를 놓고 "내 생선이 더 커" "아냐, 내 거야" 하고 교텐과 게이스케는 작은 소리로 싸웠다. 하여간 애들 같다니까. 기쿠코는 어이없어하다 나중에는 따라 웃었다.

기쿠코와 교텐은 걸어가면서 이따금 몰래 손을 잡았다. 열정에 치달려서. 그걸 봐도 게이스케는 아무 말도 하지 않았다. 아무 말도 하지 않고 넌지시 방패가 되어 두 사람의 모습을 가려주었다.

게이스케는 교텐에게 계속 목재를 융통해주었다. 시장 공사는 결국 오카야마파 산하에 있는 건설회사가 맡게 되어 다카하시파는 마호로에서 철수했다.

봄이 되어 새롭게 개장한 시장이 마호로 주민들 앞에 나타났다.

"꿈만 같아" 하고 게이스케는 중얼거렸다. 부드러운 햇살이 내려앉은, 얼룩 하나 없는 아케이드를 올려다보면서. 교텐은 격려하듯이, 축하하듯이 게이스케의 어깨를 가볍게 쳤다.

이 사람들은 죽음이 일상이 된 세계를 보아왔다. 기쿠코는 그렇게 생각했다. 살아서 고향에 갈 수 있을 거라고는, 빛으로 가득한 시장에서 쇼핑을 할 수 있는 생활을 되찾으리라고는 꿈에도 생각하지 못한 세계를.

게이스케가 돌아왔을 때, 기쿠코는 꿈 같다고 느꼈다. 나쁜 꿈 같다고.

시장 앞에 서 있는 게이스케의 중얼거림을 들으며 기쿠코는 자신을 부끄러워했다. 나는 아무것도 몰랐다. "전쟁터와 마호로의 차이에 당황하고 있다"라고 한 소꿉친구의 마음을 헤아리려고 하지 않았다.

게이스케와 교텐은 전쟁터에서 듣고 보아온 끔찍한 죽음의 기억, 그곳에서 자신들이 한 행위의 기억으로 친해졌을지도 모른다. 그건 절대 기쿠코가 들어갈 수도, 나눌 수도 없는 부분이다.

안전해진 시장은 어디고 할 것 없이 반짝거렸다. 가게에는 물건이 넘쳐났다. 타지 사람들이 분쟁을 일으키려고 하면 오카야마파 젊은이들이 바로 끄집어냈다. 골목 구석에는 쇼핑객을 위한 공중화장실까지 설치되었다. 전쟁이 끝나고 이제야 평화롭고 행복한 세상이 왔다고 사람들은 생각했다.

"소네다 건재점 아들 덕분에 오카야마파에서 입지가 편해졌어."

나가야에서 담배를 피우면서 교텐은 그렇게 말했다. 뒤편으로 흐르는 어두운 강에서 비릿한 물 냄새가 올라왔다.

기쿠코는 블라우스 단추를 다 잠그고 교텐의 옆얼굴을 바라보았다. 떠돌이인 교텐이 언제 또 이곳을 떠날지 기쿠코는 항상 불안했다.

"그럼 줄곧 마호로에 있을 수 있겠네."

"글쎄, 어떻게 될까."

교텐은 금방이라도 울 것 같은 얼굴을 한 기쿠코를 보았는지 달래듯이 덧붙였다.

"아마, 한동안은."

기쿠코는 무릎으로 다다미 바닥을 기어서 교텐의 어깨에 가볍게 턱을 올렸다.

"당신들 이상한 사이더라."

"누구 말하는 거야?"

"당신이랑 게이스케 씨. 게이스케 씨는 질투도 안 나나."

"하길 바라는 거야? 나쁜 여자네."

"그런 건 아니지만."

"그 녀석은 참 좋은 놈이야."

교텐은 재떨이에 담배를 비벼 끄고 기쿠코의 머리를 부드럽게 어루만졌다.

"고생도 많이 했을 텐데 햇살 냄새가 나. 기쿠코와 같은 냄새야. 그 녀석은 기쿠코를 위해서 내게 목재를 융통해주는 거야."

그래도 당신은 줄곧 이곳에 있겠다는 말은 해주지 않네. 게이스케 씨와 내가 이렇게 당신을 붙들어두려고 하는데.

기쿠코는 애달픈 마음으로 교텐을 꼭 껴안았다.

"내 냄새가 옮으면 큰일 나."

교텐은 미소 지으며 기쿠코의 팔을 슬머시 풀었다.

"밤도 깊었네. 데려다줄게."


저녁놀이 느티나무 그림자를 길게 늘였다.

"할머니 뭔가 되게 괜찮은 여자였던 것처럼 들리네요."

교텐은 납득이 가지 않는다는 듯이 콧방귀를 뀌었다.

"무슨 실례되는 소리야. 나 진짜로 괜찮은 여자였는걸."

"여기서도 저기서도 인기여서 기분 좋았어요?"

심술궂은 교텐의 질문에 소네다 할머니는 눈을 씀벅거렸다.

"그렇지도 않아." 부정하고는 다시 강하게 말을 이었다. "변명할 생각은 없지만, 게이스케 씨도 좀 놀았어. 교텐이 소개한 여자하고. 교텐도 게이스케 씨 덕분에 꽤 얼굴이 알려졌지."

"할머니는요?"

"나는 안달만 났지. 교텐하고는 앞날이 보이지 않고, 그렇다고 게이스케 씨한테 울며 매달리기는 싫고. 차라리 제3의 남자한테 시집가버릴까 생각했을 정도야."

반세기가 더 지나도 사그라들지 않은 할머니의 분노에 다다는 웃음을 터뜨렸다.

"산다는 게 그런 건가 봐요. 영화처럼은 되지 않죠."

"정말 그러네." 할머니는 한숨을 쉬었다. "생각해보면 내 로맨스는 게이스케 씨가 돌아온 날 끝났을지도 몰라. 시장에서 교텐한테 매달리며 데려가달라고 말한 순간에."

"하지만 나쁘진 않았잖아요?"

다다가 조용히 묻자, 할머니는 "응" 하고 대답했다.

"나쁘지 않았지. 로맨스도 그 후의 생활도. 평생 그 기분을 모르고 사는 사람도 있을 텐데, 나는 알아서 다행이라고 생각해."

피부가 얇아져서 말라빠진 손가락을 할머니는 기도할 때와 비슷한 모양으로 깍지를 꼈다.


이상한 삼각관계는 1년도 지나지 않아서 끝이 났다.

"슬슬 질렸어" 하고 교텐이 말했기 때문이다. 기쿠코는 그야말로 난공불락인 예리코의 벽이 무너진 듯한 충격을 받았다.

싫다며 따지고 버리지 말라고 울부짖었다.

그러는 동안 교텐은 얇고 초라한 이불 속에서 뒹굴며 태연히 천장을 올려다보고 있었다.

"난 어떡해야 해?"

끝내 엎드려 우는 기쿠코에게 교텐은 차갑게 말했다.

"소네다 건재점 아들하고 결혼하면 되잖아."

"그럴 수 없어. 하고 싶지 않아!"

"나하고 잤다고 고집부리지 마. 〈어느 날 밤에 생긴 일〉 봤잖아. 떠돌이 남자가 아니라 정말로 착한 남자를 골라서 여자는 행복해졌어."

교텐은 기쿠코를 마호로바 키네마까지 끌고 갔다. 밤의 시장은 모든 가게가 문을 닫아서 낮과는 다른 세상처럼 고요에 감싸였다. 교텐과 처음 만난 길을 기쿠코는 눈물을 흘리면서 끌려갔다.

그날 상영을 모두 마치고, 로비에서 폐관 준비를 하던 아버지는 기쿠코가 우는 얼굴로 돌아오자 펄쩍 뛰었다.

"무슨 일이 있었던 거야. 그 야쿠자 놈한테 무슨 일을 당한 거야?"

아버지는 바로 밖으로 뛰어나가려고 했지만, 기쿠코는 필사적으로 말렸다. 아무것도 아니다. 그저 차였을 뿐이다. 그렇게 생각하니 비참했다. 아버지는 망설이던 끝에 기쿠코의 어깨에 말없이 손을 올렸다.

그때 기쿠코는 교텐이 길 건너편에 서 있는 것을 보았다. 어둠 속에서 교텐이 문 담배가 빨갛게 깜박거렸다. 아버지가 기쿠코를 맞아주는 모습을 끝까지 보고 나서야 교텐은 유리문을 천천히 지나 시야에서 모습을 감추었다.

게이스케가 교텐의 집으로 찾아가보니 이미 마호로에 새로 온 매춘부가 살고 있었다고 한다.

태어나서 처음 한 실연에 기쿠코는 일주일쯤 앓아누웠다. 친구를 잃은 게이스케도 기쿠코의 베갯머리에서 말없이 앉아 있었다. 기쿠코와 게이스케 사이에는 상실한 교텐이 예리코의 벽처럼 솟아 있었다. 그러나 그 벽이 조만간 무너질 거라는 것, 마치 벽 따위는 없었던 것처럼 둘이서 새로운 생활을 시작할 거라는 것을 기쿠코도 게이스케도 어렴풋이 감지하고 있었다.

나중에야 교텐이 오카야마파에서 문제를 일으켜서 쫓기는 몸이 됐다는 소문을 들었다.

"데려가줘"하고 부탁했더라면 교텐은 이번에도 기쿠코의 바람을 들어주었을지도 모른다. 그래서 급히 이별을 고하고 기쿠코를 두고 갔는지도 모른다. 햇살 냄새가 나는 곳. 교텐이 동경하였으나 끝내 머물 수 없었던 곳에.

그렇게 생각하고 싶었다. 그렇게 생각하기로 했다.

기쿠코가 마지막으로 본 교텐, 어둠 속에 서서 마호로바 키네마와 기쿠코를 바라보던 교텐의 얼굴은 행복 그 자체를 본 것처럼 미소 짓고 있었다.

기쿠코가 잘못 본 게 아닐 터다.


소네다 할머니가 간신히 병실로 돌아가는 데 동의하여, 다다와 교텐은 하루 일을 마치고 트럭을 탔다.

도로는 한산했다. 다다는 핸들에서 한 손을 떼고 "아이고" 하고 럭키스트라이크에 불을 붙였다.

"대리 문병하는 일은 이제 관두자."

교텐은 지쳤는지 안전띠가 의미 없을 정도로 미끄러져 내린 꼴로 조수석에 앉아 있다.

"오봉(한국의 추석에 해당하는 일본 명절)에 생각지도 못한 과로 근무야."

"오봉이니까 어머니 문병을 가지 않으면 욕먹는다고 생각하는 사람이 있는 거야."

"그럼 제가 직접 가면 될 텐데."

교텐의 의견은 지당하지만, 소네다 할머니의 아들 일가는 지금 오키나와에서 여름을 만끽하고 있는 중이다.

평생 딱 한 번의 연애를 하고, 소꿉친구와 결혼하고, 아들도 손자도 있는 소네다 할머니는 지금의 처지를 어떻게 생각하고 있을까. 행복한지 불행한지 다다는 판단이 되지 않았다.

할머니의 회로는 종종 끊겨서 다음에 만났을 때 물어보아도 명확한 대답은 돌아오지 않았다. 할머니가 한 얘기는 다다와 교텐 외에는 구경꾼 없는 불꽃놀이처럼 검은 허공으로 사라져버렸다.

영화와 비슷하다. 어둠 속에 깜박거리는 1초에 24회의 빛. 빛은 온도가 되고 온도는 드라마가 되어 기억의 은막에서 상을 맺는다.

"투덜거리지 마, 게이블 교텐." 다다는 트럭 창을 조금 열고 담배 연기를 밖으로 내보냈다. "오늘은 스크린에서 활약했으니 좋잖냐."

"출연료는 나오냐?"

교텐이 말해서 배에 럭키스트라이크 한 갑을 올려주었다.

조수석에서 올라오는 하얀 연기가 다다의 눈앞을 떠돌았다. 마호로의 불빛이 희미하게 배어났다.

이 정경도 언젠가 기억이 될까. 어둠 속에 떠오른 깜박이는 빛, 밤하늘에 뿌려진 불꽃 같은 빛이.

소네다 할머니가 빛의 신호를 보낸 상대가 아들도 손자도 아니고 다다와 교텐이었던 건 신기한 일이다. 소중한 기억을 맡길 상대가 연애와도 핏줄과도 먼 사람이었다니.

정말로 착한 남자를 선택해서 여자는 행복해졌다.

소네다 할머니에게 선택받은 거라면 기쁘긴 하지만.

"오늘 우리 둘 다 〈어느 날 밤에 생긴 일〉의 클라크 게이블이 된 건지도 모르겠네."

다다가 말했다.

"글쎄다, 자신은 없군."

교텐은 입술 사이로 가늘게 연기를 뱉었다.

"너나 나나 턱이 갈라지지 않았으니까."

## 오카 부인은 관찰한다

오카 부인은 요즘 세 가지 걱정거리가 있다.

정원의 동백나무 앞에서 오카 부인은 생각에 잠겼다.

역시 힘이 없는 것 같다. 윤기를 잃은 잎이 누레졌다. 벌레가 먹은 것 같지도 않고, 얼마 전까지 비가 계속 온 덕분에 수분도 충분했을 텐데. 비료가 부족한가.

화창한 가을 하늘 아래, 오카 부인은 손가락 끝으로 나뭇잎을 조심스레 쓰다듬으며 한숨을 쉬었다.

이 동백나무는 오카 부인이 야마시로초의 오카가(家)에 시집 온 기념으로 시어머니가 묘목을 심은 것이다. 반세기 이상이 지나서 지금은 꽤 아름드리나무로 자랐다.

"무슨 나무가 좋으냐?" 하고 시어머니가 물어서, "동백나무가 좋아요." 하고 대답했던 것이 어제 일처럼 생각난다.

"동백나무는 벌레가 슬기 쉽고, 꽃이 지는 모습도 청승맞은데."

그렇게 중얼거리면서도 시어머니는 오카 부인의 뜻을 존중하여 빨간 꽃잎이 선명한 품종을 구해주었다.

그 무렵의 마호로는 일대가 논밭이었고 산은 녹색이었다.

하치오지의 농가에서 태어난 오카 부인은 마호로의 부농이었던 오카가에 장작 트럭을 타고 시집을 왔다. 마침 그날, 낙뢰 때문에 국철 하치오지선(線)이 운행을 쉬었기 때문이다. 당시에는 아직 하치오지에서 마호로를 지나 요코하마까지 비단 행상인이 오가고 있었다. 오카 부인에게 오카가를 소개한 것도 장작 트럭에 태워준 것도 같은 마을에 살던 비단 장수 아저씨였다.

아주 불편한 길을 더듬어 오카가에 도착했을 때는 여러 대의 트럭을 나눠 탄 친척들의 엉덩이가 멍투성이가 되어 있었다. 처음 만난 남편이 새집에서 먼저 해준 것은 오카 부인의 엉덩이를 젖은 수건으로 식히는 것이었다.

"어이."

집 안에서 남편이 불러서 오카 부인은 동백나무 잎을 손에서 놓았다.

"네, 왜요."

대답해도 남편은 여전히 "잠깐만 와봐"라고만 한다.

저 사람도 옛날에는 더 다정하고 센스 있는 남자였는데. 오카 부인은 아휴 하고 고개를 젓고는 툇마루를 지나 거실로 들어갔다. 나이를 먹는다는 건 무서운 것이다. 남편은 해가 갈수록 까탈스러워진다.

두 번째 걱정거리는 이것이다.

오카 부인을 불러들인 남편은 아니나 다를까, "요중(요코하마 중앙교통) 녀석들, 오늘도 시간표대로 운행하지 않았어" 하고 씩씩거리며 말했다. 좌탁 앞에 앉은 오카 부인은 "어머나, 그랬어요" 하고 흘려 넘겼다.

속으로 '이 사람, 대체 요중 버스에 왜 이렇게 집착하는 거야' 하고 고개를 저었다. 집착이라고 표현할 수밖에 없다. 요코하마 중앙교통과 연애하는 게 아닐까 싶을 만큼 남편은 날마다 버스 운행 상황에 눈을 반짝거리고 있다.

혹시 치매 증세일까. 오카 부인은 불안과 의혹을 품고 넌지시 남편을 관찰했다. 남편은 마호로 시민병원에서 받아 온 약을 입에 넣고 오카 부인이 식혀서 가지고 온 호지차로 위까지 내려보냈다.

오카가가 소유하고 있던 논밭은 남편 대에서 전부 아파트와 다세대주택으로 바뀌었다.

남편은 기회를 보는 데 민감한 타입인지, 급격히 베드타운화된 마호로 개발의 파도를 탔다. 덕분에 오카가는 몇십 년째

월세 수입만으로 안락하게 살고 있다. 시어머니와 시아버지가 살아 있었더라면 한탄했겠지만, 오카 부인도 물론 농사일보다 아파트와 다세대주택을 관리하는 것이 편하고 수입이 좋아서 고맙게 생각한다.

그러나 너무 한가한 것이 문제인지도 모르겠다. 약을 먹고 텔레비전 앞에 뒹구는 남편을 보며 오카 부인은 생각했다. 아이들도 독립해서 집을 나간 지금, 이 사람이 하는 일이라곤 시민병원에서 비타민제를 받아 오는 것뿐. 그야 통원 수단인 버스에만 신경 쓰게 되기도 하겠지.

"이번에야말로 요중이 운전 횟수를 속이는 거 꼬리를 잡아버릴 거야."

"어휴, 당신, 또 그래요."

오카 부인은 핀잔을 주었다.

남편은 마호로 역 앞에 있는 다다 심부름집을 편애한다. 확실히 일은 꼼꼼하게 잘한다. 정원 손질이며 창고 정리 같은 사소하지만 체력이 필요한 작업을 묵묵히 해주어서 노부부만 사는 오카가에는 소중한 존재다.

그러나 남편은 2주 전에도 다다 심부름집을 부른 참이었다. 의뢰 내용은 평소와 마찬가지.

"정원 일을 하면서 요중 버스 운행 상황을 감시해."

오카 부인은 버스 시간표를 옆에 놓고 오카가 앞에 있는 정류장을 지켜봐야 하는 심부름센터 사람이 불쌍해서 견딜 수 없었다.

"돈을 주니 그 인간도 불만은 없잖아."

"그렇긴 하지만."

"왜, 집에 돈이 없어? 월세 밀리는 놈 있어?"

"다들 잘 내고 있어요. 내가 하고 싶은 말은" 하고 오카 부인은 남편의 등을 향했다. "돈 때문에 계속 일할 수 있는 사람은 그렇게 많지 않다는 거예요."

"그런가?"

남편은 건성으로 대답했다. 텔레비전 화면에서는 정오의 정보 프로그램에서 "세상에, 폴리페놀 함유량이 통상 8배!" "우와!"라고 말하고 있다.

그렇죠. 오카 부인은 남편의 등을 잡아서 흔들고 싶은 기분을 꾹 참았다. 밖에서 일해본 적 없는 오카 부인이어도 상상은 할 수 있다. 사람은 돈을 위해서만이 아니라 타성이나 애착이나 인간관계나 보람으로 일을 한다. 그렇지 않으면 내가 뭐 하러 매일 밥하고 청소하고 빨래를 계속한다고 생각해요? 돈 따위 한 푼도 받지 않았어요. 일이라는 의식조차도 없어요.

당신하고 살고 싶으니까, 당신을 위해서라고 생각하니까 나는 내 역할을 다하고 있는 거잖아요.

반대로 당신은 어때요? 나를 위해서라고 생각해준 적이 최근 십 년 동안 있긴 했어요?

그렇게 말하고 싶었지만, 남편은 뒷면이 백지인 전단 뭉치를 끌어당겨서 "새종이버섯이 통풍에 좋다네" 하고 수상쩍은 정보를 메모하고 있다. 새종이버섯이 아니라 새송이버섯이겠지. 묘한 데서 구두쇠 짓을 하는 남편이 시키는 대로 신문에 끼어 오는 전단 중 메모로 사용할 수 있는 종이를 선별하는 것은 나다.

가슴속에 소용돌이치는 생각에 뚜껑을 덮고 오카 부인은 그저 "기왕 심부름센터를 부를 거면 해서 보람 있는 일을 시키는 게……" 하고 소극적으로 말하고 말았다.

"그러니 딱 좋잖아" 하고 남편은 말했다. "속임 운행 증거를 모으는 것보다 더 보람 있는 일이 어디 있어."

말도 통하지 않고, 요중 버스 고발에 바치는 열정이 엄청나다. 이런 사람이 아니었는데.

늙어서 그런지 원래 이런 성격이었는지 모르겠지만, 오늘도 점점 도를 더하는 남편의 고집을 통감하고, 오카 부인은 머리를 감싸 안았다.


다음 날 찾아온 심부름집의 다다는 언제나와 똑같았다. 의뢰 내용을 듣고 약간 뺨이 경직됐지만, 겉으로는 싹싹하게 이른 아침부터 정원 청소와 버스 정류장 감시에 착수했다. 오카 부인은 "미안해요" 하고 진심으로 사과하고 싶은 마음이었다. 남편은 거실에서 텔레비전을 켜놓은 채, 정오도 되지 않았는데 낮잠을 자고 있다.

10시에 간식으로 다과를 내는 김에 오카 부인은 툇마루에 앉아서 차를 마시는 다다와 잠시 얘기를 나누었다.

다다는 쉬는 동안에도 버스가 시간에 맞춰서 버스 정류장에 오는지 정확하게 체크했다. 늘어져 있는 남편의 모습을 본다면 무척 기분이 나쁠 것이다. 오카 부인은 툇마루에 나가기 전에 레이스 커튼을 내려서 거실 안이 보이지 않도록 했다.

다다는 작년부터 조수를 데리고 오카가에 나타났다. 조수 이름을 다다에게 들었는지 어쨌는지 오카 부인은 잊어버렸다. 다다가 조수를 부를 때 뭔가 특이한 성을 부르는 것 같았지만, 오카 부인은 제대로 알아들은 적이 없다.

오카 부인이 보기에 조수인 남자는 아무래도 언동이 독특했다. 다다가 일사불란하게 정원 청소를 하고 있어도, 조수는 어째선지 도토리를 주워서 정원석 위에 늘어놓고 있거나 한다. 낙엽을 담은 쓰레기봉투를 베개 삼아 정원 구석에서 뒹굴며 하늘을 보기도 한다. 이거야 어느 쪽이 조수인지 모르겠네, 하고 오카 부인은 늘 생각했다.

오카 부인의 즐거움은 다다가 일하는 모습을 은근히 관찰하는 것이었다. 설레는 게 아냐, 하고 오카 부인은 자신의 마음을 확인한다. 그냥 보고 있고 싶을 뿐이다.

그런 오카 부인이었기 때문에 변화를 눈치챌 수 있었다. 2주 전에도 느꼈지만, 다다와 조수의 모습이 어딘가 이상하다. 말도 별로 나누지 않고 눈도 마주치지 않는다.

"싸우기라도 한 건가요?"

오카 부인은 툇마루에 걸터앉은 다다에게 물어보았다. 다다는 잠시 멈칫하다가 "아닙니다" 하고 대답했다.

누구하고, 라는 말은 하지 않았는데 부정한다. 역시 싸운 거네.

오카 부인은 세 번째 걱정이 해결되지 않은 것을 깨닫고 편치 않은 기분이 되었다. 2주가 지나도 냉전이 계속되고 있다니 상당히 큰일이지 않을까.

다다 심부름집 조수는 오카 부인이 준 화과자를 한 손에 들고 정원 한복판에 쭈그리고 앉아 있다. 고집스럽게 다다에게 등을 보이고 있다.

평소 같으면 조수는 오카 부인이 모습을 나타내자마자 툇마루로 다가온다.

"다다~ 쉬자!" 하고 과자나 차나 부인이 만들어준 점심에 얼른 손을 뻗는다.

그런데 이날은 다다에게 말도 걸지 않고, 생선을 가로채는 고양이처럼 잽싸게 화과자를 집더니 가버렸다. 다다와 얘기하고 싶지 않다는 태도다. 다다 쪽도 조수에게 툇마루에 앉으라고 권하지 않는다. 남의 정원 한복판에 쭈그리고 앉는 것은 궁상이라고 할까, 좋은 모습은 아니지만, 굳이 시야에 넣지 않으려는 전법 같다.

나이도 먹을 만큼 먹은 남자들이 뭘 서로 삐쳐서는.

"빨리 화해해요."

오카 부인이 타이르자, 다다는 난감한지 말없이 웃고 말았다.

남편은 점심을 먹고 나서 거실에 있는 구식 노래방 기계를 만지작거렸다. 1년에 세 번 정도 먼지를 뒤집어쓴 검은 기계가 생각나는 모양이다.

굳이 오늘이 아니어도 될 텐데.

설거지를 하면서 오카 부인은 한숨을 쉬었다. 남편이 부르는 옛날 노래가 온 집 안에 울려 퍼진다. 이러면 정원에도 소리가 새어 나갈 텐데. 다다에게 쓸데없는 일을 떠맡겨놓고 본인은 집 안에서 늘어지게 놀고 있는 걸 들킬 텐데.

설거지를 마친 오카 부인은 거실 커튼 틈으로 슬며시 정원을 내다보았다. 다다와 조수는 남편의 괴멸적인 음정의 노래 따위에는 관심도 없이 뭔가 말다툼을 하고 있었다.

오카 부인은 서둘러 현관으로 달려가서 문을 살짝 열고 귀를 기울였다.

"그러니까 말이야, 왜 네가 마셨냐고. 그건 내가 콜롬비아인한테 받은 위스키였는데."

조수는 정원에 세워둔 심부름집 트럭 짐칸에 큰대자로 서 있었다. 시선은 버스 정류장을 향하고 있다. 버스 운행 상황을 체크하는 일을 맡은 모양이다.

다다는 옆 화단에 쭈그리고 앉아서 풀을 뽑고 있었다. 장갑 낀 큰 손을 의외로 민첩하게 움직였다. 2주 전에도 대대적으로 정원 청소를 해서 별로 할 일이 없는 것 같다.

"요번에는 왜 그렇게 잔소리를 하는 거야."

"12년산이었다고."

"내가 살게, 돈 모아서. 너, 평소에는 음식도 음료수도 담배도 내 걸 가져가기도 하고 네 걸 주기도 했잖아."

"그건 내 박애 정신의 표출이야."

"헐렁하다고 하는 거야, 그런 건." 다다는 짐칸을 올려다보며 조금 강하게 말했다. "교텐. 사실은 위스키가 문제가 아닌 거지. 하고 싶은 말이 있으면 분명히 말해."

"오줌."

조수는 분명히 말하더니, 빈 페트병을 들고 짐칸을 내려와서 정원 구석으로 갔다. 남은 다다는 애가 타는 듯이 풀 뽑는 속도가 빨라졌다.

오카 부인은 조용히 문을 닫고 거실로 돌아왔다. 남편의 노래는 '에리모곶'을 지나서 '쓰가루해협 겨울 풍경'에 이른 참이었다. 점점 남쪽으로 내려가고 있다.

찻주전자에 호지차 티백을 넣은 채로 두었다. 오카 부인은 보온 주전자의 물을 받아서 색이 날 때까지 기다렸다가 자기 찻잔에 따랐다.

알게 된 것이 세 가지 있었다.

첫째, 조수의 이름은 교텐인 것 같다. 둘째, 그러고 보니 이웃에 '교텐'이라는 문패가 걸린 집이 있었다. 셋째, 다다는 표정이 많이 풍부해졌다.

오카 부인은 향이 좋지 않은 차를 한 모금 마셨다.

오카가가 다다 심부름집에 정원 청소를 부탁한 것은 그야말로 우연이었다. 쇼핑을 나간 오카 부인이 갓 개업한 다다에게 마호로 역 앞에서 전단을 받은 것이다.

"어떤 잡일이라도 맡겨주십시오."

그렇게 말하면서 다다가 나눠준 것은 손수 연락처를 써서 복사한 전단이었다.

심부름 대행이라는 직업을 들은 적은 있었지만, 실제로 일을 부탁한 적은 없었다. 오카 부인은 마침 넓은 정원에 끝도 없이 쌓이는 낙엽 때문에 고생하고 있을 때여서 멈칫멈칫 발을 멈추었다.

"정원 청소도 되나요?"

"네" 하고 대답하는 목소리는 낮고 건조했다. 오카 부인은 심부름센터 남자를 올려다보고 '어머나' 하고 생각했다. 온화해 보이지만, 어딘지 나른한 시선이다.

눈(雪)의 결정이 연상됐다. 먼지처럼 부서지기를 기다리는 것처럼 자포자기한 채 얼어붙은 눈(目)이다. 무뚝뚝한 외모와는 반대로 남자의 내부에는 많은 선과 모서리가 섬세한 모양을 그리고 있음이 틀림없다.

"그럼 부탁할게요" 하고 오카 부인은 용기 내어 말했다.

심부름센터 일이 궤도에 오르지 않으면 이 사람은 어딘가로 가겠구나 하고 느낀 탓이다. 그렇다고 동정한 것도, 자선을 베풀 생각으로 의뢰한 것도 아니다. 남편을 비롯하여 오카 부인의 아들도 아버지도 친척도 모두 단순명료한 남자들뿐이어서 복잡한 그늘을 드리운 다다에게 흥미가 생긴 것이 주된 동기였다.

오카 부인은 자극을 원했다. 아이들은 품을 떠났고, 별다른 대화도 없이 하루 대부분을 남편과 집에서 보내는 생활에 솔직히 질렸다.

아들보다 젊은 심부름센터 사람과 어떻게 되었으면 하는 몽상을 한 건 아니다. 노경에 든 자신이 지금까지 가족 이외의 남자와 거의 접하지 않았다는 사실을 깨달았을 뿐이다.

남편도 정원 청소 도구를 들고 온 다다를 마음에 들어했다. 그도 그럴 것이다. 다다는 말수도 적고, 일하는 모습은 성실했다.

다다는 오카 부인의 잡담에도 거의 어울리지 않았다. 회사에서 영업 사원으로 일했다는 얘기를 겨우 들었다. 이렇게 말이 없어서 영업을 어떻게 했을까, 오카 부인은 생각했다. 하지만 빙의된 듯이 작업에 빠진 다다를 보고, 이 성실함을 회사에서 인정했는지도 모르겠다고 생각을 고쳤다.

몇 년째 의뢰를 하다 보니 과연 다다도 조금 말수가 늘어나고, 오카 부인과 대화하면서 웃는 얼굴을 보이기도 했다. 그러나 여전히 오카 부인은 다다가 결혼했는지 어쩐지 모르는 채로였다.

아마 눈의 결정이 녹는 날은 오지 않을 것이다. 그렇게 느껴서 다다의 사생활을 묻지 않기로 했다.


"간식 들어요."

정원을 향해 말했다.

다다는 예의 바르게 적절한 거리를 두고 오카 부인의 오른쪽 옆에 걸터앉았다. 조수는 트럭 짐칸에서 버스 정류장 쪽을 보고 있었지만, 다다가 "어이, 교텐" 하고 부르자 마지못한 척하면서 툇마루로 왔다.

"정원에 쭈그리고 앉아서 간식 먹고 그러지 마" 하고 다다에게 미리 한 소리 들었을 것이다.

조수는 다다 옆에 앉지 않고, 오카 부인의 왼쪽 옆을 선택했다. 다다와 조수 사이에 낀 모양새가 된 오카 부인은 집 안으로 들어가는 것도 실례인가 싶어서 꼼짝할 수 없었다. 다다도 조수가 앉은 자리에 당황한 것 같았다.

조수는 오카 부인과 다다의 침묵을 전혀 개의치 않고 말차 양갱을 먹었다. 오카 부인은 다다와 조수에게 제공할 화제를 찾았다.

"그러고 보니 동백나무가 힘이 없는 것 같아요. 나중에 물하고 비료 좀 줄래요? 비료는 창고에 있어요."

다다는 왠지 양갱이 죽염 덩어리였던 것 같은 얼굴을 하고 "네" 하고 대답했다. 조수가 호지차에 손을 뻗으면서 "수분도 양분도 충분한 것 같던데" 하고 말했다.

"네?" 하고 되물으려는 오카 부인을 가로막듯이 다다는 낮은 목소리로 "교텐" 하고 저지했다.

"뭐야." 조수는 불만스러운 듯했다. "나한테도 거기에다 싸라는 거냐."

"아냐. 됐으니까 조용해."

지금 대화는 무슨 뜻일까. 오카 부인은 의아하게 생각했지만 다다도, 다다에게 야단맞은 조수도 그 길로 입을 다물어버렸다.

조수를 데려온 뒤로 다다는 정말로 달라졌다. 전에는 이런 식으로 말을 많이 하거나 거칠게 말하거나 언짢아하는 일이 없었다.

과묵하고 어딘가 쓸쓸해 보였던 예전의 다다도 오카 부인은 참 좋았다. 그러나 지금이 훨씬 좋다. 거실에서 작업하는 걸 내다보고 있으면 문을 닫고 싶지가 않다. 변화의 이유는 모르겠지만, 다다의 모습이 오카 부인의 눈에는 신선해 보였다.

"두 사람은 전부터 알던 사이인가요?"

오카 부인이 묻자, 다다의 시선이 조수 쪽으로 흘렀다. 조수는 대답할 마음이 없는 것 같다. 두 개째 양갱을 우물거리며 씹고 있다.

"고등학교 동창입니다" 하고 다다가 말하기 난감하다는 듯이 대답했다.

그럼 두 사람 다 마호로 고등학교 출신이구나. 오카 부인은 마음속 수첩에 다다에 관해 알게 된 새로운 정보를 써넣었다. 다다에게 고등학교 이름을 들은 적은 없었지만, 오카 부인은 어떤 사정으로 조수가 다닌 고등학교는 어딘지 짐작이 갔다.

"동창회에 간 적 있어요?"

조수가 갑자기 물었다. 처음에는 자기한테 하는 말인지 몰랐지만, 조수가 오카 부인을 보고 있었다. 다다가 어색한 듯이 몸을 움직였다.

"아뇨." 오카 부인은 말했다. "보고 싶은 친구하고는 개인적으로 만나면 되고, 몇십 년이나 만나지 않은 사람들하고 무슨 얘기를 해야 좋을지 몰라서."

"그렇죠. 저도 그래요."

조수가 웃었다. 이 사람, 웃을 줄도 아는구나. 오카 부인은 조금 놀랐다.

의견 일치를 본 뒤에 "아까 노래, 대단하더군요" 하고 조수는 또 말을 걸어왔다. 역시 들렸던 것 같다. 오카 부인은 민망하기 그지없었다. 조금 전에 방을 들여다보니 남편은 노래하다 지쳤는지 코를 골면서 또 자고 있었다. 오카 부인은 남편의 배에 타월 이불을 덮어주었다.

남편의 노래를 언급하는 걸 꺼리는 오카 부인의 마음을 헤아렸는지, "잘 먹었습니다" 하고 다다가 툇마루에서 일어났다. 조수도 남은 양갱을 주머니에 찔러 넣었다.

오카 부인은 정원에서 작업을 재개한 두 사람을 한참 바라보았다. 어쩐지 고등학교 동창회가 다다와 조수 사이가 좋지 않은 근본적인 원인 같다고 생각했다.


재미있는 텔레비전 프로그램도 없어서 일찌감치 저녁 준비를 하기로 했다. 튀김을 하려고 말린 전갱이에 튀김옷을 입혔다.

다다가 데리고 온 조수를 처음 보았을 때, 오카 부인은 어딘가에서 본 것 같다고 느꼈다. 그건 착각이 아니었다.

조수의 이름을 알고 나서 떠오른 정경이 있다.

15년도 전, 오카 부인은 곤타라는 하얀 믹스견을 키웠다. 남편이 키우겠다며 어딘가에서 얻어 왔지만, 곤타를 돌보는 모든 일은 모두 오카 부인의 몫이었다. 남편은 요중 버스 체크에 열심인 걸 제외하면 무슨 일이든 바로 싫증 낸다.

곤타와 아침저녁으로 산책하는 것이 당시 오카 부인의 일과였다. 곤타는 집에서만 활개를 치고 산책할 때는 언제나 얌전했다. 오카 부인과 정해진 코스를 담담히 걸었다.

도중에 매일 아침 스쳐 지나는 소년이 있었다. 수수하지만 청결한 차림새였다. 마호로 고등학교 학생이겠지. 오카 부인은 생각했다. 소년은 가방끈을 대각선으로 메고 언제나 곧장 앞만 보며 오카가 앞에 있는 버스 정류장을 향해 걷고 있었다.

오카 부인은 스쳐 지날 때마다 소년을 곁눈으로 보았다. 멋있지는 않지만, 이목구비가 단정해서다. 그러나 더 큰 이유는 표정이 없어서였다.

곤타가 짖기라도 하면 어쩌지. 아마 이 아이는 곤타를 걷어차고 나도 때리겠지. 그렇게 생각될 정도로 소년의 얼굴에서는 온기가 있는 감정이 전해지지 않았다. 어두운 수면 같은 눈만 까맣게 버스 정류장으로 가는 길을 비추었다.

초저녁 무렵에도 버스 정류장에서 걸어오는 소년과 이따금 마주칠 때가 있었다. 소년은 아침과 완전히 다른 분위기로 집으로 돌아가고 있었다. 등을 곧게 펴고 앞만 보고 걸어가는 모습에서는 학교에서 종일 보낸 피곤함도 즐거움도 느껴지지 않았다.

장마철의 어느 해 질 녘, 오카 부인은 파란 우산을 쓰고 곤타를 재촉하여 집으로 돌아가고 있었다. 천둥이 칠 것 같은 분위기였다. 곤타는 천둥을 너무 싫어해서 멀리서 낮게 울리기만 해도 난동을 부린다. 오카 부인은 만일을 위해 줄을 손바닥에 이중 삼중으로 감았다. 그게 나빴다.

하늘에서 번개보다 몇 초 늦게 굉음이 울린 순간, 놀란 곤타가 펄쩍 뛰어올랐다가 길가 풀숲에 얼굴을 곤두박았다. 오카 부인은 곤타에게 이끌린 채 꽈당 넘어져버렸다. 우산 때문에 손을 짚지도 못해서 양쪽 무릎과 콧등을 아스팔트에 찧었다.

오카 부인은 아픈 나머지 한동안 볼썽사나운 모습으로 엎어져 있었다. 비가 오카 부인의 등을 눈 깜짝할 사이에 적셨다. 갑자기 양쪽 겨드랑이로 손 같은 것이 쑥 들어오더니 번쩍 들어올려졌다. 놀란 오카 부인이 "꺅" 하고 소리치며 돌아보자 그 소년이 서 있었다. 소년은 머리부터 신발까지 푹 젖어 있었다.

아침에 스쳐 지날 때는 우산을 쓰고 있었는데 어떻게 된 걸까. 오카 부인은 자기가 피를 흘리고 있다는 것도 잊고 눈앞에 선 소년의 얼굴을 멍하니 바라보았다. 학교에서 누가 가져가버린 걸까.

소년은 여전히 새까만 동굴 같은 눈으로 오카 부인을 보고 있었다. 오카 부인은 자기가 피를 흘리고 있다는 사실을 깨닫고 주머니에서 손수건을 꺼내 황급히 닦았다.

"저기, 고마워요."

오카 부인이 말하자, 소년은 상반신을 구부렸다.

도움을 받은 것은 이쪽인데 어째서 이 아이가 인사를 하는 걸까. 그러나 소년은 길에 뒹구는 오카 부인의 우산을 주워주려고 몸을 구부린 것이었다. 동작 하나하나가 다 로봇 같았다.

소년은 오카 부인에게 우산을 건네주더니 한마디도 하지 않고 평소의 걸음걸이로 가버렸다.

다음 날 아침에 마주쳤을 때, 오카 부인은 소년에게 정식으로 감사 인사를 건네려고 했다. 그러나 소년은 양쪽 무릎에 붕대를 감고 코에 반창고를 붙인 오카 부인 따위는 시야에 들어오지도 않는 모습이었다.

아침이 되면 어제까지의 추억이 전부 지워지는 기계처럼. 아니, 기억도 감정도 애초에 입력 기능이 없는 기계처럼, 이라고 하는 편이 옳을지도 모른다.

3년 동안 거의 매일 얼굴을 보았는데 결국 오카 부인과 소년이 대화를 나눈 적은 한 번도 없었다.

이 아이는 무엇을 기뻐하고 무엇을 슬퍼하며 사는 걸까. 오카 부인은 이따금 생각했다. 아니, 기쁨이나 슬픔을 느낄 때가 있긴 할까.

어느 집 아이일까. 어떻게 자랐고, 학교에는 어떤 친구들이 있을까. 오카 부인은 상상했지만, 도무지 그려지지 않았다. 스쳐 지나가는 소년의 얼굴을 보면 떠오르는 것은 황야 같은 공백뿐이었다.

심부름집 조수가 그 소년이 성장한 모습이란 걸 오늘까지 깨닫지 못했다. 인상이 완전히 달랐다.

조수는 웃고 있었다. 잘 먹고, 감정을 겉으로 드러냈다.

교텐이라는 문패가 떼어진 것은 아마 재작년 말쯤이다. 전부터 이웃과 별로 교류를 하지 않는 집이어서 초로의 부부가 산다는 것 정도밖에 모른다. 저택이라고 해도 좋을 만큼 크고 오래된 단독주택으로, 창에는 두꺼운 커튼이 쳐져 있을 때가 많았다.

오카 부인은 튀김옷을 다 입힌 전갱이를 냉장고에 넣고 손을 씻었다.

추측할 수 있는 것이 세 가지 있다. 오카 부인은 머릿속으로 하나하나 세었다. 첫째, 다다와 조수는 싸우면서도 그럭저럭 잘 지내는 것 같다. 둘째, 조수의 부모는 이사를 간 것 같지만, 조수는 마호로에 남았다. 셋째, 조수는 소년 시절보다 지금이 훨씬 행복해 보인다.

다행이다, 하고 오카 부인은 생각했다.

오랜 고생 끝에 어른이 된 그 사람은 행복하게 살았습니다.

이야기의 마지막은 그렇게 끝나는 편이 좋다. 현실에는 그런 일이 거의 없다는 걸 알고 있지만. 괴로움이 그를 들볶을 일이 이제 없을 거라고 단언할 수는 없지만.


해가 지는 시간이 빨라졌다. 초저녁 공기에 여름 기운은 조금도 남아 있지 않다. 오카 부인은 빨래를 걷으러 정원으로 나갔다.

트럭 짐칸에서 버스 정류장을 보고 있는 것은 다다였다. 청소도 다 마쳤는지 한가해 보였다. 정원은 깔끔해졌다.

조수는 어디에 있는 걸까. 주위를 둘러보면서 빨랫줄에서 시트를 걷었다. 시트가 걷힌 시야에 조수가 서 있었다. 예기치 못한 일에 시트를 안은 오카 부인은 "꺅" 하고 소리를 질렀다.

"들어줄까요?" 하고 조수가 말했다. 오카 부인은 고개를 저었다. 아직도 가슴이 떨린다. 조수는 뚜껑이 닫힌 페트병을 들고 있었다. 라벨에 가려져 잘 보이지 않지만, 차가 아닌 액체가 들어 있는 것 같았다.

"난 제대로 여기에 볼일 보고 있어요."

조수는 그렇게 말하고 페트병을 흔들어 보였다. 청바지 주머니에서 찌그러진 담뱃갑을 꺼내 한 개비 물고 불을 붙인다.

일련의 동작을 비어 있는 왼손만으로 거침없이 해냈다.

오카 부인은 겨우 진상을 파악했다. 정원 구석 쪽에서 수수께끼의 액체가 든 페트병을 들고 나온 조수. 조수 왈 수분도 영양분도 충분한데 약해진 동백나무. 어딘가 불편해 보였던 다다.

"미안해요. 화장실 쓰라는 말을 못했네요." 하고 오카 부인이 말했다.

"음, 괜찮아요." 조수는 하늘을 향해 맛있게 연기를 뿜었다. "다다는 어느 집에서나 화장실은 쓰지 않아요. 나는 싸고 싶으면 빌리지만, 그러면 다다가 인상을 쓰죠."

"어머나, 왜요?"

"그 집 사정을 알게 되는 건 실례라고 생각하는 거 아닐까요."

조수는 호를 그리며 게걸음을 걸었다. 묘한 움직임이라고 생각했지만, 어쩐지 연기가 오카 부인 쪽으로 흘러가지 않도록 풍향을 신경 쓰는 것 같다.

"화장실을 보면 확실히 알긴 하죠."

"뭐가요?"

"어떤 휴지를 쓰는지, 청소는 했는지, 꽃이 있으면 조화인지. 그런 데서 그 집의 경제 사정이나 청결함, 센스 등등을 알 수 있죠."

그럴지도 모르겠다고 오카 부인은 인정했다. 오카가의 화장실을 떠올리고, 청소도 휴지도 괜찮지만 장식이 이상하다고 자가진단했다. 화장실 물탱크 위에는 손바닥 크기의 토용이 놓여 있다. 마을 주민회에서 1박 2일 여행을 간 남편이 오사카 선물이라며 사 왔다. 오카 부인은 한 입 크기 만두를 사 오길 바라고 남편에게 부탁하기도 했는데, 멍청한 표정을 짓고 있는 진흙 인형을 보고 실망했다. 그러나 남편은 소변을 볼 때마다 토용과 얼굴을 마주하는 게 만족스러운 것 같다.

이미 포기했지만, 참 이상한 사람이다. 오카 부인은 그렇게 남편을 평하며 탄식했다. 내 얘기는 하나도 들어주지 않고 맨날 자기 멋대로만 한다.

조수는 짧아진 꽁초를 들고 트럭에 있는 다다 쪽으로 걸어갔다. 오카 부인은 빨래 바구니를 안고 집으로 돌아가려고 했다.

현관문이 열리고 슬리퍼를 신은 남편이 정원으로 나왔다.

"당신, 웬일이에요?"

남편은 물어보는 오카 부인에게 시선도 보내지 않고 다다와 조수에게 가까이 갔다.

"어이, 심부름센터. 어때, 증거는 잡았나?"

"유감스럽게 오늘은 아직 한 대도 늦게 오는 차가 없었습니다."

다다는 몸을 구부려 운행 상황을 기록한 종이를 짐칸에서 꺼냈다. 남편은 납득하지 못하고 신음했다. 보고 있을 수가 없어서 오카 부인은 빨래를 거실로 날랐다.

셔츠와 수건을 재빨리 개면서 창밖으로 문득 시선을 보내니, 정원에서는 조수와 남편이 서로 엉켜 있고, 다다가 짐칸에서 땅으로 뛰어내려 조수 뒤에서 겨드랑이를 껴안고 말리는 참이었다. 잠시 눈을 뗀 사이에 무슨 짓을 어떻게 하면 저 난리가 나는지 모르겠다. 오카 부인은 얼른 빨래를 무릎에서 내려놓고 황급히 정원으로 나갔다.

"그렇게 우리를 못 믿겠으면 직접 감시하라고요!"

"뭐라고, 이 버릇없는 놈이! 저 사람은 몰라도 너는 맨날 일도 제대로 안 하잖아! 내가 안 보는 것 같아도 다 보고 있다고!"

"내가 일하는 거 볼 시간 있으면 버스 정류장을 보고 있으라고요, 음치!"

"음치라니 누가! 종일 밥풀 나르는 개미나 멍청히 보고 있는 인간이!"

서로 욕을 하다 조수가 남편의 대머리에 꿀밤을 먹이려고 하고, 남편은 조수의 몸통에 태클을 걸어서 다다까지 지면에 쓰러질 뻔했다.

"뭐 하는 거예요, 애들도 아니고! 그렇게 큰 소리로 소란 피우면 이웃에 민폐잖아요!" 오카 부인은 그 자리에 있는 누구보다 큰 소리로 호통을 쳤다. "여보."

"응"하고 남편이 몸을 움츠리고 대답했다.

"저녁은 전갱이 튀김이에요. 다 될 때까지 버스 정류장에서 운행 체크나 실컷 하고 와요."

말을 듣지 않으면 좋아하는 음식을 먹지 못한다는 걸 알아차렸을 것이다. 남편은 얌전하게 정원에서 도로로 나갔다.

오카 부인은 쌤통이다, 하는 얼굴을 하고 있는 조수 쪽을 향해 돌아섰다.

"조수 분도요."

"헐."

조수는 항의했지만, 오카 부인의 눈빛에 져서 마지못해 남편의 뒤를 따라갔다.

정원에 남은 오카 부인은 다다와 같이 잠시 버스 정류장의 동태를 살폈다. 말싸움 소리는 들리지 않았다. 남편과 조수는 오카 부인의 지시에 따라 버스 정류장 벤치에 조용히 앉아 있었다.

"죄송합니다."

다다가 머리를 숙였다.

"조수 분이 뭔가 안절부절못하는 것 같아요."

오카 부인은 툇마루로 다다를 불러서 나란히 앉았다. 주위에는 드디어 땅거미가 지고 현관 외등의 불빛이 트럭의 하얀 차체를 희미하게 반사했다.

"당신하고 조수가 왜 싸웠는지 얘기해주지 않을래요?"

"아닙니다, 정말로 시시한 일이어서."

다다가 고집스럽게 입을 열려고 하지 않아서 오카 부인은 필살기를 꺼내기로 했다.

"심부름센터. 정원 동백나무에 소변을 보죠?"

다다의 목젖이 오르락내리락했다.

"네."

"그건 내가 시집 올 때 어머니가 심어주신 소중한 나무예요."

"죄송합니다."

"얘기해봐요."

결국 체념한 다다가 설명한 바에 따르면, 조수와 사이가 틀어진 원인에는 역시 고등학교 동창회가 있는 것 같다.

"요전에 사무실로 동창회 참석 여부를 묻는 왕복 엽서가 온 겁니다. 어떻게 주소를 알았는지 모르겠어요. 저는 기본적으로 고등학교 친구한테는 직업도 사는 곳도 가르쳐주지 않는데."

"왜요?"

"심부름센터를 하고 있다고 하면 챙겨주려고 일부러 의뢰하는 녀석도 있을 테니까요."

오카 부인은 그 대답에는 납득이 가지 않아서 다다의 옆얼굴을 보았다. 다다는 시선에 졌는지 뺨으로 웃으며 덧붙였다.

"지금까지 어떻게 지냈는지 묻는 것도 싫고."

어째서, 하고 오카 부인은 또 묻고 싶었다. 호기심으로 묻는 사람도 있겠지만, 당신을 걱정해서 어떻게 지냈나 알고 싶은 사람도 있을 거예요. 그렇게 말하고 싶었지만, 참았다. 가족도 친구도 애인도 아닌 오카 부인이 할 말은 아니다.

"그렇군요"라고만 하고, 다음 얘기를 재촉하듯이 끄덕였다. 다다와의 거리를 느끼고 신혼 초에 남편과 싸웠을 때와 같은 쓸쓸함과 괴로움이 조금 일었다.

"불참할 생각으로 엽서는 내던져두었거든요. 그런데 교텐이 멋대로 참석에 동그라미를 해서 보낸 겁니다."

"그래서 싸웠어요? 그 정도로?"

"그러니까 말씀드렸잖아요. 시시한 일이라고."

"조수 분도 동창회에 가잖아요? 그렇게 화낼 일은 아닌데."

"그 녀석은 가지 않아요. 그러면서 저한테 참석하라고 하니까 화가 났죠."

오카 부인은 약간 혼란스러웠다.

"왜 당신한테만 참석을 강요하는 거예요?"

"동창회에 가서 영업하고 오란 겁니다. 신규 고객 개척을 위해."

"당연하다고 생각하지만. 조수 분은 왜 안 간대요?"

"아까 사모님께도 말씀드렸듯이 별로 할 얘기가 없어서, 라고 합니다. 뭐 교텐에게는 엽서 자체가 오지 않았습니다만. 교텐이 저희 집에 굴러 들어온 건 아무도 모르고, 만약 안다고 해도 부르지 않았겠죠. 그 녀석, 친구가 없었으니까요."

"당신은?" 오카 부인은 온화하게 물었다. "당신은 조수 분의 친구 아니에요?"

다다는 말문이 막힌 듯했지만, 얼굴에는 끔찍하다는 듯이 '아닙니다'라고 쓰여 있었다. 오카 부인은 웃음이 터질 것 같았다. 친구도 동료도 아무것도 아니다. 겉으로는 그런대로 죽이 맞아 보이는데 남자들은 이따금 참 바보 같다. 시시한 고집 싸움으로 소중한 것을 간과하고 있다.

그러나 어쩌면 나도 비슷할지 모른다. 오카 부인은 생각했다. 이미 남편과는 너무나도 오랜 세월 함께 시간을 보낸 탓에 남자와 여자가 아니라 부부라는 사실조차도 무뎌졌다. 하지만 마음속에 있는 등불 같은 것은 꺼지지 않는다. 남녀나 부부나 가족이란 말을 넘어서 그저 뭔지 모르게 소중하다는 느낌. 저온이지만 끈질기게 지속되는, 조용한 기도와 비슷한 경지.

포기와 타성과 사명감과 아주 약간의 따스함. 소소하게 매일 일하고 자기 역할을 다할 때의 심정과 같은 느낌으로 가늘게 맺어져 있다. 그런 관계를 한마디로 표현할 말은 없다. 없어서 당혹스럽다. '아내와 남편'으로 끝내고 안온하게 지내는 남편에게 짜증 난다. 그러나 같이 있는 것을 그만두고 싶지는 않다.

그 이유를 사랑이라고 한다면 아주 간단하지만.

"가보죠, 동창회?" 하고 오카 부인이 말했다. "당신이 조수 분을 데리고 가면 되잖아요."

"신규 고객도 잡을 수 있을지 모르니까요?"

다다는 포기한 듯 한숨 섞인 투로 말했다.

"그럼요, 그럼요."

"교텐만 가면 됩니다. 그 녀석도 영업을 했으니까."

"진짜요?"

"무서운 사실이지만 진짭니다."

오카 부인은 조수가 영업 멘트를 하는 장면을 상상해보았다. 해가 지구를 삼키는 날을 상상하는 것보다 어려운 일이었다.

이 세상에 심부름센터라는 직업이 있었던 것은 요행이다. 조수에게도, 회사원 시절 조수의 동료에게도, 조수가 다니던 회사 거래처에게도.

같은 생각을 했는지 다다가 웃었다. 오카 부인도 웃었다.

"화해할 때까지 출입 금지예요."

"평소에는 사이가 좋아 보였습니까?"

다다가 의아한 듯이 물어서, "별로 그렇게 보이지도 않았지 만" 하고 부인은 솔직하게 대답했다. "조수 분도 냉전 중이 아 니었다면 적어도 남편의 혈압을 올리는 말은 하지 않았겠죠."

"죄송합니다."

"그리고 앞으로는 정원에서 소변 금지예요. 우리 화장실을 썼요."

다다는 더 이상 말도 못 하고 고개를 숙였다. 다다가 토용과 마주하고 소변을 보는 걸 생각하니 오카 부인은 유쾌했다.

조수는 남편을 남겨둔 채 마침 온 버스를 타고 혼자 마호로 역으로 돌아가버렸다고 한다. 버스 창문으로 가볍게 손을 흔드는 조수의 모습이 보이는 것 같아서 오카 부인은 웃음을 참느라 애먹었다.

체면이 구겨졌다고 화내는 남편을 달래며 정중히 사과하는 다다에게 2인분의 전갱이 튀김을 들려 보내고 간신히 사태를 마무리 지었다.

"하여간 괘씸한 젊은 놈이야."

남편은 저녁 식사 자리에서 한바탕 불평을 늘어놓았다.

"에구, 돌아간 건 어쩔 수 없잖아요."

"당신은 하여간 태평이야. 그러니까 젊은 놈이 우습게 보는 거야."

"어머, 그래요?"

"그렇지."

우습게 본다는 생각은 눈곱만치도 들지 않았다. 차라리 누군가를 우습게 보거나, 업신여기는 행동이라도 할 줄 안다면 다다도 조수도 좀 더 살기가 편했을 거라고 생각할 정도도.

남편을 욕실로 쫓아내고 오카 부인은 침실로 쓰는 13평 남짓한 방에 이불을 두 채 깔았다.

아직 목욕도 하지 않았는데 왠지 피곤이 몰려와서 옷을 입은 채로 이불에 누웠다. 형광등이 천장을 창백하게 비추고 있다.

다다도 조수도 과거를 건드리는 걸 싫어한다는 점에서 의견이 일치해, 싸우면서도 같이 심부름센터를 해나가는 건지도 모른다. 오카 부인은 다다와 조수의 마음을 잘 이해하지 못한다. 언급하지 않길 바라는 과거 같은 건 갖고 있지 않기 때문이다.

부모와 형제가 있는 평범한 가정에서 태어나, 폭력이나 변태 성향이 있는 것도 아닌 남편과 결혼하여 집안일과 육아로 세월을 보냈다. 반항기가 없었던 건 아니지만 평범하고 착한 아이들은 독립하고, 남편과 둘이 보내는 노후를 조금 지겨워하고 있다. 인생이 질릴 정도로 단순명료해서 부끄러울 정도다.

차라리 좀 더 어두운 그림자가 있는 편이 여자로서 매력적이었지 않을까. 과묵하고 성실하고 과거가 있는 심부름센터 남자가 나이 차를 개의치 않고 비틀거릴 정도로.

그런 몽상을 하던 오카 부인은 얼굴 앞의 공기를 얼른 손으로 떨쳐냈다. 대체 내가 무슨 생각하는 거야. 나잇값도 못 하고.

몸의 위치를 바꾸어 서늘한 시트 쪽으로 누웠다. 정원에서는 방울벌레가 시끄럽게 울고 있다.

과거를 건드리는 걸 싫어한다는 것은. 복숭앗빛 몽상이 진정되어서 오카 부인은 사고를 재개했다. 지금까지의 자신을 지워버리고 싶다는 것이다.

그러나 기억상실이 된 것도, 감정이 없는 것도 아닌데 그런 것이 가능할까. 설령 자신을 아는 사람이 하나도 없는 곳으로 도망친다고 해도 과거는 몇 번이고 마음속에서 되살아날 것이다.

도망쳐도, 도망쳐도 언젠가는 잡힌다.

예전 다다의 권태로운 눈빛과 소년 시절 조수의 어두운 구멍 같은 눈을 떠올렸다. 두 사람은 각각 과거부터 관철한 자신의 시선과 언젠가 마주해야 할지도 모른다.

"어이, 왜 그래."

남편이 불러서 오카 부인은 어느샌가 감고 있던 눈을 떴다. 남편은 베갯머리에 무릎을 꿇고 자신을 들여다보고 있었다.

"아무것도 아니에요."

"나이 먹어서 입 다물고 누워 있는 거 하지 말라고. 갑자기 가버린 줄 알아서 심장에 나빠."

"혼자 중얼거리면서 누워 있는 게 더 심장에 나쁠 것 같은데요."

"당신은 이내 되잖은 억지소리를 해서 안 된다니까."

자기는 매일 억지소리를 하면서. 오카 부인은 그렇게 생각했지만 잠자코 이불에서 몸을 일으켰다.

"난 목욕하고 올게요. 당신 약은 먹었어요?"

"응. 근데 차나 마실까."

남편은 오카 부인 뒤를 따라 복도를 걸어서 거실과 주방을 지나 세면실까지 왔다.

"뭐예요. 찻잎이라면 찻주전자에 들어 있어요. 포트에서 뜨거운 물을 받는 것쯤은 혼자 할 수 있잖아요."

"응."

남편은 오카 부인이 탈의 바구니에 옷을 벗고 들어가는 걸 지켜보더니 거실로 돌아갔다. 어쩐지 오카 부인이 쓰러지지 않을까 걱정돼서 따라온 것 같다. 하여간 소심해서. 겁먹지 않아도 괜찮아요. 남편의 의도를 알아채고 오카 부인은 몸을 씻으면서 미소 지었다.

나이를 먹으면 참을성이 없어진다고 하는데 사실이다. 분노와 불안은 때에 따라 아직 진정시킬 수 있다. 하지만 애틋하게 생각하는 마음만큼은 넘친다. 상대방밖에 없는 노후의 쓸쓸함이 그렇게 만드는지, 사람의 마음을 구성하는 본질이 애정인지는 정확하지 않지만.

오카 부인이 목욕을 하고 나오자, 거실에 있던 남편은 찻잔을 내려놓고 텔레비전을 껐다.

또 따라서 침실까지 온다.

"화장실은 안 가도 돼요? 당신 소변 잦은데 자기 전에 차를 마셔서."

"또 잔소리, 알았어."

남편은 토용이 있는 화장실에 들어갔다. 오카 부인은 이불 속에 들어가 베개에 머리를 눕혔다.

이대로 눈을 뜨지 못한다면 어떡하지, 취침 전에 그런 생각이 드는 나이가 됐다. 잘 자라고 말하려고 오카 부인은 살짝 밀려오는 졸음을 쫓고 남편을 기다렸다.

피곤했지만, 아주 의미 있는 하루였다. 마음의 수첩에는 다다에 관한 새로운 사실이 기록되었고, 세 가지 걱정 중 두 가지는 해결될 것 같은 느낌이다.

동백나무에는 다다가 물과 비료를 주었다. 앞으로 자가제 수분과 양분은 주지 않겠다는 약속도 했다. 동백나무는 생기를 되찾겠지. 2주에 걸친 다다와 조수의 싸움도 슬슬 끝날 것 같아서 무엇보다 다행이다.

오카 부인의 남은 걱정은 남편의 고집이지만, 이것만큼은 도저히 나아질 기미가 없다. 어디까지 고집스러워질지 지켜보는 것도 재미있을지 모르겠다는 생각이 들었다. 죽어서도 고집스럽게 하늘로 올라가지 않고 요증 버스를 타고 오카 부인의 곁으로 돌아올 것 같다.

오카 부인이 이불 속에서 쿡쿡 웃고 있자 화장실을 다녀온 남편이 다가오더니, "왜 기분 나쁘게 웃고 있어?" 하고 말했다. "조용히 자."

"아까는 조용히 자지 말라고 하더니 어느 쪽이에요."

"아, 잔소리, 잔소리. 불 끈다."

남편이 형광등 끈을 당겨서 침실은 어두워졌다.

"잘 자요."

"잘 자."

바깥 도로에 차들이 달리는 소리가 난다. 물의 흐름처럼 소리는 가까워졌다 멀어진다.

오카 부인은 옆 이불에서 자는 남편 쪽으로 몸을 돌렸다. 어둠에 익숙해진 눈에 남편의 동그란 머리 모양이 들어왔다.

"당신 의외로 다다 심부름집 두 사람 마음에 들어하죠."

잠이 들었나 싶을 만큼 시간이 지난 뒤, 퉁명스러운 대답이 돌아왔다.

"그렇지 않고서야 중요한 증거 수집 일을 맡길 리 없지."

속임 운행의 증거는 아마 찾지 못할 것이다. 찾지 못하는 한 남편은 다다 심부름집에 일을 계속 의뢰할 것이다. 얼굴을 마주치면 남편이 빈정 상하는 말을 하고 조수가 화를 내고 다다가 중재를 하는 일상이 되풀이된다.

애들 같다니까. 오카 부인은 다시 천장을 향해 몸을 돌렸다. 만나러 오길 바라면 이상한 이유 붙이지 말고 그냥 전화를 하면 된다.

다다 심부름집은 어떤 잡무도 맡아주는 심부름센터니까. 다다는 싫다고 하지 않는 성실한 사람이니까. 노인의 수다에도 꿋꿋하게 응해줄 터다.

다음에는 동창회에 간 얘기를 들을 수 있을까. 잠으로 가는 길을 더듬으면서 오카 부인은 생각했다. 조수는 또 소란을 부리고 다다는 옛 친구들에게 머리를 숙이게 될까. 그 전말을 꼭 듣고 싶지만, 내일 눈을 뜨지 못한다고 해도 그건 그것대로 좋을지 모르겠다.

그렇게 생각할 수 있을 만큼 좋은 하루를 보내서 오카 부인은 만족했다.

남편이 코를 골기 시작했다. 오카 부인은 반쯤 꿈결에 옆 이불에 손을 넣었다.

꼭 잡은 남편의 손이 따뜻했다.

## 유라 도련님은 운이 나쁘다

그날은 토요일이어서 다무라 유라는 늦잠을 자고 아침 10시에 눈을 떴다.

초등학교 5학년이 되니 무척 바쁜 나날이다. 마호로 역 앞 학원에는 월화목금 주 4일 다니고, 일요일에는 요코하마에 있는 학원 본점까지 가서 매주 전국 모의고사를 봐야 한다. 당연히 평일에는 초등학교에서 수업을 받고, 친구들과 어울리는 것도 게을리하지 않는다.

주에 한 번인 쉬는 날쯤 실컷 자도 괜찮겠지. 유라는 힘차게 침대에서 바닥으로 발을 내렸다. 그런데 어째서 엄마도 아빠도 깨워주지 않았을까. 오늘은 가족끼리 마호로 자연의 숲 공원에 놀러 갔다가 낮에는 역 앞에서 쇼핑도 하고 외식도 하기로 했는데. 날씨가 좋지 않아서 오전에는 외출하지 않기로 했을지도 모른다.

방 커튼을 걷자 연한 물색 하늘이 펼쳐졌다. 어, 맑잖아. 유라는 고개를 갸웃거렸지만, 일단 옷을 갈아입기로 했다. 10월 중순이 되니 알몸으로 어슬렁거리고 싶지 않은 기온이다. 입을 옷을 골라서 침대에 늘어놓은 뒤 잠옷을 벗었다.

재빨리 갈아입고 아빠가 사준 좋아하는 실내화를 신었다. 발가락 끝에 괴수 얼굴이 달린 실내화는 복슬복슬해서 신으면 기분이 좋다. 발을 감싸는 부드러움을 맛보면서 "안녕히 주무셨어요" 하고 거실로 나갔다.

아무도 없다. 식탁에 거대한 시리얼 통이 놓여 있고, 통 밑에 메모가 보였다.


유라에게

아빠는 시스템 장애가 생겨서 회사에 가고, 엄마는 감기 걸린 사람 대신 갑자기 골프접대에 나가게 됐단다. 미안. 공원에는 다음 주에 가자. 늦게 올지도 모르니 밥은 알아서 먹으렴. 돈은 서랍에 있어.


뭐야. 유라는 실망했다. 시리얼을 그릇에 담고 우유를 부었다. 기껏 맞이한 토요일인데 시스템 장애를 일으키고 감기에 걸리지 말라고. 덕분에 나는 할 일이 없어졌다. 엄마, 아빠도 나한테 말이라도 한마디 하고 가면 좋을 텐데.

초콜릿 맛 시리얼을 먹으면서 엄마가 쓴 메모를 한 번 더 읽었다. 뭔가 옛날이야기 같다고 생각하니 조금 마음이 나아졌다. 할아버지는 산에 나무하러 가고, 할머니는 강에 빨래하러 갔다(일본의 전래동화《모모타로》의 서두). 늘 있는 일이다. 부모님은 바쁘니까 어쩔 수 없다.

유라는 포기를 안다. 포기는 허탈함에 좌절하지 않고 외로움을 견뎌내기 위해 필요한, 살아가기 위한 소양이라고 생각한다.

그릇을 씻어놓고 주방 서랍을 열어보았다. 어쩐 일로 3천 엔이나 들어 있다. 엄마는 아이들에게 돈을 주는 것은 비행의 시작이라며 평소에는 밥값으로 500엔밖에 주지 않는다. 이번에는 자기들도 유라에게 미안하다고 생각한 것 같다.

3천 엔이 있으면 점심과 저녁으로 좋아하는 것을 사 먹고 또 놀 수도 있다. 유라는 천 엔짜리 세 장을 접어서 버스 정기권 케이스에 넣었다. 뭘 먹을까? 맥도날드의 베이컨 레터스 버거 세트도 시킬 수 있다. 한껏 들떠서 정기권 케이스와 휴대전화를 주머니에 찔러 넣었다. 평소에는 500엔밖에 없어서 치즈버거 세트밖에 먹지 못했다. 문단속을 하고 엘리베이터를 타고 1층으로 내려갔다. 아니, 잠깐만. 밥은 편의점에서 컵라면으로 때우고 남는 돈으로 호화롭게 노는 방법도 있지. 만화책을 사도 되고, 게임센터에 가는 것도 괜찮겠네.

아파트 밖으로 나오니 상쾌한 가을바람이 뺨을 스쳤다. 파크힐스로 총칭되는 고지대 아파트들은 오늘도 정연하고 청결하게 솟아 있다. 위를 올려다보니 나란히 있는 창문들이 빛을 반사해서 눈이 부실 정도다. 주민 공용 정원과 완만한 언덕으로 된 진입로에는 잘 손질된 수목이 반듯하게 심겨 있다. 아직 단풍이 들지 않은 초록잎 너머로 멀리 마호로 중심부의 빌딩가가 보였다.

군자금이 있어도 동료가 없으면 즐거움이 반으로 준다. 같은 파크힐스에 사는 친구를 부르려고 유라는 주머니에서 휴대전화를 꺼냈다.

방전이 됐다. 배터리가 다 돼가서 어젯밤 충전기에 꽂아두었는데 제대로 꽂히지 않았던 것 같다. 그렇다고 다시 엘리베이터를 타고 집으로 돌아가기도 귀찮다.

유라는 친구를 부르는 건 그만두기로 하고 버스 정류장으로 향했다. 파크힐스 부지 안이나 버스 정류장에서 아는 얼굴을 만나지 않을까 기대했지만, 지나가는 사람은 유라보다 어린 아이를 데리고 나온 젊은 부부뿐이었다.

어차피 친구들은 다들 어딘가로 놀러 갔거나 집에서 쉬고 있을 터다. 부모와 함께. 전화를 해도 집까지 부르러 가도 실망만 할 것이다. 그러니까 차라리 잘됐다고, 유라는 버스 정류장에서 버스를 기다리는 동안에 생각을 고쳐먹었다.

파크힐스가 기점인 버스는 열 명 남짓한 손님을 태우고 마호로 역을 향해 출발했다. 유라는 뒤편의 2인석 좌석에 혼자 앉았다. 승객 대부분은 가족 동반으로, 지금 보러 가는 영화 이야기며 역 앞 백화점을 어떤 순서로 돌지 의논하고 있다. 즐거워 보인다. 유라는 버스 차창으로 밖을 내다보았다. 버스는 도중에 정류장에서 두세 번 서고, 여러 명의 노인을 태웠다.

마호로 역에 가까워질수록 도로는 점점 혼잡해졌다.

마호로 시는 역 앞에 온갖 가게가 모여서 번화가를 이루고 있는 데 비해 교외에서 시내까지 연결된 길이 적다. 필연적으로 정체가 일어난다. 주말이면 번화가 부근 도로가 혼잡하기 이를 데 없다. 유라를 태운 버스는 역 앞까지 1킬로미터쯤 남기고 조금도 움직이지 않았다.

내려서 걸어갈까. 그러나 저 신호가 바뀌면 차가 쭉 빠질지도 모른다. 전방의 사거리를 주시하고 있던 유라는 얼굴 옆 창문에 톡톡 소리가 나서 깜짝 놀라 밖을 보았다.

정지한 버스 옆에 남자가 서서 유라를 올려다보며 웃고 있다.

심부름센터의 이상한 쪽 아저씨다…….

유라는 모르는 척하고 얼른 얼굴을 전방으로 돌렸다. 이름이 뭐였더라. 그래, 교텐이라고 했어.

유라의 엄마는 전에 마호로 역 앞에서 심부름센터를 하는 다다라는 남자에게 유라를 기숙사에서 집까지 픽업하는 일을 의뢰했다. 이런저런 일이 있었지만, 다다는 의뢰를 완수했고, 의뢰에는 포함되지 않은 성가신 일까지 해결해주었다. 다다는 좀 답답한 편이지만 그래도 좋은 아저씨였다.

그러나 문제는 다다의 조수인 교텐이다. 교텐은 일하는 중에도, 그 후에도 유라를 기괴한 행동으로 휘둘렀다. 심지어 거칠기까지 했다. 아이 앞에서 예사로 담배를 피우고 하는 말은 무슨 소린지 알아들을 수 없다. 유라는 교텐이 딱 질색이었다.

어른은 아이를 배려해주는 존재라고 유라는 생각한다. 이를테면 초밥집에 가면 고추냉이가 들어가지 않은 초밥을 주문해준다거나. 그런데 교텐은 유라의 입에는 고추냉이 덩어리를 집어넣고 자기는 맛있어 보이는 참치 뱃살 초밥을 먹을 사람이다. 이건 어디까지나 예로, 실제로는 교텐이 초밥을 사준 적도 없고 그럴 능력도 없지만. 어쨌든 어른의 몸을 한 아이다. 유라는 교텐을 어떻게 대해야 할지 언제나 당황스러웠다.

유라는 무시하기로 마음먹었는데 지금도 교텐은 끈질기게 창문을 두드리며, "어이, 유라 도련님. 내려봐" 하고 큰 소리로 부른다. 뭐냐고, 유라 도련님은. 다다도 유라를 '유라 도련님' 이라고 부르지만, 교텐의 '유라 도련님'은 억양이 묘하다. 버스 승객들이 흘깃흘깃 돌아보아서 유라는 몸을 움츠렸다. 차창 밖에 서 있는 사람과 아는 사이로 보이고 싶지 않다.

"유라 도련님이지? 어, 아닌가. 유라 도련님 같은데, 너!"

교텐은 아직도 부르고 있다. 자신이 없으면 부르질 말라고. 유라는 꼿꼿하게 앞만 보고 있었다. 사거리 신호등이 파란색으로 바뀌자, 이윽고 차들이 움직이기 시작했다.

이제 포기했겠지 하고 밖을 내다보니 교텐이 버스와 나란히 보도를 질주하고 있다. 진행 방향에는 역 앞의 버스 종점이 있다. 설마 거기서 올라탈 생각인가. 어째서!

유라는 버스가 빨리 가길 빌었지만, 공교롭게 정체가 계속되어서 느림보 운전이다. 교텐은 가볍게 버스를 추월하여 정류장에 서 있었다. 조난자라도 된 기세로 양팔을 흔들며 운전사를 향해 신호를 하고 있다.

용 자수를 새긴 점퍼를 입은 남자의 출현에 승객들의 시선이 모였다. 그러나 교텐은 조금도 개의치 않는 모습이다. 전력 질주를 한 탓에 흐트러진 머리를 다듬지도 않고 시선 세례를 받으며 유유히 버스 통로를 걸어와서 당연한 듯이 유라 옆에 앉았다.

"역시 유라 도련님이네. 왜 모른 척한 거야?"

왜 당신한테 아는 척해야 하는 거야, 하고 유라는 생각했다.

"어디 가?"

"이 버스를 탔으니 당연히 역 앞에 가죠."

"역 앞에서 뭐 하게."

"그냥요."

"나도 따라가야지."

"왜요!"

왠지 알고 싶어? 하고 교텐은 씩 웃었다. 알고 싶지 않다고
생각했지만, 교텐에게 팔을 잡힌 채 제일 뒷자리로 이동했다.
버스 차폭만큼 가로로 긴 좌석에는 아기를 안은 여자와 그 남
편 같은 남자가 앉아 있었다. 교텐은 "죄송합니다" 하고 부부에
게 자리를 비우게 하고, 좌석 한복판에 무릎을 꿇고 버스 뒤 창
문으로 지금 온 길을 내려다보았다.

"봐, 저기."

교텐이 재촉해서 유라도 그 옆에 무릎으로 서서 창을 들여
다보았다. 흰색 트럭이 버스 뒤에 바싹 붙듯이 달리고 있었다.
운전석에 있는 사람은 심부름집 다다였다. 교텐을 발견하고
다다는 이쪽을 노려보았다.

"……화난 것 같은데요."

"응. 내가 트럭에서 뛰어내렸거든."

교텐은 다다를 향해 손을 한번 흔들고 자리에 바로 앉았다.
유라도 바로 앉았다.

"아까 우리가 좌회전을 기다리고 있는데, 그 앞으로 이 버스
가 지나가는 거야. 아, 유라 도련님이 탔네, 하고 내가 발견했
잖아. 버스 뒤를 바싹 따라갔더니 마침 차가 밀려서 잘됐다 싶

었지."

"나한테 볼일이라도 있어요?"

"없어. 오늘은 다다하고 같이 있기가 좀 불편해서."

역시나 무슨 소리를 하는지 도통 모르겠다. 유라는 교텐의 진의를 묻기를 그만두었다. 물어봐야 소용없다. 버스가 역에 도착하면 뿌리치고 혼잡한 틈에 섞여버리면 된다.

그렇게 생각했는데, 교텐은 마호로 역 앞에 도착하자마자 유라의 팔을 잡고 버스에서 내려 사람들로 복작거리는 길을 마구 뛰었다.

"뭐야, 뭐예요!"

유라가 항의했지만, 교텐은 아랑곳하지 않았다. 등 뒤에서 다다의 성난 목소리가 들렸다.

"야, 교텐! 서!"

"그런다고 설 줄 아냐."

돌아보니 다다가 트럭을 무리하게 노상주차해놓고 보도에 서 주먹을 휘두르고 있다.

"5시에 엠시 호텔 '공작실'이야! 안 오면 해고다!"

길을 건넌 교텐은 "싫다!" 하고 다다에게 고함을 맞받아쳤다. "보너스도 없는데 무슨 해고야. 난 오늘 유라 도련님의 보디가드를 부탁받아서 안 가!"

그런 말 한 기억이 없다. 교텐에게 끌려가는 유라는 다다를 향해 필사적으로 고개를 저어 보였다.


달렸다기보다 끌려가느라 목이 말랐다. 앉아서 잠시 쉬고
싶다. 유라는 "알았다고요" 하고 교텐의 손을 뿌리쳤다. "일단
얘기는 들어줄 테니 맥도날드 가요."

"좋지." 교텐은 노란색 M자 간판을 올려다보았다. "뭐 먹을
래?"

"아직 배가 안 고프니 음료수만 마셔도 돼요. 저는 콜라. 자
리 잡고 있을게요."

말을 남기고 바로 지하로 내려갔다. 마호로 대로를 마구 끌
려다녔으니 콜라쯤은 얻어 마셔도 되겠지.

아직 점심시간은 일러서 자리는 꽤 비어 있었다. 구석 벽 쪽
테이블에 자리를 잡고 기다리니, 교텐이 M 사이즈의 종이컵을
양손에 한 개씩 들고 계단을 내려왔다. 벌써 자기 음료수에 빨
대를 꽂아서 마시고 있다.

매너에 관해 어떻게 생각할까. 아무 생각도 없겠지.

결벽증 같은 게 있는 유라는 냅킨으로 테이블을 닦고 "고마
워요" 하고 교텐에게 컵을 받아 들었다.

그리고 빨대로 한 모금 마시자마자 바로 캑캑거렸다.

"이거 커피잖아요! 그게 콜라네."

"응."

교텐은 작은 테이블을 사이에 두고 맞은편에 앉았다.

"콜라구나, 했지만 이미 입을 대서. 바꿀래?"

빨대로 부글부글 숨을 불어 넣고 있다.

"됐어요."

그렇지만 써서 마실 수가 없다. 유라가 받아 든 컵 뚜껑은 내용물을 알아볼 수 있도록 돌기 부분이 쏙 들어가 있었다. 직원이 "쏙 들어간 쪽이 아이스커피입니다" 하고 말했을 텐데, 교텐은 듣지 않았을 것이다.

교텐에게 시럽과 크림을 두 개씩 가지고 오게 해서 간신히 목을 축였다.

"그래서? 뭔데요? 난 아저씨한테 보디가드 같은 것 원하지 않는데요."

"응. 그렇지만 같이 놀아줘. 유라 도련님과 같이 있으면 다다도 나중에 시끄럽게 굴지 않을 거니까."

"같이 있었다고 말하면 되잖아요."

"거짓말은 좋지 않아."

"네에?" 유라는 코웃음을 쳤다. "땡땡이치려고 하면서. 5시부터 무슨 일이 있다면서요?"

"일 아냐. 동창회."

"가면 되잖아요, 그런 거."

"싫어."

"왜요."

"여러 가지 사연이 있어."

교텐은 어른스럽게 말하고 콜라를 마지막 한 방울까지 쪼로록 빨아 당겼다.

"그럼 따라오든가요." 유라는 할 수 없이 양보했다. "밥은 교텐 아저씨가 사요."

"에이."

"놀아주니까 그 정도는 해요."

이것으로 3천 엔을 고스란히 노는 데 쓸 수 있다. 유라는 먼저 마호로 대로 책방에 가서 소년만화 신간을 세 권 샀다. 교텐도 따라왔다. 그다음에는 게임센터 '스콜피온'에 가서 코인을 천 엔어치 바꾸었다. 슈팅 게임이 특기여서 꽤 오래 했다. 유라가 진지하게 단추를 두드리는 동안, 교텐은 빈 게임기 앞에 앉아서 유라가 산 만화책을 읽고 있었다. 어째서 남의 책을 먼저 읽는 거야, 하고 생각했지만 상대하는 것도 짜증 나서 내버려두었다.

동전을 다 쓰고 잘하는 사람끼리 대전하는 걸 구경하는데 배가 고팠다. 시계를 보니 오후 1시가 지났다. 교텐은? 하고 가게를 둘러보았지만, 없다. 마음이 바뀌어서 그만 따라다니기로 한 걸까. 하여간 자기 멋대로라니까. 유라는 화가 났다. 남은 돈은 770엔밖에 없다. 교텐에게 얻어먹지 못하면 두 끼분의 먹을 것을 사서 집으로 돌아가야 한다. 계획이 대폭 변경됐다.

여기서 천 엔이나 쓰지 말걸 그랬다. 분하게 생각하면서 스콜피온을 나가자, 가게 밖에 설치된 인형 뽑기 앞에 교텐이 엎드려 있었다.

"뭐 하는 거예요!"

깜짝 놀라서 말을 건 뒤에 무시해야 했다고 후회했다.

"아, 끝났냐?" 교텐은 벌떡 일어서서 서점 봉투에 묻은 먼지를 털었다. "동전이 떨어져 있을 때가 있거든. 오늘은 없지만."

최악이다. 이렇게는 되고 싶지 않다고 생각하는 어른의 표본이다. 자기가 동전을 주운 것도 아닌데 유라는 왠지 얼굴이 빨개지는 기분이 들어 씩씩거리며 큰길을 걸어갔다. 교텐이 따라왔다.

"나, 배고픈데."

옆을 걸어가는 교텐에게 재촉했더니 "나도" 하고 교텐이 말했다.

"'나도'가 아니잖아요. 어디 가게에 들어가요. 라면이 좋아요?"

교텐의 오른손이 눈앞에 쑥 내밀어졌다. 유라는 교텐의 새끼손가락 언저리에 있는 오래된 상처를 바라본 뒤, 손바닥에 남은 8엔으로 시선을 옮겼다.

"뭐예요, 이거."

"내 전 재산."

"아저씨, 얼마나 거지인 거예요!" 유라는 어이가 없어서 소리쳤다. "됐어요, 갈 거예요!"

"어이, 어이, 침착해." 교텐은 유라의 손이 닿는 않는 위치에 서점 봉투를 들고 태평스럽게 말했다. "밥이라면 먹여줄 테니까."

"더러워요."

치를 떠는 유라를 모른 척하고 교텐은 봉투를 머리 위로 올린 채 걸어갔다. 기껏 산 신간 만화를 되찾지 못하면 역 앞까지 온 의미가 없다. 무진장 창피했지만, 유라는 조금 거리를 둔 채 봉투를 든 왼팔을 하늘로 치켜올리고 가는 교텐을 뒤따라갔다.


노래방 부스 입구에 선 교텐은 가게에 들어가는 사람들을 잠시 구경했다. 남녀 여러 명인 그룹과 커플과 가족. 다양한 손님이 드나드는 가운데 교텐이 불러 세운 것은 대학생으로 보이는 화사한 여성 세 사람이었다.

"저기요" 하고 말을 걸자 세 사람은 가게에 들어가려던 걸음을 멈추고 경계심을 한껏 뿜으며 돌아보았다.

"미안하지만, 밥 좀 먹게 해주지 않겠어요? 밥값은 내 노래로 대신할게요."

바보 아냐, 하고 유라는 생각했다. 느닷없이 그런 뜬금없는

소리를, 그것도 수상하기 그지없는 남자가 하면 끄덕일 사람
이 있을 리 없다.

그런데 교텐이 미소를 짓자 여자들은 얼굴을 마주 보며 "네
에?" "어떡하지?" 하고 자기들끼리 얘기한다. 이 인간, 얼굴 쓰
는 법을 잘 알고 있는걸. 기분 나쁜 사람. 유라는 교텐을 올려다
보며 속으로 욕을 했다. 지금까지 본 적 없는 사람 좋은 미소를
짓고 교텐은 유라의 어깨를 끌어당겼다.

"아, 애는 조카인 유라. 오늘 아침에 누나가 갑자기 떠맡겼어
요. 그런데 내가 파친코로 돈을 다 잃어서."

세 사람은 점점 경계를 풀고 "어머나?" "불쌍해" "귀엽다. 몇
살이니?" 하고 웃는 얼굴로 유라를 보았다. 아이를 무척 좋아
한다는 걸 교텐에게 어필하는 것 같다. 애 취급하지 마, 라고 생
각했지만, 교텐이 등을 쿡 찌르기도 하고 여자들의 좋은 향이
코끝을 간질이기도 해서 "5학년이에요" 하고 대답했다. 세 사
람은 "정말?" "어떡할까?" "서비스 타임이니……" 하고 서로 바
삐 의논했다.

"참고로 나 노래 아주 잘해요."

교텐이 확인 사살을 하자 결국 "좋아요" 하고 끄덕였다.

"그렇지만 이상한 짓 하면 바로 직원 부를 거니까요."

"아, 괜찮아요, 괜찮아. 나 팔 힘도 없고 하체도 약하니까."

"변-태."

미키, 후미, 유라고 자기소개를 한 세 사람은 음료 무제한인 방을 세 시간 빌려서 유라를 위해 야키소바를 주문해주었다. 유라는 치킨을 주문하고 싶었지만, 주문을 받으러 온 직원이 "죄송합니다만, 오늘 치킨은 품절입니다" 하고 선수를 쳐버렸다.

잠시 후 야키소바가 나오자 소파에 앉은 교텐은 마치 자기가 산 것처럼 "먹어" 하고 유라에게 권했다.

"아저씨는요?"

"난 됐어."

유라는 머뭇머뭇 야키소바에 손을 댔다. 면이 붇고 맛도 밍밍했지만, 먹지 못할 정도는 아니었다.

미키, 후미, 유는 만일을 위해 문과 인터폰에 가까운 곳에 앉아서 두꺼운 책자를 넘겼다.

"유라도 골라."

세 사람이 권했지만, 유라는 노래방에 온 게 처음이어서 뭐가 뭔지 몰랐다. 일단 방식을 관찰해야겠다고 생각하고, "나중에 할게요" 하고 사양했다.

"그럼 유라 삼촌. 뭐 부를래요?"

"아무거나."

"진짜요? 아무거나 눌러요."

흐르는 음악은 〈원령공주〉 주제곡이다. 교텐은 마이크를 들고 부동자세로 노래를 부르기 시작했다. 예상보다 큰 소리가 방에 울려 퍼져 유라는 야키소바를 뿜었다. 가성이 역겨웠지만, 음정은 전혀 틀리지 않았다.

"잘한다!"

"진짜 잘해!"

반쯤 감은 눈으로 노래를 부르는 교텐을 보고 세 사람은 배를 잡고 웃으며 갈채를 보냈다. 노래를 마치고 난 교텐이 "스카우트 들어오겠지?" 하고 속삭이며 웃었다.

그로부터 두 시간 동안 미키, 후미, 유와 교텐은 차례대로 온갖 노래를 불러댔다. 교텐은 텔레비전에서 자주 들리는 노래라면 최신곡이어도 부를 줄 아는 것 같았다. 아저씨 주제에, 하고 유라는 생각했다.

"한번 들으면 대충 다 기억해." 교텐은 말했다. "다른 곡처럼 편곡해서 부를 수도 있어."

시험 삼아서 해볼까, 하고 교텐은 불경풍 미스터 칠드런(일본의 록밴드)과 포크록식의 야자와 에이키치(일본의 록 가수)로 여대생 세 명과 유라를 기절초풍하게 했다.

"유라 삼촌, 짱 재미있어."

교텐이 화장실에 갔을 때 미키가 눈물까지 글썽거리며 말했다. 미키의 입술은 우롱차를 마셔도 부은 것처럼 반질거렸다. 어떤 립스틱을 칠한 걸까. 입술을 응시하면서 유라는 "네" 하고 끄덕였다.

"사양하지 말고 유라도 더 불러."

후미가 책자를 내밀었다. 이미 시스템은 파악해서 유라는 〈꼬마 너구리 라스칼〉 주제가를 눌렀다. 밤에는 거의 학원에 가서 텔레비전 가요 프로그램을 보지 못하기 때문에 유라는 최근 가수를 잘 모른다. 간신히 부른 것은 DVD에서 종종 보는 세계명작극장의 애니메이션 주제가 정도였지만, 세 사람은 좋아해주었다. 지금도 화면에 나오는 애니메이션을 보고, "귀여워!" "처음 봤어, 이런 거" "이거 무슨 동물이야?" 하고 흥미진진하게 바라보고 있다. '엉터리 너구리 라스칼이잖아' 하고 유라는 생각했다.

화장실에 간 교텐은 좀처럼 돌아오지 않았다.

"먼저 간 건가. 어딘가 방황하는 아저씨 같아."

유가 유감스럽다는 듯이 말해서 "잠깐 보고 올게요" 하고 유라는 자리에서 일어섰다.

"혹시 없으면 돌아와야 돼."

"돈 없지? 집까지 데려다줄 테니까."

"이상한 사람 따라가면 안 돼."

친절하다. 방에 있는 세 사람에게 인사를 하고 문을 닫았다.

교텐은 그 층의 화장실에 없었다. 유라는 한숨을 쉬고, 뒷주머니의 정기권 케이스를 확인했다. 이제 만화는 포기하고 집에 가버릴까.

복도 끝에 비상구가 있어서 혹시나 하고 문을 열어보았다. 교텐은 바깥 계단의 층계참에서 담배를 피우고 있었다. 서점 봉투를 옆구리에 끼고 난간에 배를 기대고 있다. 앞으로 고꾸라져서 추락할 것 같다.

유라가 옆에 서자 "늦었네" 하고 교텐이 말했다. "나 목이 갈라져서 소리가 안 나와. 슬슬 가자."

혼자 불쑥 방에서 나가놓고 마치 유라가 약속 장소에 늦은 것처럼 말하고 있다. 뭐야, 대체, 하고 벌써 몇 번째 분노를 느꼈지만, 교텐의 모습을 발견했을 때 혼자 두고 가지 않았다는 게 조금 기뻤던 것도 사실이었다.

교텐이 담배를 다 피울 동안 유라도 말없이 난간에 기대어 3층 층계참에서 주위를 둘러보았다. 뒷골목에 서 있는 낡은 다목적 빌딩과 전화방 간판과 복잡하게 얽힌 좁은 길 일부만 보인다.

마침 다목적 빌딩 한 군데에서 남자가 나왔다. 유라는 "어?" 하고 몸을 내밀었다.

"왜, 아는 사람이냐?"

"네……."

멀리서 봐서 확실하지 않지만, 고양이 등처럼 구부정한 자세며 마른 체형이며 분명히.

"학원에서 수학을 가르치시는 고야나기 선생님 같아요."

무광 은테 안경을 낀 고야나기는 나이는 교텐과 비슷할 것이다. 언제나 주뼛거리고 강의실 칠판 앞에 설 때도 소심한 미소를 짓고 있다. 친절하게 가르쳐서 유라는 그가 싫지 않았지만, 여자아이들 중에는 "느끼해"라고 하는 아이도 있다.

지금 좁은 길을 가는 고야나기는 평소의 존재감 없는 모습은 어디에 갔는지, 들뜬 기분을 억누르지 못하겠다는 듯 빠른 걸음으로 모퉁이를 돌았다.

"흐음." 교텐은 층계참에 떨어뜨린 꽁초를 발로 비벼 껐다. "뒤를 미행하자."

"왜요!"

"저 사람 전화방에서 나왔잖아. 전화방 알아?"

"뭐, 대충."

"잘하면 선생님을 협박할 거리를 잡을 수 있을지도 몰라."

"협박할 필요 없어요. 나는 충분히 성적이 좋으니까."

유라는 깜짝 놀라서 말렸지만, 교텐은 물론 듣지 않았다.

"네네, 자랑은 됐으니 빨리 쫓아가자."

빨리라고 해도……. 유라는 당혹스러웠다. 층계참 앞은 유라의 키만큼 오는 철책으로 봉쇄되어 바로 계단을 내려갈 수없게 해놓았다. 비상계단에서 손님이 도주하지 않게 하기 위해서인 것 같다. 철책에는 가시철조망이 감겨 있다.

그러나 두려움을 모르는 교텐은 층계참 기둥을 잡고 난간으로 기어 올라갔다.

"여기 3층이라고요!"

"괜찮다니까."

교텐은 허공으로 반쯤 엉덩이를 내미는 자세로 가시철조망을 피해서 계단으로 뛰어내렸다. "자, 유라 도련님도 와. 선생님 놓치겠다."

유라는 망설였지만, 교텐에게 겁쟁이로 보이는 건 굴욕이다. 기둥에 매달려서 난간에 섰다. 눈이 핑 도는 것 같았다. 교텐이 팔을 뻗어서 바지 허리춤을 잡았다.

"잡아줄 테니까, 괜찮아."

각오를 하고, 철책을 피해서 단숨에 난간 위를 이동했다. 교텐의 손바닥에 힘이 들어가고 당겨지는구나 생각한 순간에는 무사히 계단에 착지해 있었다. 바지가 가시철조망에 긁힌 것 같은 느낌도 들었지만, 확인할 틈이 없다. 교텐은 벌써 비상계단을 내려가서 좁은 길로 들어서고 있다. 유라도 황급히 뒤를 쫓았다.

버드나무가 흰 방향으로 모퉁이를 돌자, 유라가 지금까지 가본 적 없는 혼잡한 시내가 펼쳐졌다. 길 폭은 좁지만, 작은 채소 가게와 문방구와 술집이 늘어서 있고 활기가 돈다. 마호로 대로 바로 뒤에 이런 골목이 있을 줄은 몰랐다.

"여긴 버블 때도 땅값이 오르지 않았지."

교텐은 야생의 감인지 단순한 어림짐작인지 거침없이 길을 선택했다.

"버블이란 것 알아?"

"뭐, 어렴풋이."

"나도 어렴풋이밖에 몰라. 전혀 관계 없으니까."

그렇게 말하고 웃던 교텐이 갑자기 발을 멈추었다. 유라는 교텐의 등에 코를 부딪쳤다.

"뭐예요, 또."

"쉿. 선생님 발견."

T자로 뒤에서 살짝 얼굴을 내밀고 교텐이 가리키는 쪽을 보았다. 좁은 구역에 어째선지 편의점이 세 군데나 있었다. 고야나기는 그중 한 곳 앞에 서 있었다.

역시 고야나기 선생님이 맞다. 오늘은 선생님 수업이 없는 날인가. 그러나 평소와 같은 잿빛 슈트. 저건 슈트가 아니라 양복이란 느낌이군. 회색이 아닌 재색이고. 앗, 그런데 평소와 다른 넥타이다. 선생님이 저렇게 화려한 빨간색 넥타이를 매고 있는 것은 처음 본다.

순식간에 이런저런 생각이 스쳤지만, 입에서 나온 말은 "저런 데서 뭐 하는 거지?" 하는 의문이었다.

"뭐 하긴." 교텐이 담배에 불을 붙였다. "2차 약속을 한 여자를 기다리는 거지."

그 말대로 마호로 대로 쪽에서 젊은 여자가 빠른 걸음으로 다가왔다. 약간 짧은 치마 말고는 복장도 생김새도 특별히 두드러지지 않는 여자다. 여자는 편의점 앞을 한 번 왕복하고 나서 결심한 듯이 고야나기에게 말을 걸었다. 고야나기는 끄덕이고, 두 사람은 두세 마디 주고받더니 나란히 걷기 시작했다.

"아무리 봐도 18세 미만인걸." 교텐은 기쁜 듯이 미행을 개시했다. "절반 꽃뱀 작전, 발령!"

"꽃뱀이 뭐예요?"

"여자를 만나게 해놓고 현장을 덮쳐서 남자한테 돈을 뜯는 거야."

"범죄잖아요!"

"이제 와서 무슨 말씀을. 선생님을 협박하지 않으면 저녁을 먹을 수 없어."

"그렇지만……."

노래방에서 자기만 야키소바를 먹은 게 미안해서 유라는 강하게 나가지 못했다.

"언제 저 여자를 꽃뱀으로 보낸 거예요?"

"보내지 않았어. 그러니까 절반이라고 했잖아."

고야나기와 여자는 마호로 대로로 나와서 JR 마호로 역 쪽으로 걸어갔다. 교텐은 담배꽁초를 자동판매기 옆에 설치된 재떨이에 버렸다. 토요일의 대로는 쇼핑객으로 붐볐다. 두 사람을 놓치지 않도록, 미행을 들키지 않도록 유라와 교텐은 신중하게 걸어갔다.

어른들의 비밀을 캐고 있구나 생각하니 유라는 점점 흥분됐다. 고야나기와 여자는 별다른 대화도 없이 JR 마호로 역 구내를 통과하여 역 뒤쪽으로 사라졌다.

"유라 도련님" 하고 교텐은 신묘한 표정으로 유라를 보았다. "성교육은 받았냐?"

갑작스런 화제에 유라는 자기 뺨이 뜨거워지는 걸 느꼈다. "받았어요."

"그럼 아기는 어떻게 생기는지 다음 중에 골라봐. 일, 황새가 물어다준다. 이, 양배추에서 태어난다. 삼, 피임 실패."

이 사람이 하는 말은 도대체 의미를 모르겠다. 유라는 머리칼을 쥐어뜯고 싶어졌다. 마호로 역 뒤가 풍기 문란한 곳이란 것쯤은 유라도 들어서 알고 있다.

"잔소리하지 말고 얼른 가요."

유라는 앞장서서 걸었다. 역 계단을 내려가자마자 바로 낡은 목조 단층집이 늘어선 거리가 나왔다. 고요가 감돈다. 사람이 사는 모습은 없지만, 버려진 폐가란 느낌도 들지 않는다. 밤이 되면 당연한 듯이 불이 켜질 것 같은 여운이 있다.

이 건물은 뭐지. 음산하다고 생각했다.

그 거리를 벗어나 강을 건너자 러브호텔가였다. 고야나기와 여자는 크림색 호텔 앞에서 요금표를 보고 있다.

"이렇게 밝은데 느닷없이 호텔이라니." 교텐이 중얼거렸다. "아는 사람 같지도 않던데 진도가 빠르네."

유라는 처음으로 가까이에서 보는 화려한 호텔들에 압도당했다. 성도 있고 서양식 저택도 있고, 외벽에 세워놓은 커다란 사자의 입에서 물이 뿜겨져 나오기도 하고, 지붕에 자유의 여신상이 서 있기도 하고. 하나같이 세련된 건물들은 마치 테마파크 같았다. 손에 밴 땀을 바지 엉덩이에 닦았다.

그때 엄청난 사실을 깨달았다.

"아아아아아악!"

소리친 순간, 교텐이 유라의 허리를 감싸 안고 근처에 있는 호텔 벽 안쪽으로 끌어당겼다. 입구의 자동문이 바보 같은 속도로 열리며 "어서 오십시오" 하는 녹음 음성이 흘러나왔다. 아무도 들어가지 않은 채 문은 잠시 후 또 바보 같은 속도로 닫혔다.

"선생님한테 들키면 어쩌려고 그래." 벽 뒤에 숨어서 교텐이 작은 소리로 말했다. "갑자기 소리 지르기 금지!"

"미안해요." 유라는 순순히 사과했다. "근데 나 정기권 케이스를 잃어버린 것 같아요."

뒷주머니에 구멍이 뚫려 있었다. 가시철조망에 걸렸을 때인가. 전혀 알아차리지 못했다.

"동전도 버스 정기권도 다 거기 있어서 진짜 집에 못 가요."

"헐." 교텐은 한심하게 눈꼬리가 축 내려갔다. "휴대전화는? 없어?"

"있는데 배터리가 다 됐어요. 어떡하죠?"

"어떡하다니." 교텐은 벽에서 얼굴만 내밀고 크림색 호텔 쪽을 엿보았다. "역시 선생님한테 좀 빌릴 수밖에 없지."

그런데 고야나기와 여자의 모습이 이 소동 속에 사라져버렸다. 크림색 호텔로 들어간 건지, 다른 호텔로 간 건지, 호텔가에서 나갔는지, 어디에도 보이지 않는다.

"유라 도련님이 중요한 순간에 비명을 질러서." 호텔가를 한 바퀴 돈 교텐은 눈에 띄게 의기소침했다. "호텔에 들어가기 직전에 선생한테 말을 걸려고 했는데."

아직 5시도 되지 않았을 텐데 벌써 해가 지려 하고 있다. 겨울이 가까워졌구나 생각하니 유라는 뭔지 모르게 쓸쓸한 기분이 들었다.

"저기요." 하고 유라가 말했다. "엠시 호텔에 갈 수밖에 없어요."

"싫어."

"엠시 호텔에 가면 5시에는 반드시 심부름센터 아저씨를 만날 수 있잖아요? 나 아저씨한테 돈 빌릴래요."

"절대 싫어."

교텐은 고집을 부렸다.

야한 네온사인이 켜지기 시작한다. 유라의 시야 끝에 움직이는 것이 비쳤다. 고야나기와 있던 여자가 사람들 눈을 신경 쓰며 크림색 호텔 뒷문에서 나왔다. 이어서 젊은 남자가 세 명.

"아저씨, 저기 봐요."

유라가 사람 그림자를 가리키자, 교텐도 사태를 파악한 듯 숨을 들이마시는 망아지처럼 펄쩍 뛰어올랐다.

"앗싸, 진짜 꽃뱀이었어!" 말릴 새도 없이 교텐은 젊은 남자 쪽으로 달려갔다. "선생님한테 뜯어낸 돈, 좀 줘!"

세 남자는 긴장한 모습으로 방어 태세를 갖추었다.

"뭐야, 이 새끼."

"어이, 뛰어!"

그 말에 총 맞은 듯이 반응하며 여자가 역 쪽으로 달려갔다. 교텐은 여자에게는 눈길도 주지 않고, "저녁 밥값 정도면 돼" 하고 세 사람을 상대로 교섭했다. 물론 세 사람은 간격을 두고 말없이 교텐을 노려볼 뿐이다.

"그게 무리라면 공중전화 걸게 10엔만이라도."

뭔가 찌질해졌네. 유라는 한숨을 쉬고 모퉁이에 숨어서 추이를 지켜보았다. 그때, 얻어맞았는지 뺨이 퉁퉁 붓고, 슈트 매무새가 흐트러진 고야나기가 정식 출입구로 터덜터덜 나왔다. 유라의 망설임은 몇 초였다.

"고야나기 선생님!" 하고 불러 세웠다. 뒷문 쪽에서는 "죽여 버려!" 하는 살기등등한 남자 목소리와 "에이, 하지 마. 정말로 10엔이면 된다니까" 하고 태평스럽게 응하는 교텐의 목소리가 들렸다. 제정신이 아니었지만, 고야나기에게 어떻게든 도움을 청하는 편이 빠를 것 같았다.

고야나기는 겁먹은 듯이 걸음을 멈추고 돌아보았다. 유라는 서둘러 달려갔다.

"다무라?" 안경 속에서 소심해 보이는 고야나기의 눈이 흔들렸다. "네가 어떻게 이런 곳에?"

설명할 여유가 없다.

"선생님, 꽃뱀한테 당하셨죠? 저쪽에서 아는 아저씨가 그놈들과 싸우고 있어요."

빨리 휴대전화로 경찰을 불러주세요. 그리고 집까지 갈 버스비 230엔 좀 빌려주세요.

유라는 그렇게 말하고 싶었지만, 소리가 드문드문 끊겼다. 고야나기가 보기와는 다른 힘으로 유라의 멱살을 잡았기 때문이다.

"너, 저놈들하고 한 패지?" 목이 졸려서 놀람과 괴로움에 숨이 막혔다. "협박할 생각이냐, 애새끼가. 누굴 등신으로 아는 거야!"

어째서 내가 이런 꼴을 당해야 하는 거냐고!

"교텐 아저씨! 교텐 아저씨!"

죽을힘을 다해서 목을 열고 유라는 소리쳤다. 건물 모퉁이를 돌아서 발소리가 다가오는가 싶더니 유라의 허리를 힘센 팔이 잡아당겼다. 아까 벽 안쪽으로 끌고 들어갈 때와 같은 느낌이다. 교텐이다.

교텐의 라이트 스트레이트를 뺨에 맞은 고야나기는 순식간에 지면에 쓰러졌다.

"괜찮아?"

"네."

유라는 떨리는 다리로 간신히 버티고 이 정도쯤이야 아무것도 아니라는 척했다. 교텐은 태연하게 오른손 손목을 흔들었다. 왼손은 여전히 서점 봉투를 달랑달랑 들고 있다.

"저쪽 세 명은 어떻게 됐어요?"

"아, 좀 쓰다듬어줬지."

별일 아니라는 듯이 말하고 교텐은 고야나기의 배를 스니커즈 끝으로 가볍게 찼다.

"선생님, 학생한테 폭력 휘두르면 안 되지. 반성해."

고야나기는 누운 채 끄덕였다.

"반성하는 거야?" 교텐은 고야나기 옆에 쭈그리고 앉았다. "좋아. 그럼 반성하는 의미로 돈 좀 주지? 10엔이면 돼."

고야나기는 무슨 말을 하려다가 입속에서 방해하고 있는 피와 치아 조각을 땅에 훅 뱉었다.

"어잇, 튀지 않게 조심해."

교텐은 쭈그리고 앉은 채 등을 동그랗게 말고 고야나기의 얼굴에 귀를 가까이 가져갔다.

"뭐라고 한 거야?"

"돈을, 갖고 있을 리 없잖아." 고야나기가 힘없이 말했다. "저 놈들한테 지갑째 빼앗겼으니까."

"그것도 그렇군."

교텐은 일어서서 맹렬히 뒤쪽으로 달려갔다. 유라도 황급히 따라갔다. 고야나기와 둘이 남겨지느니 교텐과 함께 있는 편이 훨씬 낫다.

젊은 남자 세 명은 벌써 도망간 뒤였다.

"아아." 교텐이 다시 눈에 띄게 의기소침해졌다. "좀 주물러 주고 있는데 유라 도련님이 소리쳐서. 갑작스런 비명은 금지라고 했잖아."

지면에 시커먼 얼룩이 흩어졌다. 세 사람이 흘린 코피 같다.

거짓말은 좋지 않다며. 무서울 정도로 팔 힘이 세지 않은가.

"미안해요."

유라는 이번에도 순순히 사과해두기로 했다.


엠시 호텔 공작실에는 80명 남짓한 남녀가 모여 있었다. 입식 형식의 동창회는 분위기도 자유로워서 여기저기에서 옛 우정을 그리는 원이 생기고 있는 참이었다.

"유라 도련님, 가." 회장에 몰래 들어온 교텐은 유라를 원 쪽으로 밀어 넣었다. "어딘가에 다다가 있을 거야."

"나 혼자요?"

모르는 어른들뿐이어서 불안해진 유라는 교텐을 돌아보았다. 그때 교텐은 이미 구석에서 벽을 향해 서 있었다. 보통은 파티 회장에서 벽을 보고 있으면 더 눈에 띄지만, 교텐은 기둥이 만든 그늘처럼 교묘하게 모습을 감추고 있다.

정말로 이상한 사람이다.

유라는 할 수 없이 원에서 원으로 돌아다니며 다다를 찾았다.

"어, 누구 아들이지?" "그러네, 이만한 아들이 있어도 이상하지 않을 나이야" 하고 몇 명이 말을 걸었지만, 유라는 모호하게 웃으며 자리를 모면했다.

"유라 도련님!" 다다는 바로 유라를 발견하고 가까이 다가왔다. "무슨 일이야?"

"다다 아들?"

명랑해 보이는 여자가 놀라서 소리를 지르는 바람에 유라는 금세 다다의 동창들에게 둘러싸였다.

"아냐, 아냐." 다다의 미소에는 어딘가 씁쓸함이 있었다. "전에 일로 알게 된 아이야."

"그렇구나. 심부름센터 한다 그랬나."

"나 아까 전단지 받았어."

"나도 다음에 부탁해볼까."

저마다 한마디씩 하는 동창에게 건성으로 대답하고, 다다는 유라를 데리고 원에서 나왔다.

"지금까지 교텐한테 끌려다닌 거냐?"

"네, 뭐."

"미안하다."

교텐의 폭주를 말리지 못해 다다는 진심으로 미안하게 생각하는 것 같다.

"참, 밥 먹고 가."

다다가 재빨리 접시에 담아준 요리로 유라는 무심히 배를 채웠다.

"피곤해 보이네."

다다가 말했다.

"여러 가지 일이 있었어요." 유라는 어른스러운 어조로 말했다. "버스 정기권도 돈도 다 잃어버리고."

"집까지 데려다줄게. 술을 마셔서 운전은 못 하지만 같이 버스 타고 가자."

그럴 생각은 아니어서 유라는 고개를 저었다.

"괜찮아요. 아직 동창회 도중이잖아요. 230엔만 빌려주세요."

"사양하지 마." 다다는 유라의 등을 가볍게 밀며 공작실 문 쪽으로 재촉했다. "그런데 재난의 원흉은 어디 있는 거냐?"

유라가 가리킨 손가락 끝에 교텐이 벽을 향해 서서 맥주를 마시고 있었다. 회장 쪽으로는 완전히 등을 돌리고 있다.

"교텐 아저씨, 낮에도 아무것도 안 먹었어요."

"내버려둬도 돼. 원래 잘 안 먹어."

"정말요?"

그렇게 힘이 센데 믿을 수 없다.

"응. 변비일 때 말고는" 하고 덧붙인 다다가 걸음을 멈추었다. 어째서일까. 다다는 표정이 굳어진 채 벽 쪽을 응시했다.

벽 쪽에 선 교텐에게 한 남자가 다가가는 참이었다. 온화한 얼굴을 한 남자는 고집스럽게 벽을 향해 있는 교텐을 등 뒤에서 들여다보며 조심스럽게 말을 건넸다.

"교텐, 이지?"

유라와 다다가 서 있는 곳에서 벽까지는 2미터도 떨어지지 않았다. 회장의 술렁거림 속에서도 남자의 목소리는 또렷이 들렸다.

"만나서 반갑다. 줄곧 마음에 걸렸어. 저기…… 손가락 상태 는 어때?"

남자가 말하는 건 아마 교텐의 오른손 새끼손가락일 거라고 유라도 알아차렸다. 교텐은 말없이 잔을 든 오른손을 슬그머니 몸 쪽을 따라 내렸다. 유라 옆에 선 다다도 굳은 표정이다.

교텐의 반응이 없으니 남자는 울상 지은 얼굴을 일그러뜨렸다.

"내 부주의로 그렇게 큰 상처를 입혀서…… 정말 미안했어."

남자는 깊이 머리를 숙였다. 교텐이 몸을 꿈틀거렸다. 방향을 바꾸어 도움을 요청하듯이 회장을 둘러보았다. 교텐의 시선은 다다의 얼굴에서 유라에게로 흐르다 멈추었다.

어째서 교텐의 희망 사항을 느낄 수 있었을까. 유라는 별이 던지는 희미한 빛에 튀어 나가듯이 교텐에게 달려갔다. 교텐의 오른손에서 잔을 받아 들고 대신 새끼손가락을 살며시 잡았다. 차가운 맥주 탓인지 새끼손가락은 조금 차가웠다.

"괜찮습니다." 유라가 교텐 대신 말했다. "오늘 이 오른손으로 아저씨들을 네 명이나 물리쳤어요."

남자는 갑자기 끼어든 유라를 의아한 듯이 보았다.

"너는?"

"조카예요." 유라는 말했다. "이 삼촌, 괴짜여서 말은 잘하지 않지만 속으로는 '괜찮아'라고 하고 있을 거예요. 그치, 삼촌?"

교텐은 유라를 보고, 남자를 보더니 확실히 끄덕였다. 남자는 안도한 듯이 "그래?" 하고 조금 웃었다. "고맙다."

유라는 교텐의 새끼손가락을 끌고 그대로 공작실을 나왔다.

"어째서 중요한 순간에 말을 하지 않는 거예요. 종일 쓸데없는 소리 떠들더니."

유라가 나무라자, "방전" 하고 교텐은 쉰 목소리로 말했다. "너무 열창해서 그런가."

"밥을 안 먹어서 그렇지."

뒤를 쫓아온 다다가 들고 있던 달걀샌드위치 한 조각을 억지로 교텐에게 물렸다.

"유라 도련님은 이걸로 집에 전화해두고."

다다는 주머니에서 꺼낸 휴대전화를 건넸다.

"바로 돌아갈 거니까 괜찮아요."

조금 늦게 귀가해도 엄마나 아빠나 별로 신경 쓰지 않을 것이다. 늘 그렇다.

"안 돼."

다다는 엄하게 말하고 엠시 호텔 로비를 가로질렀다.

"이런 밤에 꼬맹이가 시내를 돌아다니면 부모님은 걱정해. 파출소에도 들러야 하고."

"파출소요? 왜요?"

"'왜요'라니, 버스 정기권하고 돈을 잃어버렸다며? 신고해두면 찾을지도 몰라."

자, 가자, 하고 다다는 말했다. 귀찮은 듯이 달걀샌드위치를 먹는 교텐과 함께 유라는 다다의 뒤를 따랐다. 간신히 교텐에게 돌려받은 서점 봉투를 소중하게 품에 안았다.

밤하늘에 동그란 달이 떴다.

정기권 케이스는 찾을 수 있을까. 정기권 기한은 앞으로 4개월이 남았고, 정기권 케이스도 사용하기 편해서 마음에 들었다. 잃어버렸다고 하면 엄마는 분명히 "하여간 얘는 정말" 하고 화를 낼 것이다.

찾아야 한다. 하지만 나는 운이 나쁜 편인데. 오늘도 장난 아닌 하루를 보냈다. 신고를 해도 소용없지 않을까.

유라는 한숨을 쉬었다. 그렇다면 그런 대로 어쩔 수 없다고 마음을 진정시켰다.

정기권으로는 절대 갈 수 없는 곳에 가고, 평소에는 볼 수 없는 것을 보고, 이렇게 돌아왔으니.

어른들도 참 여러 가지 문제가 있구나.

달이 지면에 그리는 세 명의 그림자. 교텐과 다다와 자신의 검고 길게 뻗은 그림자를 바라보면서 유라는 뭔지 모르게 뿌듯한 기분으로 마호로 대로를 걸어갔다.

# 도망치는 남자

불과 얼마 전까지만 해도 정원 풀 뽑기나 방충망 교체 의뢰가 많았는데, 지금은 홈통에 쌓인 낙엽 청소와 헛간 정리만 하고 있다.

11월도 후반에 들어서니 사람들의 머릿속에서 연말 대청소가 걱정이 되기 시작한 것이다. 다다 심부름집은 성수기인 12월을 앞두고 꽤 성황을 이루고 있다. 가는 곳마다 "1년이 금방이네요" 하고 인사인지 한탄인지 모를 대화가 오가는 계절이다.

정말로 그렇다고 다다는 생각했다.

나이를 먹을수록 시간에 가속도가 붙는 것 같다. 이런 상태로는 쉰 살을 맞이하고 사흘 뒤에는 아흔여덟 살이 되어 저 세상으로 가는 게 아닐까 걱정될 정도다. 멍하니 지내다가 아무런 일도 한 게 없다는 걸 깨달은 순간 관짝에 들어가는 일이 생기지 않는다는 보장도 없다. 무언가를 하고 싶다는 야망 없이, 몸 하나 간신히 먹고 살 만큼의 벌이가 있는 것만도 감지덕지라고 생각하며 성실하게 일하는 나날이지만, 아무리 그래도 나는 너무 멍청하게 사는 게 아닐까 가끔은 생각한다.

오는 설이면 교텐이 다다 심부름집에 굴러 들어온 지 만 2년째다.

가족 관계도 연인 관계도 친구 관계도 아닌, 굳이 말하자면 고등학교 동창에 지나지 않는 상대. 게다가 지금까지 의사소통이 제대로 된 적이 한 번도 없는 상대를 2년 동안이나 서식하게 하는 인류가 대체 어디에 있을까. 멍청한 것도 정도가 있다.

애초에 나는 몸 하나로 먹고 사느라 필사적으로 일하고 있는데, 교텐이 있으니 몸이 두 개가 되었다. 교텐은 몸의 반도 일하지 않으니 필연적으로 내가 놈의 식비까지 대게 된다. 명백히 불공평하다고 할까, 석연치 않은 상황이지 않은가.

다다는 격한 노동을 한 하루를 되돌아보며 생각했다.

한심한 게 어제오늘 일은 아니지만, 교텐에게 좀 항의를 해야 성이 풀릴 것 같았다.

피로를 호소하는 팔다리에 채찍을 가하여, 침대에 누운 몸을 일으켰다. 칸막이 커튼을 걷고 사무실 응접 공간에 대고 말을 걸었다.

"어이, 앞으로의 전망에 관해" 얘기 좀 하자, 라고 말하려다가 멈추었다. 교텐의 침상인 소파에는 아무도 없었다. 교텐은 어째서인지 응접용 탁자 밑에 들어가서 우아한 스피드로 팔굽혀펴기를 하고 있었다.

"백칠, 백팔" 하고 세다가 다다가 보고 있는 걸 알아차린 듯한 교텐은 "뭐? 무슨 전망?" 하고 악어 같은 움직임으로 기어왔다. 어두컴컴한 사무실 바닥에 바로 앉아서 다다를 올려다보았다.

다다는 커튼을 걷은 자세 그대로 우두커니 서 있었다.

"……뭐 하는 거냐?"

"팔굽혀펴기."

그건 보면 안다.

"왜 탁자 아래에서 하냐고."

"지겨워져도 바로 일어서지 못하는 곳에서 하는 것이 계속하는 비결이란 걸 발견했거든."

교텐은 어딘지 모르게 자랑스러워하는 것 같다. 다시 악어처럼 바닥에 엎드려서 허리춤까지 낮은 탁자 아래로 후퇴하더니 이번에는 등근육 운동을 시작했다.

싫다. 내가 자는 옆 공간에서 심야에 팔굽혀펴기와 등근육 운동을 하는 놈이 있다고 생각하니 뭔가 몹시 징그럽다.

다다는 주뼛거리며 소파에 걸터앉아 탁자 테두리에서 오르

211

락내리락하는 교텐의 뒤통수를 바라보았다.

"왜 갑자기 몸 단련을?"

체력을 길러서 조금은 일에 도움이 되고 싶은 걸까.

"요즘 근육이 빠진 것 같은 기분이 들어서."

얼굴을 마주 보고 말하려는 건지 교텐은 천장을 향해 누워 복근 운동으로 이행했다.

"역시 술에다 밥까지 먹는 것이 좋지 않았나."

"나이 탓이지."

군인도 격투기 선수도 아닌데 어째서 몸의 근육을 중시하고 단련할 필요가 있는지. 그보다 근로의욕이나 높였으면 좋겠다. 살이 쪘으면 일단 술을 끊어.

하고 싶은 말은 많았지만, 다다는 한숨을 쉬는 걸로 그쳤다. 앞으로의 전망에 관해 의논하는 것도 관두기로 했다.

됐다. 내가 불운한 별 아래에서 태어난 거겠지. 교텐이란 식충이가 달라붙어서 저금도 못 하고 요통을 견디면서 아등바등 일하며 살아가야 할 팔자인 거지.

"적당히 해둬."

깨달음의 경지에 이른다는 것은 자포자기하는 것과 동의어라는 사실을 깨닫고 다다는 혼자 끄덕이며 일어섰다. 다다의 움직임을 눈으로 좇던 교텐이 물었다.

"허리, 아프냐?"

"직업병이니 별 수 없지."

"변화에 대응하기 위해서는 대비해야 돼."

교텐이 진지한 어조로 말해서 다다는 칸막이 커튼을 치려다가 손을 멈추었다. 여전히 등근육 운동을 계속하는 교텐의 등을 보았다.

"무슨 얘기야."

"너의 요통이란 게 나이 탓이잖아? 서른이 넘었는데 아무 대책도 세우지 않고 있으면 근육도 물렁살로 바뀌고, 게다가 그 살이 점점 쌓인다고."

쓸데없는 간섭이다.

다다는 커튼을 치고 씩씩거리면서도 허리가 쑤시지 않도록 조심스럽게 침대에 누웠다.


왜 교텐이 갑자기 심야에 몸을 단련하기 시작했는가. 이유는 다음 날 바로 판명됐다.

다다와 교텐이 도큐핸즈에서 작업에 필요한 청소용품을 사서 역 앞 남쪽 출구 로터리를 지나갈 때, 저쪽에서 호시가 걸어왔다. 다다도 본 적 있는 힘이 세 보이는 남자가 혼자 충실한 개처럼 따라왔다.

호시를 발견한 교텐은 "아, 사탕 장사" 하고 도큐핸즈 봉투를 부스럭거리면서 달려갔다.

"나 팔굽혀펴기 100번 이상 할 수 있게 됐어."

호시는 손을 한 번 휘둘러 충견을 떨쳐내고 걸음을 멈추었다.

"복근과 등근육 운동은? 근육 트레이닝은 숫자로 하는 게 아니라 균형 있게 한 번 한 번 착실히 하는 편이 좋아."

"그럼 둘 다 50번씩 할까."

"좋아. 프로테인은 뭘 마시나."

"아무것도."

"효율적으로 근육을 키우려면 마셔. 요즘은 여러 가지 맛이 나와서 꽤 맛있어. 체지방률이 떨어지면 빈혈에 걸리기 쉬우니까 영양제로 철분 보급하는 것도 잊지 말고."

"그런 것 살 돈 없는데. 못을 핥으면 안 될까."

뭐야, 뭐야. 어느새 교텐이 호시와 친해진 거지. 다다는 놀라서 남쪽 출구 로터리에 선 채 두 사람을 멀리서 바라보았다. 호시의 충견도 분한 것 같기도 하고 부러운 것 같기도 한 표정으로 교텐을 엿보고 있다.

호시는 트레이닝과 영양제에 관해 훈시를 하고 교텐은 "오호" 하고 흥미로운 듯이 끄덕거렸다.

그렇게 몸을 단련해서 뭐 하겠다는 거야. 너희들 그러잖아도 남들보다 특출한 탄력과 완력을 갖고 있으면서.

교텐의 근육이 울룩불룩해지면 식비가 늘게 된다. 어차피 바로 질릴 테니 근육 운동은 적당히 해두었으면 좋겠다고 다다는 생각했다.

먼저 간다, 하고 교텐에게 말을 걸려는 찰나, 작업복 주머니에서 휴대전화가 울렸다. 사무실에 걸려온 전화가 전송된 것이다. 다다는 로터리 가장자리로 비켜나서 통화를 눌렀다.

"감사합니다. 다다 심부름집입니다."

"유품 정리를 부탁하고 싶은데요." 여성의 목소리가 말했다. "해주실 수 있나요?"

약간 성가신 의뢰다. 다다는 발밑을 가로질러 가는 살찐 비둘기에게 시선을 떨어뜨렸다. 전화를 건 여성은 목소리로 보아 다다와 비슷한 연령일 것이다. 그렇다면 죽은 이는 여자의 부모거나 조부모.

고인의 소지품 정리를 심부름센터에 맡긴다. 당연하지만 유족은 고인과 관계가 원만하지 않았을 가능성이 높다. 다다는 지금까지 세 번쯤 유품 정리를 맡은 적이 있지만, 뒷맛이 좋은 일이라고는 할 수 없었다.

비둘기는 날개를 조금 파닥이다가 로터리에서 이어지는 연결통로 난간에 겁쟁이처럼 앉았다.

"원칙적으로 유족 분이 입회하시도록 부탁하고 있습니다만, 괜찮으십니까?"

"글쎄요……." 여자는 약간 망설이는 기색이었지만, 이내 목소리에 생기가 돌아왔다. "좋아요. 언제 와주실 수 있을까요?"

"제일 빠른 시간은 내일 오후 2시부터 4시까지입니다."

"두 시간 만에 끝나는 건가요?"

"경우에 따라 다르긴 하죠." 다다는 머릿속으로 스케줄 수첩을 뒤졌다. "모레 오후 6시 이후도 비어 있습니다만."

"되도록 빨리 끝내고 싶어요. 미안하지만, 내일 오후 2시부터하고 모레 오후 6시부터 9시까지, 일단 예약 좀 해주시겠어요? 만약 작업이 일찍 끝나더라도 다섯 시간 비용은 꼭 지불할테니까요."

"알겠습니다."

주머니를 뒤졌다. 볼펜은 있는데 종이가 없다. 다다는 호시와 대화를 끝내고 이쪽을 보고 있던 교텐을 손짓으로 불렀다.

"장소는 어디십니까?"

교텐의 양쪽 손등에 정보를 적었다.

'마호로 시 나루코초 5-4-2 사쿠라 하이츠 203호'

"내일 2시에 집 앞에서요" 하고 여자는 말했다. "제 이름과 휴대전화 번호는."

가시와기 아사코, 라고 썼다. 교텐은 양손을 내밀고 얌전하게 서 있다. 어느새 호시도 다가와서 교텐의 손등에 쓴 글씨를 들여다보고 있다.

통화를 끊은 다다에게 호시는 무언가 말하고 싶은 모습이었다.

"뭡니까, 호시 씨."

"아무것도 아니야, 심부름센터." 호시는 미소 지었다. "재미있어 보이는 의뢰라고 생각했을 뿐. 가자, 가나이."

스트레칭 빼먹지 말고, 하고 교텐에게 말을 남기고 호시는 충견을 데리고 북적이는 인파 속으로 사라졌다. 다다와 교텐은 사무실로 향했다.

"유품 정리 같은 것도 맡는구나."

"어, 가끔 들어와."

"휴일이 없을 정도로 일정이 꽉 찼네." 교텐은 멋대로 휴식을 취하는 주제에 그렇게 말했다. "올해는 어떤 가도마쓰(새해에 조상신을 맞이한다는 뜻으로 문 앞에 세우는 대나무 장식)를 살까나. 이런 상태라면 작년보다 한 치수 큰 것도 살 수 있겠는걸."

"가도마쓰는 사지 마. 잉여 수입은 에어컨 살 돈으로 모아둘 거야."

"근데 너, 왠지 얼굴이 어둡다?"

교텐이 고개를 갸웃거렸다.

"아까 의뢰인 목소리가 묘하게 밝아서 말이야."

다다는 말했다.


나쁜 예감은 맞아떨어졌다. 약속한 오후 2시에서 15분이 지나도 가시와기 아사코는 오지 않았다.

217

부지 안에 세워둔 트럭 짐칸에 기대어 다다는 두 개비째 담배를 피웠다. 교텐은 짐칸에 서서 호시한테 배운 대로 몸을 구부렸다 폈다 하며 스트레칭을 했지만, 지겨워졌는지 "전화를 해봐" 하고 말했다.

15회씩 5분 간격으로 걸었더니 세 번째에 겨우 가시와기 아사코가 전화를 받았다.

"네!"

"다다 심부름집입니다."

"어머나." 짜증이 담겼던 목소리가 갑자기 기세를 잃었다. "어머, 벌써 2시 반이네요. 미안해요, 빠져나가지 못할 것 같아요. 내일은 꼭 갈 테니 작업을 진행해주지 않겠어요?"

"어제 말씀드린 대로 유족이 입회하지 않으면……."

"집에 있는 건 전부 버려도 괜찮아요."

"몇 시쯤 오십니까? 밤에라도 괜찮다면 다시 오겠습니다만."

"오늘은 9시 지나야 될 것 같아요."

그 시간에 시작하면 몸이 버티질 못한다. 다다는 비어 있는 손으로 목덜미를 주물렀다.

"열쇠는요."

"203호실 앞의 가스계량기요. 그 뒤에 박스 테이프로 붙여놓았을 거예요."

"알겠습니다."

다다는 전화를 끊는 것과 동시에 한숨을 내쉬고 녹슨 다세대주택 계단을 올라갔다.

"너는 의뢰인이 여자면 거절하질 못하더라."

교텐이 짐칸에서 가볍게 뛰어내려 따라왔다.

상당히 오래된 다세대주택이지만, 2층은 모두 입주한 것 같다. 합판문이 네 개 나란히 있는 바깥 복도에는 화분이 놓여 있거나 난간에 발 매트가 널려 있기도 하고 텔레비전 예능 프로그램 소리가 흘러나오기도 했다.

그중에서 유일하게 구석에서 두 번째 203호실 문만 인기척도 없이 고요에 감싸였다. 어쩐지 가시와기 아사코는 고인과 동거를 하지 않고 따로 사는 것 같다.

아직 계약서도 쓰지 않았는데. 다다는 또 한숨을 쉬었다. 유품 정리만 시켜놓고 돈을 주지 않고 튈 생각은 아니겠지.

부엌의 젖빛유리에는 조미료 통 그림자 같은 것이 비쳤다. 다다는 도시가스 계량기 뒤에서 열쇠를 떼어내 현관문을 열었다.

"우와."

엉겁결에 소리가 흘러나왔다. 교텐도 다다 옆에서 얼굴을 들이밀고 실내를 보더니 "헐" 하고 말했다.

먼저 눈에 들어온 것은 부엌 벽을 따라 쌓아 올려놓은 막대한 분량의 분재 잡지다. 고서점에서 과월 호를 일괄 구입했을지도 모른다. 오래된 것부터 새것까지 300권 정도가 각을 맞추어 쌓여 있다.

약간 먼지가 쌓인 실내로 들어가서 거실 문을 열었다. 거실겸 침실인 듯한 10평짜리 방 역시 정리가 잘 되어 있었다. 깔아놓은 이불이 지저분하게 들춰진 것 외에는 직선으로만 구성된 인상이었다.

어쨌든 물건이 너무 많다.

이불 주변 다다미는 30센티미터 폭의 통로를 남기고 모두 물건으로 꽉 차 있었다. 깔끔하게 노끈으로 금속처럼 묶어 올린 신문지 다발. 경영에 관한 몇십 권의 실용서는 전부 서점 커버가 씌어 있고 책등에는 달필로 제목을 써놓았다. 그런가 하면 구슬이 든 헝겊 주머니와 색깔별로 진열된 미니카 진열장도 몇 개 쌓여 있다.

소유주만 아는 어떤 법칙에 따라 잡동사니를 분류하여 주머니나 상자에 넣어서 다다미에 나란히 늘어놓았다. 구경꾼이 한 명도 찾아오지 않는 영락한 박물관을 떠올리게 한다. 남은 통로도 깎은 듯이 곧게 뻗어 있다.

"집주인은 자다가 이변이 일어나서 구급차에 실려 간 건가."

"여길 치우는 거야?"

교텐은 다양한 빈 병이 널린 한 모퉁이를 바라보면서 말했다. 물건이 많은 탓인지 실내에 먼지가 많다. 코로는 물론 되도록 입으로도 숨을 쉬지 않으려는지 복화술사 같은 표정이었다.

"이 방만 태우는 건 안 돼?"

확실히 일반 쓰레기와 재활용 쓰레기를 분리하는 것만도 큰일이다. 집을 다 치울 생각을 하니 다다도 한숨이 나왔다. 벽장을 열어보니 양복과 넥타이와 스웨트셔츠가 걸려 있었다. 스웨트셔츠까지 다림질을 했는지 어느 옷이고 각이 잡혀 있다. 와이셔츠는 두꺼운 종이로 직접 만든 틀을 사용한 듯 모두 같은 사이즈로 개어놓았다.

잡동사니를 수집하는 버릇을 가지고 있으며 병적이리만치 예민. '질서를 내포한 카오스'라고 표현할 수 있을 것 같은 집에서 왠지 물건을 건드리는 게 망설여진다.

이 집은 인간의 마음이 그대로 드러난 것 같군. 다다는 생각했다. 흥미로운 것만 모으고 자신을 위해서만 정리 정돈을 하고 있다.

대부분 집에는 손님용 찻잔과 컵이 있고, 비축한 통조림이 있다. 뒤죽박죽 채워 넣은 선반에는 가림용 천을 압정으로 꽂아놓기도 한다. 하지만 이 집에는 그런 상식과 습관과 남의 시선을 신경 쓰는 허세가 조금도 느껴지지 않는다. 쌓아둔 화장실 휴지나 상점가에서 받은 싸구려 부채 같은, 기억에서 잊힌 채 집 안 어딘가에서 뒹굴 법한 그런 물건이 하나도 없다.

그 대신 보통 사람들은 헤아리기 어려운 미의식으로 물건을 쌓아놓았다. 너무 많은 물건들은 완벽해 보이는 소유주의 통솔 아래에서 빠져나와 반역을 일으키다, 지금은 집주인의 삭막한 욕망과 무위를 폭로하는 것 같다.

어쨌든 손을 대지 않으면 청소는 영원히 끝나지 않는다. 다다는 마음을 굳게 먹고 면장갑을 꼈다. 이런 일도 있을 것 같아서 준비한 마스크도 꼈다.

"일단 잡지부터 나르자."

그렇게 해서 한 시간 반, 다다와 교텐은 공중에 날리는 먼지와 싸우면서 일했다.

교텐이 비닐 끈으로 묶은 잡지를 양손에 들고 트럭 짐칸까지 몇 번 왕복했다. 교텐은 힘쓰는 일을 싫어했지만, "네 근육은 무엇 때문에 있는 거냐" 하고 억지로 나르게 했다. 다다는 그동안 시트를 벗기고 이불과 홑이불을 돌돌 말아서 묶었다. 예민해 보이는 주인은 이불을 말리는 데에는 신경 쓰지 않은 것 같다. 솜이 축축하고 무거웠다.

환기를 시키려고 허리 높이의 창문에 손을 댔다. 걸쇠는 걸리지 않았는데 창문이 열리지 않았다. 창틀이 일그러진 데다 스테인리스제 레일이 하얗게 녹슬어 있었다.

고인은 대체 어떤 생활을 한 걸까. 창문도 열지 않고 이런 방에 틀어박혀서 오로지 잡동사니 분류에만 정성을 다한 걸까.

포기하고 창에서 떨어져 이불이 없어진 빈 공간에 섰다. 벽쪽에 물건 속에 파묻힌 장롱이 놓여 있는 것을 발견했다. 다다는 발로 잡동사니를 치우고 방에서 유일하다고 해도 좋을 가구를 바라보았다.

다다의 키 높이 되는 훌륭한 장롱이지만, 별로 사용하지 않았는지 검은 손잡이에는 두껍게 먼지가 쌓여 있다. 장롱 앞에는 정돈된 잡동사니 더미가 산처럼 쌓여 있어서 서랍을 열려고 해도 열지 못해 존재감이 없었다.

일단은 바닥에 있는 것들을 치워야겠군.

교텐이 트럭에서 대량의 쓰레기봉투와 노끈을 들고 돌아와서 다다는 본격적으로 작업에 착수했다. 교텐도 마지못해 부엌 정리를 맡았다. 몇 종류나 있는 식초를 싱크대에 버리고 빈통을 쓰레기봉투에 넣었다.

5엔짜리로 만든 거북이나 학 장식물. 잡지 〈맛있는 가게〉 특집 스크랩이 든 파란색 파일 몇 권. 구멍 난 양말을 털 뭉치처럼 동그랗게 말아서 넣어놓은 상자.

너무 맥락 없는 것이 깔끔하게 분류되어 있어서 괜히 짜증이 나기 시작했다. 주인의 정체를 파악할 수가 없다. 지나치게 여러 방향이어서 진짜 취미가 무엇인지 알 수 없다. 일기나 앨범 같은 개인적인 체취가 나는 것은 아무것도 없었다.

다다의 시야에 검게 빛나는 벌레들이 지나갔다. 이 녀석들은 인류가 멸망한 후의 박물관 같은 방에도 서식하고 있는가. 다다는 감탄하며, 갑작스런 일이어서 무엇으로 때려죽일까 하고 두리번거렸다.

그 틈에 벌레는 다다미방에서 나가 교텐이 있는 부엌으로 돌진했다. 교텐은 장갑 낀 손으로 벌레를 덥석 잡더니 현관문을 열고 바깥으로 힘껏 내던졌다.

예상 밖의 대처법에 다다는 어안이 벙벙하여 우두커니 서 있었다. 덮쳐오는 먼지와 물량 공격에 교텐도 짜증 난 것 같다. 표적을 벌레에서 창문으로 옮겼다.

"왜 환기를 하지 않는 거야."

왼손 하나로 부엌과 방 창문을 잇따라 비틀어 열었다. 지옥 가마솥의 뚜껑이 열리는 듯한 불쾌하기 그지없는 삐익 하는 금속음이 주위에 울렸다.

대단한 괴력이다. 근육 트레이닝을 너무 많이 한 게 아닐까.

창밖에는 작은 화분 받침이 달려 있다. 분재 잡지는 많이 읽은 것 같은데 식물은 하나도 없었다.


"아이고, 오늘은 식겁했네."

예정된 모든 의뢰를 마치고 다다는 마호로 역을 향해 트럭을 몰았다.

"내일도 식겁해야 하다니." 교텐은 드물게 불쾌함을 드러냈다. "이래 놓고 먹튀하면 나는 대마신(大魔神)처럼 화낼 거야."

"그야 나도 그렇지."

다다는 동의했다.

"어이, 다다. 의뢰인 주소는 제대로 알고 있는 거야?"

"아니."

"가시와기 아사코는 그 마굴에 살지 않잖아. 현주소를 알아 놔야지."

"그렇지."

대답은 했지만, 그쪽 휴대전화 전원이 끊겨 있어서 얘기가 되지 않으니 어쩔 수가 없다. 역시 먹튀당할 각오를 해두는 편이 좋을지 모른다.

그건 그렇고 교텐이 의뢰인 이름을 정확하게 기억하다니 처음 있는 일 아닌가. 야생동물처럼 감이 작용하는 교텐이다. 무슨 천재지변의 징조인가. 심부름센터 직원으로서 약간의 자각이 싹트기 시작했다, 이런 거라면 좋겠지만.

"전혀 모르네. 너 진짜 멍청하네."

정확한 지적이긴 하지만 교텐에게 지적받는 건 억울하다. 다다는 들리지 않는 척했다. 교텐은 운전 중인 다다의 바지 뒷주머니를 뒤져서 좁은 틈으로 휴대전화를 꺼냈다.

"뭐야, 뭐 하는 거야."

"어제 느낌으로는 사탕 장사가 가시와기 아사코를 아는 것 같았어.”

멋대로 휴대전화를 꺼내더니 다다에게 들이댔다.

“주소를 가르쳐달라고 해.”

싫어, 하고 다다는 생각했다. 호시에게 빚을 지면 나중에 말도 안 되는 사례를 요구받을 것 같아서 두렵다. 그런데 휴대전화는 이미 호시와 연결된 것 같다.

“심-부-름-센-터. 쓸데없는 용건이라면 어떻게 되는지 알지.”

낮게 위협하는 소리가 차 안에 울려퍼졌다.

“어이, 듣고 있는 거야! 먼저 걸어놓고 입 다물고 뭐 하자는 거야.”

“미안합니다, 호시 씨.”

다다는 서둘러 트럭을 길가에 세우고 교텐에게서 휴대전화를 빼앗아 들었다.

“어제 남쪽 출구 로터리에서 호시 씨하고 같이 있을 때 우리가 의뢰 전화를 받았잖아요. 그 의뢰인, 가시와기 아사코를 호시 씨는 알고 있는 것 같아서요.”

“당신은 몰라?”

“예.”

“신문을 읽는 게 어때, 심부름센터.”

호시는 웃었다. 다다는 불안해졌다.

혹시 사쿠라 하이츠 203호실을 박물관 같은 마굴로 만든 인물―아마 가시와기 아사코의 가족이겠지― 은 그 집에서 살해라도 당한 걸까. 마호로에서 최근 살인사건이 있었다는 얘기는 듣지 못했지만, 텔레비전도 보지 않고 신문도 받지 않아서 자신 있게 단언할 수 없다. 설마 의뢰인이 도주범은 아니겠지?

"가시와기 아사코의 뭘 알고 싶어?"라고 호시가 물어서, "일단 현주소입니다만"이라고 다다는 불안한 기분으로 대답했다.

"3분만 기다려."

다다는 트럭 운전석에 앉은 채 통화가 끊긴 휴대전화를 한 손에 들고 얌전하게 기다렸다. 옆으로 헤드라이트를 켠 차들이 줄줄이 지나갔다. 교텐은 조수석에서 담배를 피우고 있다.

정확히 3분 뒤에 손 안의 휴대전화가 울렸다.

"마쓰가오카마치 3-13-1"하고 호시는 말했다. 다다는 입으로 볼펜 뚜껑을 열어서 교텐이 가리킨 마호로 시 지도의 그 번지에 표시를 했다. 마쓰가오카마치라면 마호로 시에서도 고급 주택가다. 3가(街)는 특히 큰 저택이 많다. 다다도 몇 번 일로 간 적이 있다. 마쓰가오카마치 3가 주민과 10평짜리 방은 그다지 연결이 되지 않는다.

"호시 씨. 가시와기 아사코는 뭐 하는 사람입니까?"

"'키친 마호로'라고 아나?"

"압니다."

마호로 시내를 중심으로 가메오가와강을 지나 가나가와현까지 진출한 외식 체인점이다. 원래는 마호로 대로에 있던 작은 양식점으로 시작해서 지금은 지점이 열두세 곳이나 된다.

본점인 '경양식 키친 마호로'에는 다다도 고등학생 때 두 번 정도 갔다. 싸고 양이 많아서 가게 안은 학생과 직장인으로 붐볐다. 다만 체인점 확장이 궤도에 오르자 본점은 문을 닫았다. 그 자리에는 지금 휴대전화 가게가 생겼다.

"가시와기 아사코는 키친 마호로 그룹 사장이야. 2주 전에 선대 사장이 갑자기 사망해서 전무였던 아내 아사코가 뒤를 이었지. 선대 사장 이름은 가시와기 세이이치로. 68세. 참고로 아사코는 32세."

다다가 들고 있는 휴대전화에 귀를 대고 호시의 설명을 듣던 교텐이 짧게 휘파람을 불었다.

부녀 이상으로 나이 차가 나는 부부는 집에서 어떤 대화를 나눌까.

"잘 아시네요, 호시 씨" 하고 다다가 말했다.

"내 장사의 기본이야. 신문 부음을 체크하고 여러 가지 정보를 모아 실마리로 삼지."

"사장이 죽어서 키친 마호로에 호시 씨가 이용할 틈이 생겼습니까?"

"아니, 현재로서는. 선대가 살아 있을 때부터 아사코 쪽이 경영 수단이 뛰어나다는 평판을 받았으니까. 딸보다 젊은 아내에게 일을 빼앗기고 세이이치로의 체면이 똥이 됐지 않겠어."

사쿠라 하이츠에 살던 사람은 세이이치로가 틀림없는 것 같다. 취미와 흥미가 이끄는 대로 그 집에 잡동사니 산을 남긴 것은 유능한 아내에 대한 심술이었을까. 다다는 탄식했다.

심술이든 뭐든 좋지만 뒤처리를 하는 건 심부름센터다.

"이 정보는 비싸다."

호시가 말했다.

"단순한 동네 얘기 아닌가요."

그렇게 대꾸했지만, 먹힐 리 없다.

"너한테 뭘 해달라 할지는 찬찬히 검토한 뒤 연락하지."

빈틈없는 선언을 마지막으로 통화는 끊겼다.

"수완가인 여사장이라. 위험하네."

교텐이 조수석에서 기지개를 켰다.

"뭐가."

"너, 그런 사람 좋아하잖아. 민첩하게 일 잘하고, 강하고, 그런데 좀 외로워 보이는 여자. 이를테면 남편과 사별한."

"바보 같은 소리 하지 마." 또 정곡을 찔린 다다는 화제를 바꾸기로 했다. "자, 앞으로 어떻게 할까."

"내일은 꼭 오라고 사장한테 다짐 받으러 가야지."

"이런 밤에?"

"일도 끝났을 테고, 딱 좋잖아. 얼굴도 취향이었으면 좋겠네, 다다."

"바보 같은 소리 하지 마."

그렇긴 하지만 먹튀를 당하면 곤란하다. 다다는 내키지 않았지만, 가시와기 아사코의 자택으로 가는 데 동의했다. 장소를 확인할 뿐이다. 여차하면 청구서를 보낼 수 있도록.

결론부터 말하면 가시와기 아사코는 얼굴도 다다의 취향이었다. 시선을 끄는 미인은 아니지만, 심지가 강해 보이고 싹싹하고 밝은 분위기다. 그리 화려하지 않은 화장에, 깔끔하고 심플한 슈트를 입고 있었다.

아사코는 밤 9시 반에 돌아왔다. 자택 앞에 서 있는 수상한 트럭을 보고도 눈도 깜짝하지 않았다. 택시에서 내려 곧장 다가왔다.

트럭 옆에 서 있던 다다는 짐칸에서 스트레칭을 하는 교텐을 황급히 끌어 내렸다.

"혹시 다다 심부름집?"

"그렇습니다. 제가 다다고, 이쪽이 교텐."

"오늘은 일을 맡기고 못 가봐서 죄송했어요." 아사코는 정중하게 머리를 숙였다. "회의가 길어져서 도저히 빠져나오질 못해서."

"내일은 와요?"하고 교텐이 묻자, "네"하고 끄덕였다.

"그럼, 이거."

교텐은 점퍼 주머니에서 은색으로 빛나는 열쇠를 꺼내 아사코의 손바닥에 올려주었다.

"사쿠라 하이츠 203호 열쇠."

"언제 그걸 또……"하고 다다는 신음했다.

"집에서 나올 때 계량기 뒤에 다시 붙여놓는 걸 깜박했어요. 사장님이 갖고 있어요."

다다는 아사코를 대하는 교텐의 태도가 평소와 달리 부드럽다는 사실을 깨달았다. 뭐냐, 교텐, 너도 가시와기 아사코 얼굴이 취향이었냐.

요금을 먹튀하려는 심산인가 했더니 아사코는 일에 너무 몰두한 나머지 약속 시간을 잊어버렸다고 한다. 결벽하기까지 한 성실함과 자유분방한 태도가 절묘하게 섞여서 결과적으로 주위로부터 '괴짜'란 꼬리표가 붙을 스타일이다. 오리지널 괴짜인 교텐과도 어쩌면 마음이 잘 맞을지 모른다.

"당신이 열쇠를 갖고 와주지 않으면 우린 작업을 시작할 수 없어요."

교텐은 그렇게 말하고 시커먼 속 보이는 표정으로 웃었다. 뭐야, 다다는 생각했다. 취향이고 뭐고 관계없이 교텐은 그저 정리 요원을 늘리고 싶을 뿐이었던 것 같다. 자신이 안도하고 있다는 걸 알고 다다는 조금 동요했다.

교텐의 잔꾀 부리는 행동에도 아사코는 기분이 나쁘지 않은 것 같았다.

"반드시 가겠습니다." 열쇠를 꼭 쥐고 시원스럽게 웃었다. "내일 다 정리할 수 있을까요?"

다다는 교텐과 가볍게 시선을 주고받았다. 두껍게 쌓인 지층을 다섯 시간 동안 해결할 수 있을 리 없다. 지금의 말로 아사코가 그 집에 간 적이 없다는 것이 명백해졌다.

"실례지만, 사쿠라 하이츠 203호실에 살던 분은 키친 마호로 그룹 선대 사장이십니까?"

"네. 제 남편, 세이이치로예요." 아사코는 이번에는 입술 끝을 일그러뜨리며 웃었다. "단시간에 많이 조사하셨네요."

"아뇨, 이게 다입니다. 심야까지 세 사람이 열심히 일해야 내일 중에 정리가 될까 말까 한 상황입니다. 그럼 편히 쉬십시오."

다다는 교텐을 재촉하여 트럭을 탔다. 아사코는 한동안 문 앞에 서서 트럭을 지켜보았다. 마호로 시에는 어울리지 않는 남유럽풍의 크림색 저택과 우두커니 서 있는 아사코의 모습이 백미러 속에서 작아져갔다.

그 저택에 아사코는 혼자 살고 있을까. 불이 켜진 창은 하나도 없었다.

"어떻게 생각해?"

다다가 교텐에게 물었다.

가시와기 세이이치로는 왜 한참 연하인 아내를 버리고 기껏 지은 저택을 나와서 그런 먼지내 나고 잡동사니 가득한 집에서 살았을까. 모은 것을 정리하고 분류하는 데만도 자유 시간 대부분을 소비해야 했을 텐데. 세이이치로가 아내와의 생활 어디가 불만이었는지 다다는 상상이 되지 않았다.

"사장은 집안일도 완벽하게 했네."

"어떻게 알아?"

"머리도 피부도 잘 가꾸었는데 손톱만큼은 짧고 매니큐어도 바르지 않았잖아. 요리를 제대로 하는 게 아닐까? 아까도 현관을 열면서 화분 진열부터 바로 하던데."

백미러로 체크한 것 같다. 너는 시어머니냐, 하고 다다는 생각했다.

"일도 믿음직스럽게 하고 집안일까지 잘하다니 꿈 같은 부인." 교텐은 노래하듯이 말했다. "숨이 막힐 것 같네."

그럴지도 모른다. 하지만 그렇다고 도망치는 것은 이기적이다. 다다는 괜히 화가 나서 평소보다 거칠게 핸들을 꺾었다.

"우와."

슈트 차림으로 203호실 현관을 연 아사코는 현기증이 나는 듯 한 걸음 뒤로 물러났다.

"뭐지, 이 쓰레기."

세이이치로가 수집한 것은 아사코에게 전부 '쓰레기'란 한마디로 정리됐다.

다다와 교텐이 청소를 하면 할수록 세이이치로가 구축한 질서는 무너져갔다. 쌓아놓은 잡지의 각은 흐트러지고, 예쁜 조개껍데기는 주둥이가 넓은 병에서 방바닥으로 떨어져 있고, 흉기로 써도 될 만큼 뾰족한 연필심은 떨어지는 바람에 다 부서졌다. 방 안에 흩어져 있는 것들이 아사코에게는 쓰레기로 보이는 것도 무리는 아니다.

교텐이 먼저 방으로 들어가서 지옥의 가마 같은 소음을 흩날리며 창문을 열었다.

"이렇게 물건을 쌓아두는 사람이었나." 아사코는 벽장에 걸린 양복을 만져보았다. "회사에는 잘 나왔으니까 난 완전히……."

"여자라도 있어서 같이 사는 줄 알았다?"

묻기 어려운 말을 척척 묻는 교텐의 배를 "야" 하고 다다가 팔꿈치로 쿡 찔렀다. 아사코는 "맞아요"라고 하며 미소 지었다.

"2년 전에 남편은 갑자기 집을 나갔어요. '혼자 차분히 생각하고 싶어서'라면서요. 전 영문을 알 수 없었죠."

아사코는 벽장에서 옷을 꺼내 음미하는 일도 없이 쓰레기봉투에 쑤셔 넣었다. 종이접기처럼 접힌 와이셔츠도, 아직 쓸 만한 양복도, 구멍 난 대량의 양말도, 똑같이 쓰레기로 판단을 내렸다.

"상태가 나빠져서 직접 구급차를 부른 것 같아요. 병원에서 연락이 와서 달려갔을 때 남편은 이미 죽어 있었어요. 그 전날도 주초 회의에 관해 의논하고 평소처럼 회사에서 헤어졌는데."

담담한 어조여서 오히려 더 아사코의 혼란과 슬픔이 잘 전해졌다. 남편이 죽은 지 아직 2주밖에 지나지 않았다. 기억과 사실을 어떻게 연결해야 좋을지 본인이 더 당혹스러울 것이다.

다다는 아무 말도 할 수 없었다. 교텐도 말없이 작은 냉장고의 내용물을 쓰레기봉투에 옮겼다. 별다른 식재료는 들어 있지 않았다. 1인용 사이즈의 간장과 소스와 마요네즈. 그리고 얻은 것인 듯한 치즈와 과자가 전부다. 세이이치로가 요리를 한 것 같지도, 세이이치로를 위해 요리를 해주는 존재가 있었던 것 같지도 않다.

싸고 맛있는 양식을 제공하는 회사의 사장이 이 집에서 밥이라고도 할 수 없는 밥을 먹고 살았나 생각하니 다다는 안타깝기 그지없었다.

매일 격무일 텐데 아사코의 피부는 아름다웠다. 영양 균형에 신경을 쓰고 취침 전에 꼼꼼하게 손질을 하고 적절한 운동과 수면도 빼놓지 않을 터다. 세이이치로와 함께 살았을 때는 아마 남편의 건강도 꼼꼼히 챙겼겠지.

숨이 막힐 것 같다. 교텐이 한 말의 의미가 다다도 조금 이해됐다. 아사코 본인도 숨이 막혀서 괴로운 표정으로 남편이 모은 것을 쓰레기봉투에 집어넣고 있다. 하지 못한 말, 듣지 못한 말 대신에 아사코와 세이이치로는 쓰레기봉투가 부스럭거리는 소리를 통해 마지막 대화를 나누는 것처럼 보였다.

심야가 가까워졌을 무렵에야 부엌과 방에서 겨우 물건들이 없어졌다. 남은 것은 방에 있던 장롱이다. 아사코가 제일 위 칸 서랍을 열자 안에는 자질구레한 것이 또 질서 정연하게 분류되어 있었다.

문구, 단추, 상비약, 회사 서류 등등. 빈 과자 상자를 이용하여 세세히 칸막이를 해놓았다. 다음 칸도 비슷한 내용이었다.

특징은 오래된 것이 아무것도 없다는 것이다. 고작해야 몇 년 전의 것.

세이이치로는 어쩐지 집을 나올 때 소지품이나 추억의 물품이라고 할 만한 것을 거의 갖고 나오지 않은 것 같다. 집을 나와서 새로 입수한 것만 사쿠라 하이츠에 두껍게 축적해놓은 것이다.

"장롱에 있는 물건도 전부 버리죠."

아사코는 망설임 하나 없는 어조로 말했다. 낙담을 감추는 것이 느껴졌다. 방 어디에도 세이이치로의 감정의 흔적이 없다. 있는 것은 물질뿐. 아내를 향한 마음도 아내와의 기억도 완벽히 지우고 떠났다.

빼낸 서랍을 기울여서 내용물을 자세히 확인하는 일도 없이 쓰레기봉투에 버렸다.

"장롱은 어떻게 할까요?"

교텐이 물었다.

"이건 결혼할 때 갖고 온 제 장롱이에요. 그러니까 마쓰가오 카마치 집으로 가지고 갈게요."

"세이이치로 씨는 일부러 장롱을 갖고 나오신 겁니까?"

다다는 한 가닥 희망을 품고 물었지만, 아사코는 어둡게 웃으며 고개를 저었다.

"혼자 있고 싶어서 방을 하나 얻었다고 해서 제가 억지로 갖고 가게 했어요. 여자와 사는 줄 알고. 방에 내 장롱이 있으면 남편도 여자도 불편하겠죠?"

무섭네, 하고 다다는 생각했다. 하지만 저항하기 힘든 매력도 느꼈다.

그런 집착을 받아보고 싶다. 청결한 집, 맛있는 요리, 환하게 웃는 얼굴 아래 소용돌이치는 질투. 갖고 있는 전부를 사용하여 꼼짝달싹 못 하게 된다면 질식해도 바랄 게 없을 것 같다.

아사코는 마른 걸레로 다다미를 닦기 시작했다. 다다와 교텐은 빵빵하게 부푼 쓰레기봉투를 트럭 짐칸에 실었다.

반출 작업도 거의 끝내고 바깥 계단 아래에서 담배를 한 개비 피웠다.

"나는 역시 납득이 안 가." 다다는 중얼거렸다. "세이이치로가 이 생활을 선택한 이유가 뭘까?"

"혼자 있는 게 편하니까."

교텐이 말했다.

그런 이유로 남편이 나간다는데 이해할 아내가 있을까. 아지트 같은 별택을 갖고 싶다는 마음은 이해하겠다. 하지만 제대로 된 설명도 없이 멋대로 평온을 찾아 떠난 남편 때문에 내버려진 아내의 마음은 어떻게 되는가.

다다와 교텐은 담배를 다 피우고 바깥 계단을 올라갔다. 나직한 목소리로 대화를 계속했다.

"그럼 차라리 이혼하는 게 좋지 않았을까."

"사장의 남편은 이기적인 영감이었다고 생각해. 자유롭고 싶지만, 이혼해서 완전히 혼자가 될 용기도 없었던 거지."

봐, 이거, 하고 교텐이 스냅 사진을 한 장 내밀었다. 203호실에는 개인적인 기록이 전혀 보이지 않는다고 생각했던 터라 다다는 놀랐다.

"어디 있었어?"

"냉장고. 마요네즈 넣는 칸 있지? 거기. 문을 열면 바로 눈에 들어오는 곳."

사진에는 엄청난 얼굴을 한 여자가 찍혀 있었다. 여자 맞지?

하고 다다는 생각했다. 멀리서 찍어서 자세한 것까지는 모르겠지만, 뽀글뽀글한 분홍색 파마머리 가발을 쓰고 양복바지에 와이셔츠와 넥타이를 맸다. 코에는 나무젓가락을 찌르고 사무용 책상 위에서 눈을 뒤집고 춤을 추고 있다. 송년회나 뭐 그런 자리의 한 장면 같다.

바깥 계단에 멈춰 서서 다다는 더 목소리를 낮추었다.

"이게…… 세이이치로의 여자야?"

"엉?" 교텐은 한순간 허를 찔린 얼굴을 했다. "뭐, 그런가 보네."

"너무하잖아. 이런 아저씨같이 생긴 여자가 세이이치로의 애인이란 걸 안다면 가시와기 아사코는 충격을 받을 거야."

"흐음. 어째서?"

"어째서라니, 이런 여자 때문에 남편이 집을 나가다니 아내의 체면이 말이 아니잖아."

"그런가."

"그렇지."

"이거 정말로 애인 사진이라고 생각하냐?" 교텐은 고개를 갸웃거렸다. "이런 우스꽝스런 차림을 한 애인의 사진을 굳이 소중하게 냉장고에 넣어두는 의미를 모르겠네."

"가시와기 아사코도 아는 여성이 아닐까. 사원이나 거래처 사람이나. 그러니까 세이이치로는 인물을 알아보지 못할 사진을 고른 거야. 만에 하나 아사코가 다세대주택에 와서 사진을 발견했을 때를 대비해서."

"너 정말로 뇌에 낀 안개 같은 것 좀 날려버려." 교텐은 코웃음 쳤다. "사장한테 이 사진을 보여주자."

"아냐, 아냐, 아냐." 다다는 황급히 교텐을 말렸다. "일을 험하게 만들지 마."

바깥 계단에서 옥신각신하는 기척을 느꼈는지 203호실 문이 살짝 열렸다.

"심부름센터?" 하고 아사코가 작은 소리로 말했다. "무슨 일이세요?"

"저기, 저기, 저기, 사장님."

"하지 마, 교텐."

여기다가 애인의 존재를 들이댄다면 아사코가 어떻게 될지 모른다. 현관으로 들어가서 문을 닫은 다다는 좁은 입구에서 교텐을 뒤에서 붙들었다. 아사코는 부엌에서 무슨 일인가 하고 두 사람을 보고 있다.

"이런 게 나왔어요."

교텐은 다다를 아랑곳하지 않고 아사코에게 사진을 내밀었다.

"하지 말라고!"

다다는 교텐에게서 사진을 빼앗으려고 했다.

"발견한 거니까 어쩔 수 없잖아."

"삼켜! 다이아도 삼켰으니 그것도 삼켜!"

"대체 뭔가요?" 아사코가 끼어들었다. 교텐의 손에서 사진을 받아 든다. "어머, 뭐야. 이 창피한 사진."

"네?"

"이거 저예요. 이때 엄청 취했었거든요." 아사코는 뺨을 붉혔다. "어디에 있었어요?"

다다는 맥이 풀려서 민망한 마음으로 교텐을 보았다.

"냉장고 안요."

교텐이 대답했다. 다다에게 얼핏 보낸 시선이 '바보'라고 말하고 있다.

아사코는 사진을 슈트 주머니에 넣더니 "수고하셨어요" 하고 다다와 교텐에게 웃는 얼굴로 말했다.

"차라도 드시고 갈래요? 아직 뜯지 않은 찻잎이 장롱에 있더라고요."

재활용 쓰레기로 분류한 봉투 속에서 교텐이 찻주전자와 찻잔을 찾아왔다. 세 사람은 장롱이 내려다보는 가운데 방에 앉아서 뜨거운 차를 마셨다.

"아무것도 없네요."

실내를 둘러보며 아사코는 담담하게 말했다.

다다는 세이이치로의 찻잔에서 모락모락 나는 김을 턱에 댔다. 여자 같은 건 없었다. 세이이치로는 이 방에 쌓아둔 잡동사니 지층 속에서 혼자 담담하게 지내며 회사에 다녔다.

아내인 가시와기 아사코를 버려두고.

차라리 애인이 있는 편이 이 부부에게는 나았을지도 모른다. 문득 그런 생각이 들었다.

"심부름센터 분들은 마호로 출신인가요?"

방에 떨어진 침묵을 두려워하듯이 아사코가 화제를 돌렸다.

"예. 다른 데서 산 적도 있습니다만, 태어난 것도 자란 것도 마호로입니다."

"좋은 도시죠. 한가로우면서도 파워가 있고." 아사코는 반듯하게 모으고 있던 다리를 조금 풀었다. "저는 대학에 진학하면서 마호로에 와서 혼자 살기 시작했어요."

다다는 십대 시절 아사코를 상상해보았다. 지금보다 우울한 모습이 떠올랐다. 현재 아사코의 밝은 얼굴은 슬픔과 고뇌를 여과시킨 표정으로 보인다.

"혹시, 키친 마호로에서 아르바이트하다 남편과 만났어요?"

교텐이 말했다.

"정답. 교텐 씨는 감이 좋으시네요." 아사코는 어깨를 살짝 움츠렸다. "2호점을 냈을 때였어요. 나이 차가 아주 많이 나는데도 사랑에 빠져버렸죠."

"할아버지가 취향입니까?"

"그런 건 아니었어요. 그때까지 사귄 사람들도 또래였고."

다다는 그 말을 듣고 안도하는 자신이 의아했다.

"부모님도 반대를 많이 했고, 세이이치로 씨 본인도 당혹스러워했지만, 제가 고집을 부려서 대학 졸업하고 바로 결혼했어요. 그 후로는 키친 마호로 일로 바빴지만, 정말 행복했어요. 남편이 갑자기 집을 나가기 전까지는."

아사코가 고개를 숙여서 다다는 당황하며 말했다.

"잠시 숨을 돌리고 싶었던 것뿐일 겁니다. 곧 집으로 돌아가실 생각이셨겠죠."

"남편한테 차라리 여자가 있는 게 나았어요. 그 편이 이해하기 쉬웠을 거예요. 영문도 모르고 2년이나 따로 살다가 이렇게 두고 가버릴 거라면!"

아사코는 입술을 깨물었지만, 억누를 수가 없었던 것 같다. 갑자기 얼굴이 마구 일그러지더니 아이처럼 엉엉 울기 시작했다.

"어째서 그런 사진을 소중히 간직하고 있었던 거야?"

당신하고 같이 열심히 일했어. 집안일도 게을리하지 않았어. 언제나 웃는 얼굴로 예쁘게 있었어. 전부, 전부 당신을 위해서. 당신을 좋아해서.

"당신은 우스꽝스런 춤을 추는 내가 좋았어? 나를 조금은 좋아한 거야?"

눈물이 끝도 없이 뺨을 타고 흘러내려 아사코는 천장을 향해 울었다. 미아처럼 어쩔 줄 모르고 온몸으로 슬픔과 분노와 외로움을 호소하고 있다.

왜 두고 간 거야. 어째서 말도 없이 사라진 거야. 신뢰를 배신당하고 사랑을 단절당한 채 홀로 남은 인간의 떨림이 방 안 공기를 흔들었다.

다다는 이제 아무 말도 하지 않고 아사코의 울음소리를 들으며 아사코의 우는 얼굴을 보고 있다.

어두운 구멍에 빨려 들어가는 듯한 부유감. 오랜만에 체험하는 사랑에 빠지는 순간이었다.

나는 대체 어쩔 생각인 거지.

예전에 들은 아기 울음소리, 예전에 본 아내의 우는 얼굴이 뇌리에 생생하게 되살아났다.

변화에 대응하기 위해서는 대비하지 않으면 안 된다.

정말 그래야 한다. 다다는 자신의 마음이 급격히 움직이고 변화하기 시작한 것을 재촉하지도 멈추지도 못하고 멍하니 앉아 있었다.

교텐이 말없이 다다와 아사코를 바라보았다.

아직도 계속되는 울음소리는 방 안을 채우고 겨울 밤하늘로 흘러넘쳤다.

## 새벽달

　다다 심부름집의 전화가 한 번도 울리지 않은 채 새해를 맞이한 지 사흘이 지났다. 조용한 설을 보내는 건 오랜만이었다.

　야마시로초의 오카 부부는 아들의 권유로 손자와 함께 온천에서 새해를 보낸다고 했다. 버스 운행에 신경을 곤두세우지 않아도 되어서 다다의 마음은 홀가분했다.

　편의점에서 사 온 진공 팩에 든 떡을 주전자에 삶아서 컵라면에 넣어 먹었다. 배가 부르니 낮부터 침대에서 꾸벅거리게 된다. 수사자처럼 우아하고 나른하게 보내는 설 연휴의 표본 같은 날들이다.

　교텐은 종일 싸구려 위스키를 홀짝홀짝 마시고 있다. 다다가 낮잠을 자려고 침대에 눕자마자 바닥에서 복근과 등근육 운동을 한다. "흡, 흡" 하는 숨소리가 좁은 사무실에서 거슬려

죽을 지경이다. 운동은 다다에 대한 심술이다. 가도마쓰를 사려고 하다가 다다에게 저지당해서 화가 난 것 같다.

어째서 그렇게 가도마쓰에 연연하는 거지. 길거리에서 흔히 보는 칠월 칠석의 대나무나 크리스마스트리에는 전봇대보다 더 관심 없으면서.

혹시, 하고 다다는 생각했다. 혹시 교텐은 두 개가 한 세트로 되어 있는 걸 좋아하나?

12월에 고객에게 대청소를 의뢰받았을 때, 교텐은 작업은 제쳐놓고 《일본의 불상》이라는 사진집을 보고 있었다. 응접실 책장에서 먼지를 덮어쓰고 있는 책 중 한 권이었다. 교텐은 양쪽 페이지에 인쇄된 금강역사상(사찰 입구의 좌우에 서서 불법을 수호하는 수문장으로 근육이 우람하다)의 흑백사진을 가리키며 황홀한 어조로 다다에게 물었다.

"어느 쪽이 좋냐?"

"뭐가?"

"좋아, 정했어. 나는 입을 다물고 있는 쪽을 목표로 할 거야."

교텐은 바쁘게 빗자루질을 하는 다다에게는 눈길도 주지 않고 말했다. 그래서 다다는 교텐이 금강역사상의 훔금강역사 (오른쪽에 서서 입을 다물고 있는 쪽이 '훔금강역사', 왼쪽에 서서 입을 벌리고 있는 쪽이 '아금강역사'이다)를 마음에 들어한다는 것, 운동을 해서 금강역사상 같은 몸을 만들 생각이라는 것을 눈치챘다.

홈금강역사와 아금강역사의 체형에 차이가 있는 것 같진 않다. 무엇보다 금강역사상을 목표로 근육 운동을 하는 현대인이 있을까 생각했지만, "그러냐, 잘해봐라" 하고 건성으로 대답했다. "다다는 입을 벌린 쪽을 목표로 해"라고 말할 틈을 주지 않도록 재빨리, 그리고 쌀쌀맞게.

교텐의 눈에는 가도마쓰도 금강역사상처럼 웅장한 물체로 보이는지도 모른다.

"흡, 흡"에 져서 다다는 침대에서 몸을 일으켰다. 설 연휴 사흘째 한낮이 지나니 수사자 생활이 슬슬 지겨워졌다. 분주한 연말을 보내느라 서류 정리도 밀렸다. 경비 계산이나 하자. 다다는 사무실의 낮은 탁자에 장부를 펼쳐놓고 응접 소파에 앉았다. 운동을 마친 교텐도 맞은편 소파에 널브러졌다. 금강역사상으로 가는 여정이 험난한 것 같다. 말보로 멘솔을 피운다.

전자계산기를 두드리다 속도가 붙어서 경비 계산뿐만 아니라 1년간 수입과 지출까지 다시 확인했다. 장부를 넘기면서 "좋아, 좋아" 하고 다다는 끄덕였다. 내 경영 능력은 완벽해. 다다 심부름집의 작년 매상은 그 전해보다 미미하게 늘었다. 교텐이 있어서 미미하게 늘어서는 유복해질 수 없지만, 일한 대가가 수치로 나타나는 것이 만족스러웠다.

장부를 접는 다다에게 교텐이 말을 걸었다.

"끝났냐?"

소파에 바로 앉은 교텐은 위스키 병을 들어 보였다.

"너도 마실래?"

이 녀석은 몇 번을 심부름을 시켜도 필요경비로 쓸 수 있는 영수증을 잃어버리고 온다. 부탁도 하지 않았는데 따라와서 의뢰인 집에서 당당하게 게으름을 부린다. 최근에는 술에 더해 음식을 먹게 된 뒤로 생활비가 점점 늘어난다. 즉, 역병을 옮기는 신 이외의 아무것도 아니다.

하지만 누군가와 보내는 설이 몇 년 만인지. 대화도 거의 나누지 않고 각자 좋아하는 걸 하며 시간을 보낼 뿐이지만, 방에 혼자가 아니라 생각하니 뭔가 마음에 여유가 생긴다. 갈 데도 없고 같이 있을 사람도 없는 것은 나뿐만이 아니란 걸 알아서 안심이 되는 걸까. '저 녀석이라도 없는 것보다 나아'라고 무심코 생각할 만큼, 나이를 먹으니 마음이 약해진 걸까.

교텐은 술병을 흔들며 다다의 대답을 기다렸다. 네가 영수증을 행방불명으로 만든 탓에 약 1만 엔의 경비가 어둠 속으로 사라졌잖아. 그렇게 지적할까도 생각했지만, 관두었다. 정초부터 잔소리를 하면 그러잖아도 얼마 없는 교텐의 의욕이 바닥을 뚫을지도 모른다. 올해는 매상을 더 올리는 것을 목표로 하고 싶다. 이대로 빈대 생활을 계속할 거라면 교텐도 일을 더 하지 않으면 곤란하다.

"아니" 하고 다다는 말했다. "그보다 어디 외식하러 가지 않을래?"

"이로리야 도시락이라도 사 먹냐?"

"그런 건 외식이라고 하지 않지. 술 마실 수 있는 가게에 가는 거야."

"어쩐 일이냐."

교텐은 위스키 병을 탁자에 내려놓았다. 뭔가 탐색하는 듯한 눈으로 다다를 보고 있다.

"작년 매상이 생각보다 좋아서. 축하 겸 신년회."

다다는 자연스럽게 시선을 피하고 점퍼를 들었다. 교텐은 "흐응" 하고 히죽거리며 컵에 남은 위스키를 마저 마셨다.


백화점이 세일을 하고 있어, 마호로 역 앞은 쇼핑객과 집에서 뒹굴거리는 연휴가 지겨워져서 나온 가족들로 평소보다 붐볐다. 저녁 식사를 하기에는 아직 조금 이른 시간이지만, 마침 잘됐을지도 모른다. 이런 상태라면 식사 때가 되면 어느 가게나 줄을 서야 들어갈 수 있을 것이다.

"그래, 어디로 갈 거야?"

"그러게."

딱히 가고 싶은 데가 있는 건 아니었다. 다다는 적당한 술집에 들어가려고 했지만, 교텐이 앞장서서 대로를 성큼성큼 걸어갔다. 늘어선 음식점에는 눈길도 주지 않고 남쪽 출구 로터리를 가로질렀다.

남쪽 출구 로터리는 약속이 있는 사람들과 비둘기로 혼잡했다. 통행을 방해하는 것은 로터리 한복판에서 확성기를 사용하는 한 무리의 존재였다.

남쪽 출구 로터리에서 기타를 치며 노래를 부르거나 무언극을 하는 건 언제나 있는 일이다. 다다는 처음에 '또냐'라고만 생각했다. 그러나 아무래도 상태가 이상했다. 확성기에서 흘러나오는 것은 억양 없는 중년 여성의 목소리였다.

"여러분은 위험에 노출되어 있습니다. 여러분의 자식도 부모님도 남편도 무서운 위험에 노출되어 있습니다. 요즘 세상에 대체 어떻게 음식의 안전을 확보하면 좋을까요. 그 사명과 책임은 가정주부인 여러분의 어깨에 달려 있습니다. 무농약 식재료를 골라서 손수 집밥 만들기. 가족의 건강과 안전을 지키기 위해서는 그것밖에 없습니다. 외식, 파는 반찬. 그런 것이 가족의 식탁에 어울린다고 할 수 있을까요?"

확성기를 든 여자 옆에는 수수한 복장의 남녀가 로터리를 오가는 사람들에게 전단을 나눠주고 있었다. 감색 코트를 입은 초등학생인 듯한 아이들 여러 명이 '가정과 건강식품협회 Home&Healthy Food Association'라고 쓰인 깃발을 들고 있었다.

그러고 보니 최근 종종 시내에서 이 단체가 보인다. 종교 단체인가. 회사인가. 대체 뭐지.

걸어가면서 그런 생각을 하고 있는데, 회원 한 사람이 다다와 교텐의 가슴팍에도 전단을 내밀었다. 교텐은 무시했지만, 다다는 떠맡기다시피 하는 전단을 받아 들었다. 전단은 손으로 쓴 것으로, 제일 위에는 '주부 여러분!'이라고 검은 글씨로 큼직하게 쓰여 있다. 내가 주부로 보이는 걸까. 다다는 점퍼 주머니에 전단을 쑤셔 넣었다.

교텐은 몇 번이나 사람들에게 부딪히면서 버스터미널 쪽으로 향했다.

"어이, 어디 가려는 거야."

"버스 타게."

"왜."

"키친 마호로에 가고 싶으니까."

하마터면 또 "왜" 소리가 튀어나올 뻔했지만, 간신히 삼켰다. 교텐이 히죽히죽 웃으며 다다의 표정을 살폈기 때문이다.

"그래? 그럼 가자."

다다는 아무렇지도 않은 얼굴을 하고 버스를 탔다.

키친 마호로 체인점 1호는 마호로 가도에 있다. 버스터미널에서 세 정거장 거리다. 역 앞에서 도보로 20분도 걸리지 않는 거리이고, 마호로 시민은 이동 수단으로 자가용을 이용하는 일이 많아서, 그 버스 정류장에서 내린 사람은 다다와 교텐뿐이었다. 버스요금은 다다가 같이 냈다.

전에는 패밀리 레스토랑인 '로얄호스트'나 '레드랍스터'가 입점해 있던 세모 지붕의 가게 안은 밖에서 들여다보니 이미 6할은 차 있었다.

유리문을 열자 "어서 오세요" 하고 바로 밝은 목소리가 들렸다. 다다는 구슬이라도 삼킨 듯이 숨 쉬기가 괴로워졌다.

"어머나, 심부름센터. 그때는 정말 고마웠어요."

카운터에서 나온 것은 가시와기 아사코였다. 약간 야윈 듯했지만 건강해 보인다.

"안녕하세요."

다다는 어색하게 인사했다. 설마 체인점 사장이 직접 가게에 서 있을 줄은 예상치 못했다. 만날 수 있지 않을까 하고 은근히 기대는 했지만.

검은 슈트에 가게 앞치마를 두른 아사코는 다다와 교텐에게 자리를 안내했다. 창가 구석진 테이블이어서 차분하게 식사를 할 수 있을 것 같았다. 메뉴를 내미는 아사코는 물도 직원에게 맡기지 않고 직접 날라다 주었다.

"사장님. 담배 피워도 돼요?"

교텐이 말했다.

"그럼요." 아사코는 앞치마 주머니에서 깨끗하게 씻은 재떨이를 꺼냈다. "그런데 사장님이라고 부르는 건 하지 마세요."

"그럼 아사코 씨."

다다는 갑자기 너무 편하게 부른다고 생각했지만, 메뉴를 보는 척하며 잠자코 있었다.

"네."

"난 청주 두 홉짜리와 하우스 레드와인을 디켄터로. 그리고 키친 마호로 특제 명란."

"네."

"다다는?"

"새우튀김 정식 부탁합니다. 그리고 생맥주."

"네."

아사코는 이번에도 앞치마에서 꺼낸 기계에 재빨리 주문을 입력했다.

"술, 바로 가져오겠습니다."

아사코가 테이블에서 떠나자 다다는 겨우 숨을 돌렸다. 점퍼를 벗는 김에 주머니에서 담배를 꺼냈다. 그 바람에 남쪽 출구 로터리에서 받은 전단도 나왔다. 심심하기도 하고 교텐이 히죽히죽 웃고 있어서 다다는 담배를 물면서 전단을 펼쳐 읽었다.

'가정과 건강식품협회'는 마호로 교외에서 집단생활을 하며 무농약 채소 재배와 판매를 하는 것 같다. '회원 모집 중입니다. 가볍게 견학 오세요. 이동판매 차도 여러분의 동네를 돌고 있습니다'라고 쓰여 있다.

"그거……" 하는 소리가 나서 올려다보니 아사코가 쟁반을 든 채 서 있었다. 주문한 술과 시오카라(일본식 젓갈)를 테이블에 내려놓으면서 말했다.

"다다 씨, 건강식품에 흥미 있으세요?"

아사코의 입에서 나온 '다다 씨'라는 울림에 넋을 잃으면서 다다는 "아뇨"라고 대답했다.

"컵라면만 먹습니다."

"그러세요."

아사코는 작게 한숨을 쉬었다.

"왜요?"

"그 단체, 마호로 외식업계 사이에서 요즘 좀 화제랍니다." 아사코는 몸을 굽히고 다다의 귓가에 소리를 낮추어 말했다. "회사나 가게에 찾아가서 무농약 채소의 효능을 설득해요. '시민의 건강을 위해서도 우리가 키운 채소를 사용하는 게 좋다' 라고요. 열심히 활동하는 건 알지만, 저희 가게는 이미 계약한 농가가 있어서요. 그렇다고 너무 딱 자르기도 뭣하고."

"어째서요?" 청주를 홀짝거리던 교텐이 고개를 갸웃거렸다. "거절하면 되잖아요. 그쪽도 장사, 이쪽도 장사니까."

"거절하면 이동판매 차가 가게 주위를 자꾸 돌아다녀요. '가정에서 손수 만든 집밥을 먹으면 가족이 건강해지고 모두 웃

254

는 얼굴이 됩니다' 하고 스피커로 방송하면서요. 그렇지만 그것만으로는 영업 방해라고 할 수도 없어서."

"흐음." 교텐은 전단을 다다의 손에서 빼앗아 뭉치더니, "미안하지만, 버려줘요" 하고 아사코에게 건넸다.

"새우튀김도 곧 나올 거예요. 천천히 드시고 가세요."

아사코는 빈 쟁반에 전단을 올리고 주방 쪽으로 갔다.

"뭔가 이상한 단체 같네."

"무농약, 무농약 하지만, 유해 물질을 전혀 먹지 않고 죽는 사람은 없어."

교텐은 담배 연기를 토했다. 교텐이 말하니 '무능력'으로 들린다.

"그렇게 까다롭게 굴려면 배기가스가 나오지 않는 수레 같은 데 싣고 채소를 팔러 다녀야지. 밤에 몰래 가서 밭에다 농약이나 뿌릴까 보다."

"신경 꺼. 상관하지 않는 게 제일이야."

다다는 아르바이트생이 가져온 새우튀김을 포크로 찍었다. 얇은 튀김옷이 바삭하게 튀겨졌다.

청주를 순조롭게 비운 교텐이 "그래서?" 하고 말했다. "너, 언제 사장한테 고백할 거야?"

반쯤 예상하고 있어서 다다는 생맥주를 뿜지 않고 무난히 목으로 넘겼다.

"무슨 소리야?"

"됐어, 됐어, 다 알아, 안다고."

교텐은 멋대로 끄덕이더니 이번에는 시오카라를 안주로 레드와인을 마셨다. 어째서 청주를 마실 때는 시오카라에 손을 대지 않았을까, 다다는 생각했다.

"있잖아." 새우튀김 정식을 다 먹어 치우고 다다도 잔에 와인을 따랐다. "이 나이에 고백이고 뭐고 할 게 뭐 있어."

"그럼 갑자기?"

"갑자기 뭘 하라는 거야, 뭘."

기대에 가득 찬 시선을 보내는 교텐을 무시하고, 다다는 다시 디캔터에 손을 뻗었다. 교텐은 귀 옆에서 바로 손을 들고, "아사코 씨!" 하고 불렀다. "레드와인 추가요."

아사코가 새 디캔터를 들고 왔다. 다다와 교텐은 묵묵히 있었다.

"그래서?"

아사코가 가자마자 교텐이 테이블로 몸을 내밀었다.

"얘기는 끝이야."

"에이, 너 좀 공격적으로 나가도 되지 않냐."

"왜 그렇게 부추기는 거야."

"재미있는 일이 생길 것 같으니 그렇지. 다다가 감당할 수 없을 것 같은 여자고."

내가 감당할 수 있었던 여자는 지금까지 한 사람도 없었어, 하고 다다는 속으로 중얼거렸다.

"가시와기 씨는 막 남편을 잃은 사람이야. 함부로 말하지 마." 게다가, 하고 다다는 씁쓸하게 덧붙였다. "내가 누군가한 테 호감을 가질 수 있을 리 없잖아."

"어째서?" 교텐은 평온하게 반문했다. "적어도 한 번은 생겼 었으니 괜찮잖아."

어이없게 처자식을 잃은 남자여도 말이냐. 다다는 잠자코 있었다. 아사코가 마음에 드는 것은 사실이지만, 끌리는 마음 을 억누르는 건 간단했다. 사랑은 순간의 착각이고, 착각을 지 속하고 갱신하면서 누군가와 일상을 보내는 데 어울리지 않는 성격이란 걸 다다는 이미 알고 있기 때문이다.

너는 어떠냐, 하고 교텐에게 물어보려다 관뒀다. 대답은 왠 지 모르게 알 것 같았다. 중학생이었다면 좋았을걸. 30년 이상 살다가 자신은 누군가를 사랑할 가치가 없는 인간이란 걸 깨 닫게 되는 건 허무하다.

교텐은 이 허무함에 어떻게 익숙해졌을까. 생각에 잠겨 있 던 다다는 문득 얼굴을 들고 교텐을 보았다. 교텐은 다시 손을 들어 아사코에게 신호를 보내는 참이었다.

가게는 어느새 만석이 되었다. 어린 여자아이가 할머니, 할 아버지를 향해 열심히 뭔가를 재잘거리고 있다. 할머니, 할아버지는 감탄한 듯이 맞장구를 치고 젊은 부모는 여자아이의 주의를 접시 쪽으로 돌리느라 고심하고 있다.

테이블을 둘러싸고 있는 사람 모두 웃는 얼굴이다.

다다는 디켄터를 들고 온 아사코에게 "손님이 많네요" 하고 말했다.

"덕분에요." 아사코가 미소 지었다. "설에는 귀성하는 아르바이트생이 많아서 저까지 일하고 있답니다. 접객은 늘 하지 않으면 둔해져서 안 되겠네요."

저려요, 하고 대량의 접시를 나르던 팔을 흔들어 보였다.

대부분이 가족 동반 손님인 가게에서 일하다 녹초가 되어 돌아가도 아사코는 그 큰 집에 혼자다. 미소 뒤에 자신과 같은 허무함이 감춰져 있지 않을까 생각하며 다다는 넌지시 아사코를 관찰했다. 아사코는 다른 손님이 부르는 소리에 대답하며 민첩한 동작으로 주문을 받으러 갔다.

나는 바보군, 하고 다다는 생각했다.

"사장님하고 잘되면 남자 신데렐라 되겠네." 교텐은 자기 잔에만 와인을 찰랑찰랑 따랐다.

"내가 방해될 때는 말해. 두 시간 정도라면 사무실 주변을 어슬렁거리다 올 테니까."

다다는 2년 전부터 태도로든 말로든 '방해된다'라고 꾸준히 표현해온 것 같은데, 조금도 전해지지 않은 것 같다.

이 녀석에게는 허무함이란 게 없을지도 모른다.

기가 막혔지만, 다다는 간신히 기력을 쥐어짜서 한마디 했다.

"부탁이니 쓸데없는 배려하지 말아줘. 얘기가 복잡해지니까."

마호로 시 쓰키미다이에 사는 다오카라는 남자에게 전화가 온 것은 다음 날 아침의 일이었다.

"밥은 할 줄 아세요? 아이는 좋아하세요?"

다오카는 초조한 모습으로 수화기 너머에서 질문을 던졌다. 다다는 "감사합니다. 다다 심부름집입니다"라는 말을 다 마치지도 못했다.

장난 전화인가, 전화로 아내 후보를 찾는 이상한 사람인가. 과연 어느 쪽일까 생각하면서 그래도 태연하게 대답했다.

"둘 다 그렇다고는 할 수 없습니다만."

"곤란하네요." 다오카는 말했다. "그렇지만 달리 아는 심부름센터도 없고. 지금 당장 저희 집으로 와줄 수 없을까요?"

다오카가 불러주는 주소를 조건반사로 메모하면서 다다가 물었다.

"의뢰하실 내용은요?"

"좀 바빠서 자세한 건 만난 뒤에 말하죠. 어쨌든 바로 부탁합니다. 아, 마스크 꼭 가지고 오세요."

다오카는 심부름센터란 걸 알고 무언가를 의뢰하고 싶은 것 같다. 장난 전화도 아내 후보를 찾는 것도 아니란 게 판명된 이상, 일을 수락하지 않으면 심부름센터의 체면이 서지 않는다. 업무 내용은 아무것도 설명하지 않았지만, 다다는 "매상 업, 매상 업" 하고 올해 목표를 외치며 일단 다오카의 집으로 가기로 했다. 설 연휴가 예정보다 하루 짧아졌다는 걸 알고 교텐은 심하게 불평했지만, 다다를 따라왔다.

도중에 편의점에서 다오카의 지시대로 마스크를 사고 쓰키미다이로 트럭을 몰았다. 다오카가 사는 곳은 지은 지 20년은 지났을 법한 4층짜리 빌라였다. 계단으로 제일 위층까지 올라갔다.

문패는 'TAOKA'로 되어 있지만, 인터폰을 눌러도 대답은 없었다.

"왜 맡은 거야."

교텐이 말했다.

"의뢰하는데 달려가지 않으면 심부름센터의 존재 의의가 없잖아."

다다가 말했다.

"왜 굳이 다다한테 부탁했지? 마호로에서도 찌질한 심부름센터인데." 교텐은 또 말했다. "그냥 가자. 분명히 변변한 일이 아니라니까."

대표적으로 '변변하지 않은' 너한테 그런 소리 듣고 싶지 않다. 다다는 욱했다.

"연말에 요 부근의 신문 배달 보급소에 전단을 넣어달라고 발주했어. 효과가 바로 나타나네."

"뭐어? 왜 그런 쓸데없는 짓을." 한심하다는 듯이 교텐의 눈썹이 축 처졌다. "전단 같은 걸 주문하니 가도마쓰 살 돈이 없는 거 아냐."

그러니까 대체 그 가도마쓰에 대한 집착은 뭐냐고. 반론하려고 하는 다다를 무시하고 교텐은 현관 손잡이를 돌렸다. 문은 잠겨 있지 않아서 아무런 저항 없이 열렸다.

"잠깐. 그렇게 멋대로" 하고 말하려는 다다를 교텐이 날카롭게 가로막았다.

"다다, 마스크 줘."

"뭐야, 왜 그래?"

"혹시 독가스 제거를 의뢰하려는 건지도 모르잖아."

"'꽃가루와 감기 바이러스 차단!'용 마스크로 독가스를 막을 수 있을까?"

교텐은 듣지 않았다. 부직포 마스크를 끼고 신발을 벗고 안으로 들어갔다. 다다도 하는 수 없이 마스크를 하고 뒤를 따라갔다.

"실례합니다, 다다 심부름집입니다."

복도 좌우로 몇 개의 문이 나란히 있었지만, 정면 유리문 너머가 거실일 것 같아서 일단 그쪽으로 갔다.

거실에는 사람도 없고 온기도 없었다. 닫힌 커튼 너머로 한낮의 햇빛이 희미하게 들어올 뿐이다. 소파에 보스턴 가방이 놓여 있고, 짐을 싸는 도중인지 푸는 도중인지 주변에는 와이셔츠며 면도기 등이 흩어져 있다.

"알겠다. 독가스 발생을 알아차린 주인이 아무것도 챙기지 않고 피난했네."

교텐은 판단했다. 그러니까 우리도 얼른 나가자. 그렇게 말하고 싶은 것 같다.

"독가스는 아닙니다. 독감입니다."

흐릿한 목소리가 들려, 다다와 교텐은 돌아보았다. 복도에 나란히 있는 문 하나에서 마스크를 한 삼십대 중반의 남자가 얼굴을 내밀었다.

"갑자기 의뢰해서 미안합니다. 다오카입니다."

다다는 무단으로 들어온 것을 어떻게 변명할까 머리를 굴렸지만, 다오카에게 그건 문제가 아닌 것 같다. 다급하게 손짓을 한다.

다오카가 있는 곳은 침실이었다. 침대에는 다오카의 아내가 역시 마스크를 하고 벌게진 얼굴로 신음하고 있었다.

"어젯밤부터 39도까지 열이 올라서" 하고 다오카는 말했다.

"병원 야간진료를 받으러 갔더니 '독감이니 무조건 수분과 영양을 섭취하고 푹 주무시는 것밖에 없습니다'라고 하더군요."

"네. 어서 쾌차하시기를" 하고 다다는 말했다.

"하필 저는 오늘부터 1박으로 오사카 출장을 가야 한답니다."

"저런. 새해부터 고생이시네요."

"글쎄 말입니다." 다오카는 끄덕였다. "그리고 문제는 이 아이입니다."

다다는 시선을 따라 다오카의 발밑을 보았다. 등 뒤에서 교텐이 뒷걸음치는 게 느껴졌다. 침대 그늘에 세 살 남짓한 여자아이가 바닥에 앉아 있었다. 방글방글 웃고 있다.

"비란이라고 합니다."

다오카는 딸을 안아 올렸다.

한자음으로는 '문란하다'라는 의미밖에 떠오르지 않아서 희한한 이름을 지었네, 하고 다다는 속으로 고개를 갸웃거렸다 (일본어로 '비란'은 '문란하다'는 뜻). 다다의 생각을 알아차렸는지, "아름다운 난(美蘭)이라고 씁니다" 하고 다오카가 덧붙였다.

"저희는 근처에 사는 친척도, 친한 이웃도 없습니다. 제가 돌아올 때까지 아내와 딸을 잘 부탁합니다."

"아뇨, 아뇨, 아뇨. 잠깐만요."

인명이 걸린 의뢰다. 간호사 자격증도 보육교사 자격증도 없는 다다와 교텐은 도저히 맡을 수 없다. 그렇게 말하려고 하는데 다오카의 아내가 침대에서 눈을 뜨고 힘없는 목소리로 말했다.

"난 싫어. 모르는 남자를 집에 들여서 비란이를 돌보게 하다니."

"지당한 말씀입니다."

다다는 끄덕였지만, 다오카는 화를 냈다.

"당신이 잘못했잖아. 난 출장이라고 했는데 열이나 나고."

"어쩔 수 없잖아, 독감에 걸린 거니까."

"정신을 안 차리고 있다는 증거야. 애초에 당신이 집밥에 연연하지 않으면 반찬이든 도시락이든 사서 대처할 수 있었을 거라고."

"그런 건 안 돼. 비란이한테 안전한 걸 먹여야 한단 말이야."

"안전한 걸 먹어도 당신은 독감에 걸렸잖아!"

"그런 억지소리 하지 마. 나 지금 아프잖아!"

다다와 교텐은 다오카 부부를 침실에 남기고 거실로 피난했다. 마스크를 벗었다. 사람을 잘 따르는지 비란이도 따라왔다. 혼자 텔레비전과 DVD 전원을 켜고 소파에 기어 올라가서 〈날아라 호빵맨〉을 보기 시작한다.

"요즘 애들은 대단하네."

다다는 감탄하며 비란이의 옆에 앉았다. 교텐은 뭔가 겁먹은 모습으로 가까이 오지 않았다. 방구석에서 무릎을 감싸고 앉아 있다.

싸움을 마치고 침실에서 나온 다오카는 비란이의 머리를 한 번 쓰다듬고 보스턴 가방에 갈아입을 옷을 넣었다. 다다는 다오카에게서 휴대전화 번호가 적힌 명함을 받아 들고 냉장고에 있는 식재료 외에는 사용하지 않도록 해달라는 부탁을 받았다.

"그럼 기차 시간이 다 돼서 이만. 내일 저녁 무렵에 돌아오겠습니다."

다오카는 보스턴 가방을 들고 황급히 출발했다. 비란이와 함께 현관에서 배웅을 한 다다는 그 길에 침실 문을 노크해보았다. 대답을 기다리다 문을 살며시 열었다.

"거실에 있겠습니다. 무슨 일 있으면 불러주세요."

"잘 부탁해요." 체념했는지 다오카의 아내는 힘없이 말했다. "비란이는 되도록 이 방에 들여보내지 말아주세요. 옮으면 안 되니까요."

엄마의 목소리에 반응하여 비란이가 "엄마" 하고 불렀다.

"엄마는 코오 잔대. 이쪽에서 호빵맨 보자."

다다는 비란이의 작은 손을 잡았다. 아이의 약간 높고 촉촉한 체온이 안쓰러웠다.

"어떻게 할 거야?"

교텐은 무릎을 감싸고 앉은 채 다다 쪽으로 몸을 틀었다.

265

"이렇게 된 바에는 어쩔 수 없잖아." 다다는 냉장고를 열었다. "점심 준비를 하자. 비란아, 불을 사용할 거니까 저 아저씨한테로 가 있으렴."

비란이는 말귀를 잘 알아들어서 교텐을 향해 돌진했다. 교텐은 파랗게 질려서 엉금엉금 기어서 피하려고 했지만, 그것이 비란이의 오해를 부른 것 같다. 등에 올라타버렸다. 교텐은 말이 된 채 얼어붙었다. 비란이는 신나서 웃고 있다.

옳지, 옳지, 이 틈에. 다다는 토스터로 식빵을 굽고 프라이팬에 달걀프라이를 한꺼번에 네 개 만들고, 전자레인지에 우유를 데웠다. 빵도 달걀도 우유도 포장지에 'HHFA'라는 로고가 있다.

가정과 건강식품협회(Home&Healthy Food Association).

확실히 달걀노른자는 색깔도 신선하고 탱탱했고, 우유도 빵도 맛이 진했다. 하지만 몸이 아플 때 정도는 대충 먹어도 벌받지 않을 텐데, 하고 다다는 생각했다. 다다가 할 수 있는 최대한의 요리가 달걀프라이다.

침대까지 점심을 날라다 주었다. 다오카의 아내는 고맙다고 인사는 했지만, 몸을 일으키려고 하지 않았다. 이불에 파묻힌 채 경계심 가득한 시선으로 다다의 움직임을 좇고 있다. 다다는 물과 약이 놓인 협탁에 접시를 내려놓았다. 너무 익혀서 모양이 미운 달걀프라이를 보고 다오카의 아내는 미안한 표정으로 말했다.

"저녁은 겐친지루(무, 당근, 우엉, 곤약, 두부 등을 참기름으로 볶다가 국물을 더해서 조리고 마지막에 간장으로 간을 한 맑은 장국)와 방어 데리야키와 시금치무침과 두부탕을 먹으려고요. 식재료는 전부 냉장고에 있어요."

게, 겐친지루? 데리야키?

"알겠습니다."

다다는 대답했다.


"어떻게 할 거야?"

교텐은 어두운 기운을 뿜으며 부엌에 우두커니 서 있었다. 금강역사상 못잖은 형상이다. 냉장고에서 이건가 싶은 식재료를 꺼내 조리대에 늘어놓은 다다는 "환장하겠네" 하고 중얼거렸다. 무엇부터 어떻게 손을 대야 할지 감도 잡히지 않는다.

"일단은 가정생활을 해봤잖아. 가사는 부인한테만 맡겼냐?"

"나도, 아내도 요리 실력은 꽝이었어. 서로의 심신 건강을 위해 가장 적당한 방법을 선택해서 대부분 외식하거나 마트에서 파는 음식을 사다 먹었어."

너야말로 어떻게 된 거야, 하고 물으니 교텐은 정색을 했다.

"난 계약 결혼이었다니까."

겐친지루와 방어 데리야키를 만들 수 있는 인재는 이 자리에 없다는 것이 명백해졌다.

"네가 쉽게 일을 맡는 바람에."

"지금은 건설적인 의견 이외에는 받지 않겠다."

어쩔 줄 몰라하는 아금강역사와 훔금강역사 분위기로 두 사람은 부엌에 우두커니 서 있었다.

냉장고에는 채소볶음을 하기에 최적인 양배추와 피망, 굽기만 해도 충분히 맛있을 것 같은 고기가 들어 있다. 냉동고에는 다오카의 아내가 만들어둔 반찬이 플라스틱 용기에 담겨서 가지런히 정리돼 있다. 하지만 그런 걸 사용하는 것은 허락되지 않는다. 다오카의 아내는 면밀하게 세운 계획대로 식재료와 반찬을 운용하고 싶은 것 같다.

이 국면에 계획을 완벽하게 실현하는 걸 중시해서 뭘 어쩌겠다는 건가. 다다는 '이해할 수 없어' 하고 고개를 저었다. 엄마가 무농약과 집밥에 연연하는 탓에 비란이는 오히려 위험한 맛의 요리를 맛보게 될 처지에 빠질 것 같은데.

위기감을 조성하고 더할 수 없이 훌륭한 문구로 사람을 속박하는 '가족과 건강식품협회'의 영업 방식. 그걸 곧이곧대로 받아들이고 충실하게 실행하려고 하는 다오카의 아내. 다다는 도무지 마음에 들지 않았다.

그때까지 얌전하게 〈날아라 호빵맨〉을 보고 있던 비란이가 갑자기 칭얼댔다. 교텐이 용수철처럼 벌떡 몸을 일으켰다.

다다는 얼른 소파에 가서 비란이의 이마에 손을 짚었다. 독감이 발병했는지도 모른다고 생각했지만, 열은 없는 것 같다.

"왜 그래, 어디 아픈 거야?"

안아 올린 순간 원인이 판명됐다.

"교텐, 기저귀 어디 있냐."

"웩" 하더니 교텐이 말했다. "저쪽 선반에 있는데……. 대? 소?"

"대."

기저귀 봉투를 빤히 들여다보는 교텐에게 다다는 조심스레 말했다.

"대변용과 소변용 기저귀가 따로 있을 리 없잖아."

"아, 그렇구나."

"다음에 뭐가 나올지 어떻게 예상해."

"음, 어떻게 알지, 하고 생각하던 참이었어."

교텐은 기저귀를 한 장 던졌다.

기억의 바닥에서 예전에 했던 순서를 떠올리며 다다는 신중하게 비란이의 엉덩이를 닦았다. 여자아이 기저귀를 가는 것은 처음이어서 약간 긴장했다. 더러워진 기저귀를 동그랗게 말았을 때, 아들이 사용했던 건 더 작은 것이었다는 생각이 들었다. 갑자기 눈두덩이 뜨거워져서 놀랐다.

죽은 아들은 평소에 되도록 생각하지 않으려 애썼다. 그래서 이제 잊어버린 줄 알고 있었다.

하지만 그렇지 않았다. 생각하지 않으려 애쓰던 일 자체를 잊고, 잊지 않은 것을 잊으려 하고 있었을 뿐이었다. 아들은 아직 이렇게 내 안에서 살아 있다. 오랜만에 가슴속으로 이름을 불러보려다 그만두었다. 고통스러웠다.

비란이는 개운해졌는지 이번에는 뱀 장난감을 신나게 돌리며 놀기 시작했다. 무릎을 껴안고 앉은 채 기저귀 갈기에 조금도 협조하지 않은 교텐의 옆머리에 뱀이 철썩 부딪혔다. 그래도 교텐은 움직이지 않았다. 되도록 비란이를 시야에 넣지 않으려 하고 있다.

"그 사람은 아이를 무서워해요. 자기가 아이였을 때 얼마나 상처받고, 얼마나 고통받고 살았는지 잊지 못해서……."

교텐의 결혼 상대였던 여자에게 전에 들은 말이 생각났다.

"미쓰미네 씨한테 전화해보면 어때?"

다다는 교텐의 전처 이름을 꺼냈다.

"왜?"

"겐친지루하고 방어 데리야키 만드는 법을 가르쳐줄지도 모르잖아."

"싫어."

교텐은 이마를 친 뱀 장난감을 비란이에게서 빼앗아 들고 방 반대편 구석으로 집어 던졌다. 비란이는 같이 놀아주는 걸로 알았는지 까르륵 웃으며 뱀을 주우러 갔다.

"콜롬비아인한테 물어보지?"

"루루한테? 절대로 안 돼. 그 옷차림과 화장으로 '만들어줄
게요오오' 하고 쫓아오면 어쩔 거야. 부인의 열이 40도를 넘어
버릴걸."

그렇지, 부인의 상태는 어떨까. 조금 좋아졌다면 만드는 법
을 가르쳐달라고 하자.

다다는 침실을 들여다보았다. 다오카의 아내는 아직 벌게진
얼굴로 힘들어 보이는 호흡을 하며 자고 있었다. 살금살금 들
어가서 반도 손대지 않은 접시를 가지고 나왔다.

해결책을 찾지 못한 채 거실에는 무거운 침묵만 내렸다. 비
란이만 색색깔의 플라스틱 블록을 바닥에 어질러놓고 신이
났다.

"알겠어, 전화할게." 교텐이 일어섰다. "휴대전화 빌려줘."

오오, 하고 다다는 생각했다. 어쩌면 미쓰미네는 설 연휴로
한가할지도 모른다. 교텐의 유전자상 딸인 하루를 데리고 마
호로까지 와줄지도 모른다. 그렇게 되면 교텐과 하루는 첫 대
면을 한다. 하루를 만나면 돌처럼 얼어붙은 교텐의 마음도 조
금은 변화를 보일지 모른다.

오지랖이란 건 알고 있었지만, 다다는 은근히 기대했다.

교텐은 다시 무릎을 감싸고 앉아서 "여보세요, 교텐인데요"

하고 말했다. 휴대전화를 들지 않은 쪽 손으로 비란이가 던지는 소리 나는 공을 매번 받아쳐주고 있다. 일부러 테이블 밑이나 거실과 연결된 다다미방 쪽으로 던져서 비란이는 신이 났다. 다가오지 마, 하는 교텐 나름의 의사표시 같지만 비란이에게는 통하지 않았다. 흥분해서 웃음소리가 거의 비명이 되었다. 필사적으로 공과 비란이를 쫓아버리려는 교텐도 금방이라도 비명을 지를 것 같은 표정이었다.

낮에 사용한 접시를 씻으면서 다다는 의아하게 생각했다. 교텐의 모습이 뭔가 이상하다. 하지만 대화는 평소처럼 담담해서 희미한 위화감은 거품과 함께 배수구로 떠내려갔다.

"네, 겐친지루와 방어 데리야키. 헐, 그렇구나. 그렇다면 곤란하겠네요. 하하, 그렇구나. 알겠어요, 그럼 또."

교텐은 통화를 끊은 휴대전화를 들고 부엌에 있는 다다 옆까지 왔다.

"귀중한 정보를 얻었어."

통화하는 어조로 보아, 교텐과 미쓰미네 나기코는 부부로서가 아니라 친구로서 다시 관계를 구축하고 있는 것 같다. 다다는 중재를 한 것에 만족하고, "그러냐" 하고 끄덕였다.

"뭐래?"

"사장은 요리를 못하는 것 같아."

"……뭐라고?" 다다는 버럭 하며 교텐을 향했다. "너, 지금 어디다 전화한 거야!"

"키친 마호로 아사코 씨한테."

"어째서 가시와기 씨한테 전화를 해, 미쓰미네 씨한테 걸라고 했더니. 쓸데없는 짓 좀 하지 말라고!"

"휴대전화에 왜 번호 등록해놨냐?"

교텐은 히죽거렸다. 평소의 컨디션을 조금 되찾은 것 같았다. 거실에 있는 비란이한테서 떨어져 안도했다고 얼굴에 생생하게 쓰어 있다.

"고객 전화번호는 다 등록돼 있어."

사실을 말했는데도 교텐은 "됐어, 됐어, 다 안다니까" 하고 흘려들었다.

"아사코 씨는 키친 마호로 매뉴얼에 있는 요리 말고는 타고 남은 재 같은 것밖에 만들지 못한대. 알려지면 가게 이미지가 떨어질지도 모르니까 '비밀로 해주세요' 그러네."

교텐은 "선배, 여친 있대" 하고 정보를 흘리는 여중생처럼 의기양양하다. 내가 타고 남은 재가 될 것 같다고 다다는 생각했다.

"그만해, 교텐."

개를 칭찬하는 마음으로, 하고 자신을 다잡으며 되도록 부드럽게 말했다.

"너는 겐친지루를 맡아. 난 생선을 구울게."

단순한 돼지고기 된장국과 방어구이와 두부를 데친 것과 녹색 페이스트 상태가 돼버린 시금치였지만, 간신히 저녁밥을 차렸다.

교텐은 다오카의 소주를 멋대로 마셨다. 비란이는 원래의 모습이 하나도 남지 않은 시금치를 입에 넣었다가 바로 테이블에 토했다. 마음에 드시지 않은 것 같다.

"당연한 반응이네."

다다는 비란이의 미각을 인정했다. 녹색 토사물이 된 시금치가 목에 두른 턱받이에도 붙었다. 조금 찔리긴 했지만, 손가락으로 집어주었다.

비란이는 왼손에 숟가락을 들고 밥이며 다다가 발라주는 방어를 오른손으로 집어서 먹었다. 먹을 때는 도구를 쓴다는 것만은 제대로 알고 있는 것 같다. 그 도구를 써주기만 하면 바랄게 없겠다.

다다는 두부를 작은 접시에 덜어서 비란이를 위해 열심히 식혔다. 비란이가 그걸 손으로 으깼다. 혼자 활동도 하고 자아가 싹트기 시작한 나이의 아이를 대하는 건 처음이어서 다다는 비란이에게 애를 먹었다.

다다가 밥 먹이는 방법이 불편한 탓인지 비란이는 저녁을 먹다 말고 울기 시작했다. 숟가락을 던지고 밥알과 침으로 끈적해진 손을 휘둘렀다.

교텐이 일어섰다. 딱 좋은 실내 온도인데 이마에 땀을 흘리고 온몸을 떨었다. 상태가 심상찮다.

독감이라도 옮은 건가, 먹은 게 탈 났나. 걱정이 된 다다는 "왜 그래?" 하고 말을 걸려다 입을 다물었다.

교텐이 갑자기 팔을 휘둘러 빈 소주잔을 힘껏 던졌기 때문이다. 잔은 옆방까지 날아가서 다다미에 떨어지며 뒹굴었다.

"죽고 싶지 않으면 닥쳐."

어깨로 숨을 쉬던 교텐은 잠긴 목소리로 말했다. 다다는 놀라서 엉거주춤 일어섰다.

"교텐." 신중하게 다가가서 교텐의 어깨를 잡았다. "침착해."

교텐은 다다의 손을 뿌리치고 갑자기 컥컥거렸다. 테이블에 몸을 구부리고 괴로운 듯이 헐떡이다 잠시 후 힘없이 의자에 앉았다.

잠시 조용해졌던 비란이가 세상의 종말이라도 온 듯이 울어 댔다. 다다는 교텐이 규칙적으로 호흡하는 것을 확인하고 비란이를 어린이용 의자에서 안아 들었다.

"낮잠을 안 자서 그래. 졸린가 봐."

비란이를 어르고 달래면서 다다는 다른 생각을 했다.

지금 이건 뭐지. 교텐에게 무슨 일이 일어난 거지.

처음 보는 교텐의 모습에 다다는 혼란스러웠다. 뭔가 무서운 것이 교텐 속에 잠들어 있다. 건드려서는 안 된다. 모르는 척해야 한다. 지금은. 교텐도 아마 그러길 바랄 것이다.

아무렇지도 않은 척하며 다다는 교텐에게 말을 걸었다.

"슬슬 목욕을 시켜야겠네."

"목욕?"

교텐은 소주잔을 주우러 가서 그대로 다다미방에 주저앉았다. 울음소리도 비란이의 존재 자체도 견디기 어려운 것 같았다.

"누군지도 모르는 남자 둘이 어린 여자아이를 목욕시켜도 되는 거냐?"

"역시 안 좋은가. 부인이 허락하지 않겠지."

다다는 혹시나 하고 침실에 가서 다오카의 아내에게 의향을 물어보기로 했다.

아직 충격이 남아서 다리가 후들거렸다. 거실에 비란이를 두고 왔는데 괜찮을까. 교텐이 아이에게 폭력을 휘두를 거라곤 생각하지 않지만, 비란이는 겁에 질려 있다. 울음소리는 끊이지 않고 이어졌다.

침실 문을 열자 다오카의 아내가 침대에서 일어나는 참이었다. 저녁은 조금 먹은 듯했다. 협탁에 그릇이 포개져 있었다.

"아이가 우네요."

걱정돼서 견딜 수 없는 것 같다. 다오카의 아내는 비틀거리면서 일어서려고 했다.

276

"졸린가 봅니다. 비란이 목욕은 어떻게 할까요?"

다오카의 아내는 다다의 질문에 우물거리며 대답했다.

"양치질시키고 차를 마시게 한 뒤에 이리로 데려와주시겠어요? 그다음은 제가 할 테니 돌아가셔도 돼요."

"하지만."

열은 떨어지지 않은 것 같았다. 같이 자면 비란이에게 독감이 옮지 않을까.

"덕분에 많이 좋아졌어요. 아침에는 평열로 떨어질 거예요."

다오카의 아내는 결연하게 말했다. 다다는 "알겠습니다" 하고 물러설 수밖에 없었다.

그야 그렇지. 남편이 부재중인데 갑자기 찾아온 심부름센터 남자 두 명과 한집에서 자려고 하는 여자는 없다. 다다는 부인의 베갯머리에서 그릇을 치우고 한숨을 억누르며 복도로 나왔다.

거실에는 비란이가 혼자 울고 있었다.

교텐 녀석, 아이를 팽개치고 도망갔구나. 작업 도중에. 어이없기도 했지만 없어져서 안심한 것도 사실이었다.

다다는 교텐의 반응에 무어라 할 수 없는 공포를 느꼈다. 지금까지 교텐이 어떤 기괴한 행동을 되풀이해도 무섭다고 느낀 적이 없다. 교텐이 실은 이성의 끈을 놓지 않는 사람이란 걸 잘 알고 있기 때문이다.

아까의 교텐은 명백히 평소와 달랐다. 공포에 지배되어 비명을 지르기 직전의 모습으로 보였다. 다다도 교텐의 공포가 전염되어 영문도 모르는 채 겁에 질렸다.

무서워서 떨고 있는 어린아이. 그 냄새를 감지하고 비명도 저항도 삼키는 어둠이 밀려온다.

그런 환영을 본 기분이 들어서 다다는 고개를 저으며 마음을 다잡았다. 칫솔을 한 손에 들고 비란이 앞에 무릎을 꿇었다.

"미안해. 자, 이 닦고 잘까."

비란이는 입을 벌리지 않고 훌쩍훌쩍 울었다. 교텐의 변모에 놀라서 완전히 토라진 것 같다. 다다는 난감해하며 칫솔로 비란이의 입술을 가볍게 톡톡 두드렸다.

"엄마가 기다려."

"엄마."

그제야 생각났는지 비란이는 다시 심하게 울기 시작했다. 벌어진 입에 얼른 칫솔을 넣어보았다. 어느 정도로 힘을 조절해야 하는지 알지 못해 덜덜 떨면서 움직였다.

만들어둔 차를 먹이고 다다는 비란이를 침실로 데리고 갔다. 비란이는 침대에 앉아 있는 엄마에게 달려들었다. 다오카의 아내도 비란이를 꼭 껴안았다. 마치 백 년 동안 생이별한 것 같다. 아니, 비란이에게도 다오카의 아내에게도 이 반나절은 그만큼 길게 느껴졌을지 모른다.

"고맙습니다." 다오카의 아내는 비란이를 안은 채 머리를 숙였다. "지금 지갑을……."

"계좌번호 적어두겠습니다. 열쇠는 나가면서 현관 우편함에 넣어둘 테니 안심하십시오."

몸조리 잘하세요, 하고 다다는 침실 문을 닫았다.

테이블 위를 정리하고 설거지를 마쳤다. 왠지 어깨가 결렸다. 아이를 상대하는 일은 피곤하다.

만약 아들이 살아 있고, 지금도 아내와 아이와 살았더라면 어떤 나날을 보냈을까.

다다는 불쑥 끓어오르는 상념을 뿌리쳤다. 가정과 건강식품 협회. 요란스러운 단체의 이념은 다다에게서는 아주 먼 곳에 있다.

바닥에 흩어진 장난감을 상자에 정리하고 텔레비전과 DVD 전원을 껐다. 전단 뒤에 계좌번호와 금액을 적어서 테이블에 올려놓았다.

미처 정리하지 못한 곳은 없는지 부엌과 거실과 다다미방을 확인하고 다다는 불을 껐다.

베란다 문이 열리는 소리와 함께 커튼이 펄럭거리며 바람이 불어 들어온 것은 그때였다.

깜짝 놀라서 돌아보니 거실에 선 교텐이 뒷손으로 문 걸쇠를 걸고 있었다. 복도에서 들어오는 불빛 속에 교텐은 천천히 다다에게 다가왔다.

"뭐야, 너 아직 안 갔던 거야?"

다다는 심장이 쿵쾅거리는 걸 억누르며 물었다. 교텐은 말이 없다.

"계속 베란다에 있었던 거야?"

겨울밤 냉기를 날리며 교텐은 다다 앞까지 와서 멈추었다.

"다다."

교텐은 낮은 목소리로 단조롭게 말했다.

"부탁이니까 이제 이런 일에는 나를 데려오지 말아줘. 말도 못 하고 혼자 밥도 못 먹고 아무것도 못 하는 애새끼는 싫어. 다음에 이런 의뢰가 있으면 거절해줘."

그렇게 싫으면 그냥 돌아갔으면 됐을걸. 다다는 그렇게 말하려다 아무 말도 하지 않았다. 교텐이 다다의 일에 동행하는 것은 교텐 나름대로 도움이 되겠다고 생각해서란 걸 알고 있어서다. 교텐이 어두운 무언가를 안고 필사적으로 무언가와 싸우고 있다는 걸 이제야 진심으로 알아서다.

"부탁이니까."

추위 때문인지 무언가를 참느라인지 교텐은 희미하게 떨고 있었다.

"그러지 않으면 나는."

교텐의 얼굴 반은 다다가 드리운 그림자 때문에 검게 칠해졌다. 빛을 지구에 차단당해 모양을 바꾼 달처럼.

우리 배후에는 우리를 항상 검게 만드는 해가 있다.

드러난 다른 반쪽의 얼굴에 경련이 일어나고, 촉촉해진 눈을 눈꺼풀이 덮어서 가렸다.

"뭘 해야 할지 모르겠어."

두려워하지 않아도 된다. 다다는 그렇게 말하고 싶었다. 비란이에게 한 것처럼 교텐의 손을 잡아주고 싶었다.

너의 새끼손가락은 잘 붙어 있잖아. "원래대로 돌려놓을 순 없어도 회복할 순 있다는 말이야." 예전에 너는 내게 그렇게 말해주었잖아. 어째서 자기한테만은 그런 날이 오지 않을 거라고 생각하는 거야?

하지만 다다는 하고 싶다고 느낀 것을 말로도 행동으로도 나타내지 않았다.

"나도 애 보는 건 질색이야"라고만 했다. "가자, 교텐."

유료 주차장을 향해 나란히 걸었다. 눈이라도 내릴 듯이 차가운 날이다. 검은 코트를 입은 교텐이 목도리를 더 단단히 둘렀다.

"그 목도리, 내 거 같은데."

다다의 지적에 교텐은 희미하게 웃었다.

"응, 빌렸어."

요전에 갓 산 건데, 라고 생각했지만, 멋 부린다고 오해받기도 싫어서 다다는 항의하지 않았다. 분명히 어영부영하는 사이에 교텐의 것이 될 거다.

트럭을 탄 교텐은 목도리를 접어서 무릎에 놓았다.

"지방이 좀 빠져서인가. 올겨울은 묘하게 추운 것 같네."

"그야 인마, 나이 탓이지."

다다는 담배를 물고 핸들을 꺾었다.

"금강역사상은 몇 살일까? 얼굴은 아저씨 같은데 그 근육은 절대 오십대가 아닌 것 같지."

조수석에서 담배를 피우는 교텐의 옆얼굴은 평소처럼 아무런 감정도 엿볼 수 없이 덤덤하다.

가느다란 달에 재촉받듯이 트럭은 사무실로 향했다.

얼어붙은 인간을 한 번 더 되살리는 빛과 열은 어디에 있는 걸까.

다다는 기도하듯이 생각했다.

## 마호로 역 번지 없는 땅

1판 1쇄 발행  2021년 12월 10일

지은이·미우라 시온
옮긴이·권남희
펴낸이·주연선

**(주)은행나무**
04035 서울특별시 마포구 양화로11길 54
전화·02)3143-0651~3 ∣ 팩스·02)3143-0654
신고번호·제 1997—000168호(1997. 12. 12)
www.ehbook.co.kr
ehbook@ehbook.co.kr

ISBN 979-11-6737-110-2  (04830)
ISBN 979-11-6737-108-9  (04830) 세트